萤灯

XU DISHAN XIAOSHUO JINGXUAN JI

许地山小说精选集

许地山◎著

温暖 美好 爱与纯净

精选的文学经典

许地山

万园内精神花园

Y I N G D E N G

ARTTIME
时代出版

时代出版传媒股份有限公司
安徽文艺出版社

图书在版编目（ＣＩＰ）数据

萤灯：许地山小说精选集/许地山著.—合肥：安徽文艺出版
社,2015.10
ISBN 978-7-5396-5260-3

Ⅰ.①萤… Ⅱ.①许… Ⅲ.①短篇小说－小说集－中
国－现代 Ⅳ.①I246.7

中国版本图书馆CIP数据核字(2014)第296600号

出 版 人：朱寒冬　　　　　　总 策 划：黎　雨
责任编辑：李　芳　　　　　　装帧设计：张子航
···

出版发行：时代出版传媒股份有限公司　www.press-mart.com
　　　　　安徽文艺出版社　　www.awpub.com
地　　　址：合肥市翡翠路1118号　邮政编码：230071
营 销 部：(0551)63533889
印　　　制：河北信德印刷有限公司
···

开本：880×1230　1/32　　印张：11　　字数：200千字
版次：2015年10月第1版　　2024年1月第2次印刷
定价：46.00元
···

写在前面

　　许地山和与他同时期的作家有很大的不同，他是个基督徒和宗教研究者，受宗教思想的影响颇深，因此，在他的作品中常有佛教"人生本苦""苦乐随缘"的思想以及基督教"宽恕""博爱"的精神贯穿其中。

　　在他的作品中，主人公大都是命运坎坷，其代表作《缀网劳蛛》中，描写了马来半岛上一个被侮辱、被损害的妇女尚洁的故事。尚洁是一个慈爱的、一切顺从上天安排的虔诚的基督徒。善良的她因救治一个受伤的盗贼而被丈夫误会、虐待，最后流落到土华岛。但她并不为自己申辩，也不怨恨，只求自己的为人处事"对得住天上的星辰和地上的蝼蚁"。她一个人毫无怨言地过着清苦的日子，不仅不消沉，还安闲宁静，泰然处之。她觉得人活着就如缀网的劳蛛一样："我像蜘蛛，命运就像我的网"，"所有的网都是自己组织得来，或完或缺，只能听其自然罢了"。小说的结尾是尚洁的丈夫终被感化，把她接回了家中。

这种宗教思想渗入在他的很多作品中，《商人妇》也是如此。

不得不说许地山是一个很善于讲故事的人。他用作品表现着多样的人生，他笔下的主人公，虽命运坎坷，但大多数都未被生活的苦难所压倒，而是坦然面对，安享人生。

或许正是因为这些，让许地山成为一个独特的小说家，也让他的小说具有了独特的文学价值，那些具有深刻悲悯情怀的作品，在现代文学三十年的众声喧哗的文学图景上，成为一道别样的风景。

是的，无论生命是悲伤还是幸福，我们都要勇敢承担下来，然后一点点默默前行，也许这就是许地山作品中要传达给我们的哲思。

目　录

命命鸟

敏明坐在席上，手里拿着一本《八大人觉经》（佛教典籍，全卷，东汉安世高译），流水似的念着。她的席在东边的窗下，早晨的日光射在她脸上，照得她的身体全然变成黄金的颜色。她不理会日光晒着她，却不歇地抬头去瞧壁上的时计，好像等什么人来似的。

那所屋子是佛教青年会的法轮学校。地上满铺了日本花席，八九张矮小的几子横在两边的窗下。壁上挂的都是释迦应化的事迹，当中悬着一个卐字徽章和一个时计。一进门就知那是佛教的经堂。

敏明那天来得早一点，所以屋里还没有人。她把各样功课念过几遍，瞧壁上的时计正指着六点一刻。她用手挡住眉头，望着窗外低声地说："这时候还不来上学，莫不是还没有起床?"

敏明所等的是一位男同学加陵。他们是七八年的老同学，年纪也是一般大。他们的感情非常的好，就是新来的同学也可以瞧得出来。

"铿铛……铿铛……"一辆电车循着铁轨从北而来，驶到学校门口停了一会。一个十五六岁的美男子从车上跳下来。他的头上包着一条苹果绿的丝巾；上身穿着一件雪白的短褂；下身围着一条紫色的丝裙；脚下踏着一双芒鞋，俨然是一位缅甸的世家子弟。这男子走进院里，脚下的芒鞋拖得啪嗒啪嗒地响。那声音传到屋里，好像告诉敏明说："加陵来了!"

敏明早已瞧见他，等他走近窗下，就含笑对他说："哼哼，加陵! 请你的早安。你来得算早，现在才六点一刻咧。"加陵回答说："你不要讥诮我，我还以为我是第一早的。"他一面说一面把芒鞋脱掉，放在门边，赤着脚走到敏明跟前坐下。

加陵说："昨晚上父亲给我说了好些故事，到十二点才让我去睡，所以早晨起得晚一点。你约我早来，到底有什么事?"敏明说："我要向你辞行。"加陵一听这话，眼睛立刻瞪起来，显出很惊讶的模样，说："什么? 你要往哪里去?"敏明红着眼眶回答说:"我的父亲说我年纪大了,书也念够了,过几天可以跟着他专心当戏子去,不必再像从前念几天唱几天那么劳碌。我现在就要退学,后天将要跟他上普朗去。"

加陵说:"你愿意跟他去吗?"敏明回答说:"我为什么不愿意?我家以演剧为职业是你所知道的。我父亲虽是一个很有名、很能赚钱的俳优,但这几年间他的身体渐渐软弱起来,手足有点不灵活,所以他愿意我和他一块儿排演。我在这事上很有长处,也乐得顺从他的命令。"加陵说:"那么,我对于你的意思就没有换回的余地了。"敏明说:"请你不必为这事纳闷。我们的离别必不能长久的。仰光是一所大城,我父亲和我必要常在这里演戏。有时到乡村去,也不过三两个星期就回来。这次到普朗去,也是要在那里耽搁八九天。请你放心……"

加陵听得出神,不提防外边早有五六个孩子进来,有一个顽皮的孩子跑到他们的跟前说:"请'玫瑰'和'蜜蜂'的早安。"他又笑着对敏明说:"'玫瑰'花里的甘露流出来咧。"——他瞧见敏明脸上有一点泪痕,所以这样说。西边一个孩子接着说:"对呀!怪不得'蜜蜂'舍不得离开她。"加陵起身要追那孩子,被敏明拦住。她说:"别和他们胡闹。我们还是说我们的罢。"加陵坐下,敏明就接着说："我想你不久也得转入高等学校，盼望你在念书的时候要忘了我，在休息的时候要记念我。"加陵说："我绝不会把你忘了。你若是过十天不回来，或者我会到普朗去找你。"敏明说："不必如此。我过几天准能回来。"

说的时候，一位三十多岁的教师由南边的门进来。孩子们都起立向他行礼。教师蹲在席上，回头向加陵说："加陵，昙摩蜱和尚叫你早晨和他出去乞食。现在六点半了，你快去吧。"加陵听了这话，立刻走到门边，把芒鞋放在屋角的架上，随手拿了一把油伞就要出门。教师对他说："九点钟就得回来。"加陵答应一声就去了。

加陵回来，敏明已经不在她的席上。加陵心里很是难过，脸上却不露出什么不安的颜色。他坐在席上，仍然念他的书。晌午的时候，那位教师说："加陵，早晨你走得累了，下午给你半天假。"加陵一面谢过教师，一面检点他的文具，慢慢地走回家去。

加陵回到家里，他父亲婆多瓦底正在屋里嚼槟榔。一见加陵进来，忙把沫红唾出，问道："下午放假吗?"加陵说："不是，是先生给我的假。因为早晨我跟昙摩蜱和尚出去乞食，先生说我太累，所以给我半天假。"他父亲说："哦，昙摩蜱在道上曾告诉你什么事情没有?"加陵答道："他告诉我说，我的毕业期间快到了，他愿意我跟他当和尚

去，他又说：这意思已经向父亲提过了。父亲啊，他实在
向你提过这话么？"婆多瓦底说："不错，他曾向我提过。
我也很愿意你跟他去。不知道你怎样打算？"加陵说："我
现在有点不愿意。再过十五六年，或者能够从他。我想再
入高等学校念书，盼望在其中可以得着一点西洋的学问。"
他父亲诧异说："西洋的学问，啊！我的儿，你想差了。西
洋的学问不是好东西，是毒药哟。你若是有了那种学问，
你就要藐视佛法了。你试瞧瞧在这里的西洋人，多半是干
些杀人的勾当，做些损人利己的买卖，和开些诽谤佛法的
学校。什么圣保罗因斯提丢啦、圣约翰海斯苦尔啦，没有
一间不是诽谤佛法的。我说你要求西洋的学问会发生危险
就在这里。"加陵说："诽谤与否，在乎自己，并不在乎外
人的煽惑。若是父亲许我入圣约翰海斯苦尔，我准保能持
守得住，不会受他们的诱惑。"婆多瓦底说："我是很爱你
的，你要做的事情，若是没有什么妨害，我一定允许你。
要记得昨晚上我和你说的话。我一想起当日你叔叔和你的
白象主①提婆的事，就不由得我不恨西洋人。我最沉痛的是
他们在蛮得勒将白象主掳去；又在瑞大光塔设驻防营。瑞
大光塔是我们的圣地，他们竟然叫些行凶的人在那里住，
岂不是把我们的戒律打破了么？……我盼望你不要入他们
的学校，还是清清净净去当沙门。一则可以为白象主忏悔；

---

① 缅甸王尊号

二则可以为你的父母积福；三则为你将来往生极乐的预备。出家能得这几种好处，总比西洋的学问强得多。"加陵说："出家修行，我也很愿意。但无论如何，现在决不能办。不如一面入学，一面跟着昙摩埤学些经典。"婆多瓦底知道劝不过来，就说："你既是决意要入别的学校，我也无可奈何，我很喜欢你跟昙摩蜱学习经典。你毕业后就转入仰光高等学校罢。那学校对于缅甸的风俗比较保存一点。"加陵说："那么，我明天就去告诉昙摩蜱和法轮学校的教师。"婆多瓦底说："也好。今天的天气很清爽，下午你又没有功课，不如在午饭后一块儿到湖里逛逛。你就叫他们开饭罢。"婆多瓦底说完，就进卧房换衣服去了。

原来加陵住的地方离绿绮湖不远。绿绮湖是仰光第一大、第一好的公园，缅甸人叫他做干多支。"绿绮"的名字是英国人替它起的。湖边满是热带植物。那些树木的颜色、形态，都是很美丽，很奇异。湖西远远望见瑞大光，那塔的金色光衬着湖边的椰树、蒲葵，真像王后站在水边，后面有几个宫女持着羽葆随着她一样。此外好的景致，随处都是。不论什么人，一到那里，心中的忧郁立刻消灭。加陵那天和父亲到那里去，能得许多愉快是不消说的。

过了三个月，加陵已经入了仰光高等学校。他在学校里常常思念他最爱的朋友敏明。但敏明自从那天早晨一别，老是没有消息。有一天，加陵回家，一进门仆人就递封信给他。拆开看时，却是敏明的信。加陵才知道敏明早已回来，他等不得见父亲的面，翻身出门，直向敏明家里奔来。

敏明的家还是住在高加因路，那地方是加陵所常到的。女仆玛弥见他推门进来，忙上前迎他说："加陵君，许久不见啊！我们姑娘前天才回来的。你来得正好，待我进去告诉她。"她说完这话就速速进里边去，大声嚷道："敏明姑娘，加陵君来找你呢。快下来吧。"加陵在后面慢慢地走，待要踏入厅门，敏明已迎出来。

敏明含笑对加陵说："谁教你来的呢？这三个月不见你的信，大概是功课忙的缘故吧？"加陵说："不错，我已经入了高等学校，每天下午还要到昙摩蜱那里……唉，好朋友，我就是有工夫，也不能写信给你。因为我抓起笔来就没了主意，不晓得要写什么才能叫你觉得我的心常常有你在里头。我想你这几个月没有信给我，也许是和我一样地犯了这种毛病。"敏明说："你猜得不错。你许久不到我屋里了，现在请你和我上去坐一会。"敏明把手搭在加陵的肩胛上，一面吩咐玛弥预备槟榔、淡巴菰（烟草的旧时译名）和些少细点，一面携着加陵上楼。

敏明的卧室在楼西。加陵进去，瞧见里面的陈设还是和从前差不多。楼板上铺的是土耳其绒毯。窗上垂着两幅很细致的帷子。她的奁具就放在窗边。外头悬着几盆风兰。瑞大光的金光远远地从那里射来。靠北是卧榻，离地约一尺高，上面用上等的丝织物盖住。壁上悬着一幅提婆和率斐雅洛观剧的画片。还有好些绣垫散布在地上。加陵拿一个垫子到窗边，刚要坐下，那女仆已经把各样吃的东西捧上来。"你嚼槟榔啵。"敏明说完这话，随手送了一个槟榔到加陵嘴里，然后靠着她的镜台坐下。

加陵嚼过槟榔，就对敏明说："你这次回来，技艺必定很长进，何不把你最得意的艺术演奏起来，我好领教一下。"敏明笑说："哦，你是要瞧我演戏来的。我死也不演给你瞧。"加陵说："有什么妨碍呢？你还怕我笑你不成？快演罢，完了咱们再谈心。"敏明说："这几天我父亲刚刚教我一套雀翎舞，打算在涅槃节期到比古演奏，现在先演给你瞧罢。我先舞一次，等你瞧熟了，再奏乐和我。这舞蹈的谱可以借用'达撒罗撒'，歌调借用'恩斯民'。这两支谱，你都会么？"加陵忙答应说："都会，都会。"

加陵擅于奏巴打拉（一种竹制的乐器，如由缅甸传入的竹排琴），他一听见敏明叫他奏乐，就立刻叫玛弥把那种乐器搬来。等到敏明舞过一次，他就跟着奏起来。

敏明两手拿住两把孔雀翎，舞得非常的娴熟。加陵所奏的巴打拉也还跟得上，舞过一会，加陵就奏起"恩斯民"

的曲调，只听敏明唱道：

孔雀！孔雀！你不必赞我生得俊美；

我也不必嫌你长得丑劣。

咱们是同一个身心，

同一副手脚。

我和你永远同在一个身里住着，

我就是你啊，你就是我。

别人把咱们的身体分作两个，

是他们把自己的指头压在眼上，

所以会生出这样的错。

你不要像他们这样的眼光，

要知道我就是你啊，你就是我。

敏明唱完，又舞了一会。加陵说："我今天才知道你的技艺精到这个地步。你所唱的也是很好。且把这歌曲的故事说给我听。"敏明说："这曲倒没有什么故事，不过是平常的恋歌，你能把里头的意思听出来就够了。"加陵说："那么，你这支曲是为我唱的。我也很愿意对你说：我就是你，你就是我。"

他们二人的感情几年来就渐渐浓厚。这次见面的时候，又受了那么好的感触，所以彼此的心里都承认他们求婚的机会已经成熟。

敏明愿意再帮父亲二三年才嫁，可是她没有向加陵说明。加陵起先以为敏明是一个很信佛法的女子，怕她后来要到尼庵去实行她的独身主义，所以不敢动求婚的念头。现在瞧出她的心志不在那里，他就决意回去请求婆多瓦底的同意，把她娶过来。照缅甸的风俗，子女的婚嫁本没有请求父母同意的必要，加陵很尊重他父亲的意见，所以要履行这种手续。

他们谈了半晌工夫，敏明的父亲宋志从外面进来，抬头瞧见加陵坐在窗边，就说："加陵君，别后平安啊！"加陵忙回答他，转过身来对敏明说："你父亲回来了。"敏明待下去，她父亲已经登楼。他们三人坐过一会，谈了几句客套，加陵就起身告辞。敏明说："你来的时间不短，也该回去了。你且等一等，我把这些舞具收拾清楚，再陪你在街上走几步。"

宋志眼瞧着他们出门，正要到自己屋里歇一歇，恰好玛弥上楼来收拾东西。宋志就对她说："你把那盘槟榔送到我屋里去吧。"玛弥说："这是他们剩下的，已经残了。我再给你拿些新鲜的来。"

玛弥把槟榔送到宋志屋里，见他躺在席上，好像想什么事情似的。宋志一见玛弥进来，就起身对她说："我瞧他们两人实在好得太厉害。若是敏明跟了他，我必要吃亏。你有什么好方法叫他们二人的爱情冷淡没有？"玛弥说："我又不是蛊师，哪有好方法离间他们？我想主人你也不必想什么方法，敏明姑娘必不至于嫁他。因为他们一个是属蛇，一个是属鼠的（缅甸的生肖是算日的，礼拜四生的属鼠，礼拜六生的属蛇），就算我们肯将姑娘嫁给他，他的父亲也不愿意。"宋志说："你说的虽然有理，但现在生肖相克的话，好些人都不注重了。倒不如请一位蛊师来，请他在二人身上施一点法术更为得计。"

印度支那间有一种人叫作蛊师，专用符咒替人家制造命运。有时叫没有爱情的男女，忽然发生爱情；有时将如胶似漆的夫妻化为仇敌。操这种职业的人以暹罗的僧侣最多，且最受人信仰。缅甸人操这种职业的也不少。宋志因为玛弥的话提醒他，第二天早晨他就出门找蛊师去了。

晌午的时候，宋志和蛊师沙龙回来。他让沙龙进自己的卧房。玛弥一见沙龙进来，木鸡似的站在一边。她想到昨天在无意之中说出蛊师，引起宋志今天的实行，实在对不起她的姑娘。

她想到这里，就一直上楼去告诉敏明。

敏明正在屋里念书，听见这消息，急和玛弥下来，蹑步到屏后，倾耳听他们的谈话。只听沙龙说："这事很容易办。你可以将她常用的贴身东西拿一两件来，我在那上头画些符，念些咒，然后给回她用，过几天就见功效。"宋志说："恰好这里有她一条常用的领巾，是她昨天回来的时候忘记带上去的。这东西可用吗？"沙龙说："可以的，但是能够得着……"

敏明听到这里已忍不住，一直走进去向父亲说："阿爸，你何必摆弄我呢？我不是你的女儿吗？我和加陵没有什么意，请你放心。"宋志蓦地瞧见他女儿进来，简直不知道要用什么话对付她。沙龙也停了半晌才说："姑娘，我们不是谈你的事。请你放心。"敏明斥他说："狡猾的人，你的计我已知道了。你快去办你的事吧。"宋志说，"我的儿，你今天疯了吗？你且坐下，我慢慢给你说。"

敏明哪里肯依父亲的话，她一味和沙龙吵闹，弄得她父亲和沙龙很没趣。不久，沙龙垂着头走出来；宋志满面怒容蹲在床上吸烟；敏明也忿忿地上楼去了。

敏明那一晚上没有下来和父亲用饭。她想父亲终究会用蛊术离间他们，不由得心里难过。她躺在床上翻来覆去。绣枕早已被她的眼泪湿透了。

第二天早晨，她到镜台梳洗，从镜里瞧见她满面都是鲜红色——因为绣枕褪色，印在她的脸上——不觉笑起来。她把脸上那些印迹洗掉的时候，玛弥已捧一束鲜花、一杯咖啡上来。敏明把花放在一边，一手倚着窗棂，一手拿住茶杯向窗外出神。

她定神瞧着围绕瑞大光的彩云，不理会那塔的金光向她的眼睑射来，她精神因此就十分疲乏。她心里的感想和目前的光融洽，精神上现出催眠的状态。她自己觉得在瑞大光塔顶站着，听见底下的护塔铃叮叮当当地响。她又瞧见上面那些王侯所献的宝石，个个都发出很美丽的光芒。她心里喜欢得很，不歇用手去摩弄，无意中把一颗大红宝石摩掉了。她忙要俯身去捡时，那宝石已经掉在地上，她定神瞧着那空儿，要求那宝石掉下的缘故，不觉有一种更美丽的宝光从那里射出来。她心里觉得很奇怪，用手扶着金壁，低下头来要瞧瞧那空儿里头的光景。不提防那壁被她一推，渐渐向后，原来是一扇宝石的门。

那门被敏明推开之后，里面的光直射到她身上。她站在外边，望里一瞧，觉得里头的山水、树木，都是她平生所不曾见过的。她在不知不觉中，已经向前走了几十步。耳边恍惚听见有人对她说："好啊！你回来啦。"敏明回头一看，觉得那人很熟悉，只是一时不能记出他的名字。她听见"回来"这两字，心里很是纳闷，就向那人说："我不住在这里，为何说我回来？你是谁？我好像在哪里与你会过似的。这是什么地方？"那人笑说："哈哈！去了这些日子，连自己家乡和平日间往来的朋友也忘了。肉体的障碍真是大哟。"敏明听了这话，简直莫名其妙。又问他说："我是谁？有那么好福气住在这里。我真是在这里住过吗？"那人回答说："你是谁？你自己知道。若是说你不曾住过这里，我就领你到处逛一逛，瞧你认得不认得。"

敏明听见那人要领她到处去逛逛，就忙忙答应，但所见的东西，敏明一点也记不清楚，总觉得样样都是新鲜的。那人瞧见敏明那么迷糊，就对她说："你既然记不清，待我一件一件告诉你。"

敏明和那人走过一座碧玉牌楼。两边的树罗列成行，开着很好看的花。红的、白的、紫的、黄的，各色齐备。树上有些鸟声，唱得很好听。走路时，有些微风慢慢吹来，吹得各色的花瓣纷纷掉下：有些落在人的身上；有些落在地上；有些还在空中飞来飞去。敏明的头上和肩膀上也被花瓣贴满，遍体熏得很香。那人说："这些花木都是你的老朋友，你常和它们往来。它们的花是长年开放的。"敏明说："这真是好地方，只是我总记不起来。"

走不多远，忽然听见很好的乐音。敏明说："谁在那边奏乐?"那人回答说:"那里有人奏乐,这里的声音都是发于自然的。你所听的是前面流水的声音。我们再走几步就可以瞧见。"进前几步果然有些泉水穿林而流。水面浮着奇异的花草,还有好些水鸟在那里游泳。敏明只认得些荷花、鸂鶒(俗称紫鸳鸯),其余都不认得。那人很不惮烦,把各样的东西都告诉她。

他们二人走过一道桥,迎面立着一片琉璃墙。敏明说:"这墙真好看,是谁在里面住?"那人说:"这里头是乔答摩宣讲法要的道场。现时正在演说,好些人物都在那里聆听法音。转过这个墙角就是正门。到的时候,我领你进去听一听。"敏明贪恋外面的风景,不愿意进去。她说:"咱们逛会儿再进去吧。"那人说:"你只会听粗陋的声音,看简略的颜色和闻污劣的香味。那更好的、更微妙的,你就不理会了。……好,我再和你走走,瞧你了悟不了悟。"

二人走到墙的尽头,还是穿入树林。他们踏着落花一直进前,树上的鸟声,叫得更好听。敏明抬起头来,忽然瞧见南边的树枝上有一对很美丽的鸟呆立在那里,丝毫的声音也不从他们的嘴里发出。敏明指着向那人说:"只只鸟儿都出声吟唱,为什么那对鸟儿不出声音呢?那是什么鸟?"那人说:"那是命命鸟。为什么不唱,我可不知道。"

敏明听见"命命鸟"三字,心里似乎有点觉悟。她注神瞧着那鸟，猛然对那人说："那可不是我和我的好朋友加陵么，为何我们都站在那里？"那人说："是不是，你自己觉得。"

敏明抢前几步，看来还是一对呆鸟。她说："还是一对鸟儿在那里，也许是我的眼花了。"

他们绕了几个弯，当前现出一节小溪把两边的树林隔开。对岸的花草，似乎比这边更新奇。树上的花瓣也是常常掉下来。树下有许多男女：有些躺着的，有些站着的，有些坐着的。各人在那里说说笑笑，都现出很亲密的样子。敏明说："那边的花瓣落得更妙，人也多一点，我们一同过去逛逛吧。"那人说："对岸可不能去。那落的叫作情尘，若是望人身上落得多了就不好。"敏明说："我不怕。你领我过去逛逛吧。"那人见敏明一定要过去就对她说："你必要过那边去，我可不能陪你了。你可以自己找一道桥过去。"他说完这话就不见了。敏明回头瞧见那人不在，自己循着水边，打算找一道桥过去。但找来找去总找不着，只得站在这边瞧过去。

她瞧见那些花瓣越落越多，那班男女几乎被葬在底下。有一个男子坐在对岸的水边，身上也是满了落花。一个紫衣的女子走到他跟前说："我很爱你，你是我的命。我们是命命鸟。除你以外，我没有爱过别人。"那男子回答说：

"我对于你的爱情也是如此。我除了你以外不曾爱过别的女人。"紫衣女子听了，向他微笑，就离开他。走不多远，又遇着一位男子站在树下，她又向那男子说："我很爱你，你是我的命。我们是命命鸟，除你以外，我没有爱过别人。"那男子也回答说："我对于你的爱情也是如此。我除了你以外不曾爱过别的女人。"

敏明瞧见这个光景，心里因此发生了许多问题，就是：那紫衣女子为什么当面撒谎，和那两位男子的回答为什么不约而同？她回头瞧那坐在水边的男子还在那里，又有一个穿红衣的女子走到他面前，还是对他说紫衣女子所说的话。那男子的回答和从前一样，一个字也不改。敏明再瞧那紫衣女子，还是挨着次序向各个男子说话。她走远了，话语的内容虽然听不见，但她的形容老没有改变。各个男子对她也是显出同样的表情。

敏明瞧见各个女子对于各个男子所说的话都是一样；各个男子的回答也是一字不改，心里正在疑惑，忽然来了一阵狂风把对岸的花瓣刮得干干净净，那班男女立刻变成很凶恶的容貌，互相啮食起来。敏明瞧见这个光景，吓得冷汗直流。她忍不住就大声喝道："哎呀！你们的感情真是反复无常。"

敏明手里那杯咖啡被这一喝，全都泻在她的裙上。楼下的玛弥听见楼上的喝声，也赶上来。玛弥瞧见敏明周身冷汗，扑在镜台上头，忙上前把她扶起，问道："姑娘你怎样啦？烫着了没有？"敏明醒来，不便对玛弥细说，胡乱答应几句就打发她下去。

敏明细想刚才的异象，抬头再瞧窗外的瑞大光，觉得那塔还是被彩云绕住，越显得十分美丽。她立起来，换过一条绛色的裙子，就坐在她的卧榻上头。她想起在树林里忽然瞧见命命鸟变做她和加陵那回事情，心中好像觉悟他们两个是这边的命命鸟，和对岸自称为命命鸟的不同。她自己笑着说："好在你不在那边。幸亏我不能过去。"

她自经过这一场恐慌，精神上遂起了莫大的变化。对于婚姻另有一番见解，对于加陵的态度更是不像从前。加陵一点也觉不出来，只猜她是不舒服。

自从敏明回来，加陵没有一天不来找她。近日觉得敏明的精神异常，以为自己没有向她求婚，所以不高兴。加陵觉得他自己有好些难解决的问题，不能不对敏明说。第一，是他父亲愿意他去当和尚；第二，纵使准他娶妻，敏明的生肖和他不对，顽固的父亲未必承认。现在瞧见敏明这样，不由得不把衷情吐露出来。

加陵一天早晨来到敏明家里，瞧见她的态度越发冷静，就安慰她说："好朋友，你不必忧心，日子还长呢。我在咱们的事情上头已经有了打算。父亲若是不肯，咱们最终的办法就是'照例逃走'。你这两天是不是为这事生气呢？"敏明说："这倒不值得生气。不过这几晚睡得迟，精神有一点疲倦罢了。"

加陵以为敏明的话是真，就把前日向父亲请求的情形说给她听。他说："好朋友，你瞧我的父亲多么固执。他一意要我去当和尚，我前天向他说些咱们的事，他还要请人来给我说法，你说好笑不好笑？"敏明说："什么法？"加陵说："那天晚上，父亲把昙摩蜱请来。我以为有别的事要和他商量，谁知他叫我到跟前教训一顿。你猜他对我讲什么经呢？好些话我都忘记了。内中有一段是很有趣、很容易记的。我且念给你听：

> 佛问摩邓曰："女爱阿难何似？"女言："我爱阿难眼；爱阿难鼻；爱阿难口；爱阿难耳；爱阿难声音；爱阿难行步。"佛言："眼中但有泪；鼻中但有洟；口中但有唾；耳中但有垢；身中但有屎尿，臭气不净。"

"昙摩蜱说得天花乱坠，我只是偷笑。因为身体上的污秽人人都有，哪能因着这些小事，就把爱情割断呢？况且这经本来不合对我说；若是对你念，还可以解释得去。"

　　敏明听了加陵末了那句话，忙问道："我是摩邓吗？怎样说对我念就可以解释得去？"加陵知道失言，忙回答说："请你原谅，我说错了。我的意思不是说你是摩邓，是说这本经合于对女人说。"加陵本是要向敏明解嘲，不意反触犯了她。敏明听了那几句经，心里更是明白。他们两人各有各的心事，总没有尽情吐露出来。加陵坐不多会，就告辞回家去了。

　　涅槃节近啦。敏明的父亲直催她上比古去，加陵知道敏明明日要动身，在那晚上到她家里，为的是要给她送行。但一进门，连人影也没有，转过角门，只见玛弥在她屋里缝衣服。那时候约在八点钟的光景。

　　加陵问玛弥说："姑娘呢？"玛弥抬头见是加陵，就赔笑说："姑娘说要去找你，你反来找她。她不曾到你家去吗？她出门已有一点钟工夫了。"加陵说："真的吗？"玛弥回了一声："我还骗你不成。"低头还是做她的活计。加陵说："那么，我就回去等她。"

　　加陵知道敏明没有别处可去，她一定不会趁瑞大光的热闹。他回到家里，见敏明没来，就想着她一定和女伴到绿绮湖上乘凉。因为那夜的月亮亮得很，敏明和月亮很有缘；每到月圆的时候，她必招几个朋友到那里谈心。

　　加陵打定主意，就向绿绮湖去。到的时候，觉得湖里静寂得很。这几天是涅槃节期，各庙里都很热闹，绿绮湖的冷月没人来赏玩，是意中的事。加陵从爱德华第七的造像后面上了山坡，瞧见没人在那里，心里就有几分诧异。因为敏明每次必在那里坐，这回不见她，谅是没有来。

　　他走得很累，就在凳上坐一会。他在月影朦胧中瞧见地下有一件东西，捡起来看时，却是一条蝉翼纱的领巾。那巾的两端都绣一个吉祥海云的徽识，所以他认得是敏明的。

　　加陵知道敏明还在湖边，把领巾藏在袋里，就抽身去找她。他踏一弯虹桥，转到水边的乐亭，瞧没有人，又折回来。他在山丘上注神一望，瞧见西南边隐隐有个人影，忙上前去，见有几分像敏明。加陵蹑步到野蔷薇垣后面，意思是要吓她。他瞧见敏明好像是找什么东西似的，所以静静伏在那里看她要做什么。

　　敏明找了半天，随在乐亭旁边摘了一枝优钵昙花，走到湖边，向着瑞大光合掌礼拜。加陵见了，暗想她为什么不到瑞大光膜拜去？于是再蹑足走近湖边的蔷薇垣，那里离敏明礼拜的地方很近。

　　加陵恐怕再触犯她，所以不敢做声。只听她的祈祷。

女弟子敏明，稽首三世诸佛：我自万劫以来，迷失本来智性；因此堕入轮回，成女人身。现在得蒙大慈，示我三生因果。我今悔悟，誓不再恋天人，致受无量苦楚。愿我今夜得除一切障碍，转生极乐国土。愿勇猛无畏阿弥陀，俯听恳求接引我。南无阿弥陀佛。

加陵听了她这番祈祷，心里很受感动。他没有一点悲痛，竟然从蔷薇垣里跳出来，对着敏明说："好朋友，我听你刚才的祈祷，知道你厌弃这世间，要离开它。我现在也愿意和你同行。"

敏明笑道："你什么时候来的？你要和我同行，莫不你也厌世吗？"加陵说："我不厌世。因为你的缘故，我愿意和你同行。我和你分不开。你到那里，我也到那里。"敏明说："不厌世，就不必跟我去。你要记得你父亲愿你做一个转法轮的能手。你现在不必跟我去，以后还有相见的日子。"加陵说："你说不厌世就不必死，这话有些不对。譬如我要到蛮得勒去，不是嫌恶仰光，不过我未到过那城，所以愿意去瞧一瞧。但有些人很厌恶仰光，他巴不得立刻离开才好。现在，你是第二类的人，我是第一类的人，为什么不让我和你同行？"敏明不料加陵会来，更不料他一下就决心要跟从她。现在听他这一番话语，知道他与自己的觉悟虽然不同，但她常感得他们二人是那世界的命命鸟，所以不甚阻止他。到这里，她才把前几天的事告诉加陵。加陵听了，心里非常地喜欢，说："有那么好的地方，为何不早告诉我？我一定离不开你了，我们一块儿去吧。"

那时月光更是明亮。树林里萤火无千无万地闪来闪去，好像那世界的人物来赴他们的喜筵一样。

加陵一手搭在敏明的肩上，一手牵着她。快到水边的时候，加陵回过脸来向敏明的唇边啜了一下。他说："好朋友，你不亲我一下吗？"敏明好像不曾听见，还是直地走。

他们走入水里，好像新婚的男女携手入洞房那般自在，毫无一点畏缩。在月光水影之中，还听见加陵说："咱们是生命的旅客，现在要到那个新世界，实在叫我快乐得很。"

现在他们去了！月光还是照着他们所走的路；瑞大光远远送一点鼓乐的声音来；动物园的野兽也都为他们唱很雄壮的欢送歌；唯有那不懂人情的水，不愿意替他们守这旅行的秘密，要找机会把他们的躯壳送回来。

枯杨生花

秒，分，年月，
是用机械算的时间。
白头，皱皮，
是时间栽培的肉身。
谁曾见过心生白发？
起了皱纹？
心花无时不开放，
虽寄在愁病身、老死身中，
也不减他的辉光。
那么，谁说枯杨生花不久长？
"身不过是粪土"，

是栽培心花的粪土。

污秽的土能养美丽的花朵，

所以老死的身能结长寿的心果。

在这渔村里，人人都是惯于海上生活的。就是女人们有时也能和她们的男子出海打鱼，一同在那漂荡的浮屋过日子。但住在村里，还有许多愿意和她们的男子过这样的危险生活也不能的女子们。因为她们的男子都是去国的旅客，许久许久才随着海燕一度归来，不到几个月又转回去了。可羡燕子的归来都是成双的；而背离乡井的旅人，除了他们的行李以外，往往还还，终是非常孤零。

小港里，榕荫深处，那家姓金的，住着一个老婆子云姑和她的媳妇。她的儿子是个远道的旅人，已经许久没有消息了。年月不歇地奔流，使云姑和她媳妇的身心满了烦闷、苦恼，好像溪边的岩石，一方面被这时间的水冲刷了她们外表的光辉，一方面又从上流带了许多垢秽来停滞在她们身边。这两位忧郁的女人，为她们的男子不晓得费了许多无用的希望和探求。

这村，人烟不甚稠密，生活也很相同，所以测验命运的瞎先生很不轻易来到。老婆了一听见"报君知"的声音，没一次不赶快出来候着，要问行人的气运。她心里的想念比媳妇还切。这缘故，除非自己说出来，外人是难以知道的。每次来，都是这位瞎先生；每回的卦，都是平安、吉利。所短的只是时运来到。

那天，瞎先生又敲着他的报君知来了。老婆子早在门前等候。瞎先生是惯在这家测算的，一到，便问："云姑，今天还问行人吗？"

"他一天不回来，终是要烦你的。不过我很思疑你的占法有点不灵验。这么些年，你总是说我们能够会面，可是现在连书信的影儿也没有了。你最好就是把小钲给了我，去干别的营生罢。你这不灵验的先生！"

瞎先生赔笑说："哈哈，云姑又和我闹玩笑了。你儿子的时运就是这样，——好的要等着；坏的……"

"坏的怎样？"

"坏的立刻验。你的卦既是好的，就得等着。纵然把我的小钲摔破了也不能教他的好运早进一步的。我告诉你，若要相见，倒用不着什么时运，只要你肯去找他就可以，你不是去过好几次了吗。"

"若去找他，自然能够相见，何用你说？啐！"

"因为你心急，所以我又提醒你，我想你还是走一趟好。今天你也不要我算了。你到那里，若见不着他，回来再把我的小钲取去也不迟。那时我也要承认我的占法不灵，不配干这营生了。"

瞎先生这一番话虽然带着搭讪的意味，可把云姑远行寻子的念头提醒了。她说："好吧，过一两个月再没有消息，我一定要去走一遭。你且候着，若再找不着他，提防我摔碎你的小钲。"

瞎先生连声说："不至于，不至于。"扶起他的竹杖，顺着池边走。报君知的声音渐渐地响到榕荫不到的地方。

一个月、一个月，又很快地过去了。云姑见他老没消息，径同着媳妇从乡间来。路上的风波，不用说，是受够了。老婆子从前是来过三两次的，所以很明白往儿子家里要望那方前进。前度曾来的门墙依然映入云姑的瞳子。她觉得今番的颜色比前辉煌得多。眼中的瞳子好像对她说："你看儿子发财了！"

她早就疑心儿子发了财，不顾母亲，一触这鲜艳的光景，就带着呵责对媳妇说："你每用话替他粉饰，现在可给你亲眼看见了。"她见大门虚掩，顺手推开，也不打听，就望里迈步。

媳妇说："这怕是别人的住家，娘敢是走错了。"

她索性拉着媳妇的手，回答说："哪会走错？我是来过好几次的。"媳妇才不做声，随着她走进去。

嫣媚的花草各立定在门内的小园，向着这两个村婆装腔、作势。路边两行千心妓女从大门达到堂前，剪得齐齐地。媳妇从不曾见过这生命的扶槛，一面走着，一面用手在上头将来将去。云姑说："小奴才，很会享福呀！怎么从前一片瓦砾场，今儿能长出这般烂漫的花草？你看这奴才又为他自己花了多少钱。他总不想他娘的田产，都是为他念书用完的。念了十几二十年书，还不会剩钱；刚会剩钱，又想自己花了。哼！"

说话间，已到了堂前。正中那幅拟南田的花卉仍然挂在壁上。媳妇认得那是家里带来的，越发安心坐定。云姑只管望里面探望，望来望去，总不见儿子的影儿。她急得嚷道："谁在里头？我来了大半天，怎么没有半个人影儿出来接应？"这声浪拥出一个小厮来。

"你们要找谁？"

老妇人很气地说："我要找谁！难道我来了，你还装做不认识吗？快请你主人出来。"

小厮看见老婆子生气，很不好惹，遂恭恭敬敬地说："老太太敢是大人的亲眷？"

"什么大人？在他娘面前也要排这样的臭架。"这小厮很诧异，因为他主人的母亲就住在楼上，哪里又来了这位母亲。他说："老太太莫不是我家萧大人的……"

"什么萧大人？我儿子是金大人。"

"也许是老太太走错门了。我家主人并不姓金。"

她和小厮一句来，一句去，说的怎么是，怎么不是——闹了一阵还分辨不清。闹得里面又跑出一个人来。这个人却认得她，一见便说："老太太好呀！"她见是儿子成仁的厨子，就对他说："老宋你还在这里。你听那可恶的小厮硬说他家主人不姓金，难道我的儿子改了姓不成？"

厨子说："老太太哪里知道？少爷自去年年头就不在这里住了。这里的东西都是他卖给人的。我也许久不吃他的饭了。现在这家是姓萧的。"

成仁在这里原有一条谋生的道路，不提防年来光景变迁，弄得他朝暖不保夕寒，有时两三天才见得一点炊烟从屋角冒上来。这样生活既然活不下去，又不好坦白地告诉家人。他只得把房子交回东主，一切家私能变卖的也都变卖了。云姑当时听见厨子所说，便问他现在的住址。厨子说："一年多没见金少爷了，我实在不知道他现在在哪里。我记得他对我说过要到别的地方去。"

厨子送了她们二人出来，还给她们指点道途。走不远，她们也就没有主意了。媳妇含泪低声地自问："我们现在要往哪里去？"但神经过敏的老婆子以为媳妇奚落她，便使气说："往去处去！"媳妇不敢再做声，只默默地扶着她走。

这两个村婆从这条街走到那条街，亲人既找不着，道途又不熟悉，各人提着一个小包袱，在街上只是来往地踱。老人家走到极疲乏的时候，才对媳妇说道："我们先找一家客店住下吧。可是……店在哪里，我也不熟悉。"

"那怎么办呢？"

她们俩站在街心商量，可巧一辆摩托车从前面慢慢地驶来。因着警号的声音，使她们靠里走，且注意那坐在车上的人物。云姑不看则已，一看便呆了大半天。媳妇也是如此，可惜那车不等她们嚷出来，已直驶过去了。

"方才在车上的，岂不是你的丈夫成仁？怎么你这样呆头呆脑，也不会叫他的车停一会？"

"呀，我实在看呆了！……但我怎好意思在街上随便叫人?"

"哼!你不叫,看你今晚上往哪里住去。"

自从那摩托车过去以后,她们心里各自怀着一个意思。做母亲的想她的儿子在此地享福,不顾她,教人瞒着她说他穷。做媳妇的以为丈夫是另娶城市的美妇人,不要她那样的村婆了,所以她暗地也埋怨自己的命运。

前后无尽的道路,真不是容人想念或埋怨的地方呀。她们俩,无论如何,总得找个住宿的所在;眼看太阳快要平西,若还犹豫,便要露宿了。在她们心绪紊乱中,一个巡捕弄着手里的大黑棍子,撮起嘴唇,优悠地吹着些很鄙俗的歌调走过来。他看见这两个妇人,形迹异常,就向前盘问。巡捕知道她们是要找客店的旅人,就遥指着远处一所栈房说:"那间就是客店。"她们也不能再走,只得听人指点。

她们以为大城里的道路也和村庄一样简单,人人每天都是走着一样的路程。所以第二天早晨,老婆子顾不得梳洗,便跑到昨天她们与摩托车相遇的街上。她又不大认得道,好容易才给她找着了。站了大半天,虽有许多摩托车从她面前经过,然而她心意中的儿子老不在各辆车上坐着。她站了一会,再等一会,巡捕当然又要上来盘问。她指手画脚，尽力形容，大半天巡捕还不明白她说的是什么意思。巡捕只好教她走；劝她不要在人马扰攘的街心站着。她沉吟了半晌，才一步一步地蹀回店里。

媳妇挨在门框旁边也盼望许久了。她热望着婆婆给她好消息来，故也不歇地望着街心。从早晨到晌午，总没离开大门，等她看见云姑还是独自回来，她的双眼早就嵌上一层玻璃罩子。这样的失望并不稀奇，我们在每日生活中有时也是如此。

云姑进门，坐下，喘了几分钟，也不说话，只是摇头，许久才说："无论如何，我总得把他找着。可恨的是人一发达就把家忘了，我非得把他找来清算不可。"媳妇虽是伤心，还得挣扎着安慰别人。她说："我们至终要找着他。但每日在街上候着，也不是个办法，不如雇人到处打听去更妥当。"婆婆动怒了，说："你有钱，你雇人打听去。"静了一会，婆婆又说："反正那条路我是认得的，明天我还得到那里候着。前天我们是黄昏时节遇着他的，若是晚半天去，就能遇得着。"媳妇说："不如我去。我健壮一点，可以多站一会。"婆婆摇头回答："不成，不成。这里人心极坏，年轻的妇女少出去一些为是。"媳妇很失望，低声自说："那天呵责我不拦车叫人，现在又不许人去。"云姑翻起脸来说："又和你娘拌嘴了。这是什么时候？"媳妇不敢再作声了。

当下她们说了些找寻的方法。但云姑是非常固执的，她非得自己每天站在路旁等候不可。

老妇人天天在路边候着，总不见从前那辆摩托车经过。倏忽的光阴已过了一个月有余，看来在店里住着是支持不住了。她想先回到村里，往后再作计较。媳妇又不大愿意快走，争奈婆婆的性子，做什么事都如箭在弦上，发出的多，挽回的少；她的话虽在喉头，也得从容地再吞下去。

她们下船了。舷边一间小舱就是她们的住处。船开不久，浪花已顺着风势频频地打击圆窗。船身又来回簸荡，把她们都荡晕了。第二晚，在眠梦中，忽然"哗啦"一声，船面随着起一阵恐怖的呼号。媳妇忙挣扎起来，开门一看，已见客人拥挤着，窜来窜去，好像老鼠入了吊笼一样。媳妇忙退回舱里，摇醒婆婆说："阿娘，快出去吧！"老婆子忙爬起来，紧拉着媳妇望外就跑。但船上的人你挤我，我挤你；船板又湿又滑；恶风怒涛又不稍减；所以搭客因摔倒而滚入海的很多。她们二人出来时，也摔了一跤；婆婆一撒手，媳妇不晓得又被人挤到什么地方去了。云姑被一个青年人扶起来，就紧揪住一条桅索，再也不敢动一动。她在那里只高声呼唤媳妇，但在那时，不要说千呼万唤，就是雷音狮吼也不中用。

天明了，可幸船还没沉，只搁在一块大礁石上，后半截完全泡在水里。在船上一部分人因为慌张拥挤的缘故，反比船身沉没得快。云姑走来走去，怎也找不着她媳妇。其实夜间不晓得丢了多少人，正不止她媳妇一个。她哭得死去活来，也没人来劝慰。那时节谁也有悲伤，哀哭并非稀奇难遇的事。

船搁在礁石上好几天，风浪也渐渐平复了。船上死剩的人都引领盼顾，希望有船只经过，好救度他们。希望有时也可以实现的，看天涯一缕黑烟越来越近，云姑也忘了她的悲哀，随着众人呐喊起来。

云姑随众人上了那只船以后，她又想念起媳妇来了。无知的人在平安时的回忆总是这样。她知道这船是向着来处走，并不是往去处去的，于是她的心绪更乱。前几天因为到无可奈何的时候才离开那城，现在又要折回去，她一想起来，更不能制止泪珠的乱坠。

现在船中只有她是悲哀的。客人中，很有几个走来安慰她，其中一位朱老先生更是殷勤。他问了云姑一席话，很怜悯她，教她上岸后就在自己家里歇息，慢慢地寻找她的儿子。

慈善事业只合淡泊的老人家来办的，年少的人办这事，多是为自己的愉快，或是为人间的名誉恭敬。朱老先生很诚恳地带着老婆子回到家中，见了妻子，把情由说了一番。妻子也很仁惠，忙给她安排屋子，凡生活上一切的供养都为她预备了。

朱老先生用尽方法替她找儿子，总是没有消息。云姑觉得住在别人家里有点不好意思。但现在她又回去不成了。一个老妇人，怎样营独立的生活！从前还有一个媳妇将养她，现在媳妇也没有了。晚景朦胧，的确可怕、可伤。她青年时又很要强、很独断，不肯依赖人，可是现在老了。两位老主人也乐得她住在家里，故多用方法使她不想。

人生总有多少难言之隐，而老年的人更甚。她虽不惯居住城市，而心常在城市。她想到城市来见见她儿子的面是她生活中最要紧的事体。这缘故，不说她媳妇不知道，连她儿子也不知道。她隐秘这事，似乎比什么事都严密。流离的人既不能满足外面的生活，而内心的隐情又时时如毒蛇围绕着她。老人的心还和青年人一样，不是离死境不远的。她被思维的毒蛇咬伤了。

朱老先生对于道旁人都是一样爱惜，自然给她张罗医药，但世间还没有药能够医治想病。他没有法子，只求云姑把心事说出，或者能得一点医治的把握。女人有话总不轻易说出来的。她知道说出来未必有益，至终不肯吐露丝毫。

一天、一天，很容易过，急他人之急的朱老先生也急得一天厉害过一天。还是朱老太太聪明，把老先生提醒了说："你不是说她从沧海来的呢？四妹夫也是沧海姓金的，也许他们是同族，怎不向他打听一下？"

老先生说："据你四妹夫说沧海全村都是姓金的，而且出门的很多，未必他们就是近亲；若是远族，那又有什么用处？我也曾问过她认识思敬不认识，她说村里并没有这个人。思敬在此地四十多年，总没回去过；在理，他也未必认识她。"

老太太说："女人要记男子的名字是很难的。在村里叫的都是什么'牛哥''猪郎'，一出来，把名字改了，叫人怎能认得？女人的名字在男子心中总好记一点，若是沧海不大，四妹夫不能不认识她。看她现在也六十多岁了，在四妹夫来时，她至少也在二十五六岁左右。你说是不是？不如你试到他那里打听一下。"

他们商量妥当，要到思敬那里去打听这老妇人的来历。思敬与朱老先生虽是连襟，却很少往来。因为朱老太太的四妹很早死，只留下一个儿子砺生。亲戚家中既没有女人，除年节的遗赠以外，是不常往来的。思敬的心情很坦荡，有时也诙谐，自妻死后，便将事业交给那年轻的儿子，自己在市外盖了一所别庄，名作沧海小浪仙馆，在那里已经住过十四五年了。白手起家的人，像他这样知足、会享清福的很少。

小浪仙馆是藏在万竹参差里。一湾流水围绕林外，俨然是个小洲，需过小桥方能达到馆里。朱老先生顺着小桥过去。小林中养着三四只鹿，看见人在道上走，都抢着跑来。深秋的昆虫，在竹林里也不少，所以这小浪仙馆都满了虫声、鹿迹。朱老先生不常来，一见这所好园林，就和拜见了主人一样，在那里盘桓了多时。

思敬的别庄并非金碧辉煌的高楼大厦，只是几间覆茅的小屋。屋里也没有什么稀世的珍宝，只是几架破书，几卷残画。老先生进来时，精神怡悦的思敬已笑着出来迎接。

"襟兄少会呀！你在城市总不轻易到来，今日是什么兴头使你老人家光临？"

朱老先生说："自然，'没事就不登三宝殿'，我来特要向你打听一件事。但是你在这里很久没回去，不一定就能知道。"

思敬问："是我家乡的事吗？"

"是，我总没告诉你我这夏天从香港回来，我们的船在水程上救济了几十个人。"

"我已知道了，因为砺生告诉我。我还教他到府上请安去。"

老先生诧异说："但是砺生不曾到我那里。"

"他一向就没去请安么？这孩子越学越不懂事了!"

"不，他是很忙的，不要怪他。我要给你说一件事：我在船上带了一个老婆子。……"

诙谐的思敬狂笑，拦着说："想不到你老人家的心总不会老!"

老先生也笑了说："你还没听我说完哪。这老婆子已六十多岁了，她是为找儿子来的。不幸找不着，带着媳妇要回去。风浪把船打破，连她的媳妇也打丢了。我见她很伶丁，就带她回家里暂住。她自己说是从沧海来的。这几个月中，我们夫妇为她很担心，想她自己一个人再去又没依靠的人；在这里，又找不着儿子，自己也急出病来了。问她的家世，她总说得含含糊糊，所以特地来请教。"

"我又不是沧海的乡正，不一定就能认识她。但六十左右的人，多少我还认识几个。她叫什么名字？"

"她叫作云姑。"

思敬注意起来了。他问："是嫁给日腾的云姑么？我认得一位日腾嫂小名叫云姑，但她不致有个儿子到这里来，使我不知道。"

"她一向就没说起她是日腾嫂，但她儿子名叫成仁，是她亲自对我说的。"

"是呀，日腾嫂的儿子叫阿仁是不错的。这，我得去见见她才能知道。"

这回思敬倒比朱老先生忙起来了。谈不到十分钟，他便催着老先生一同进城去。

一到门，朱老先生对他说："你且在书房候着，待我先进去告诉她。"他跑进去，老太太正陪着云姑在床沿坐着。老先生对她说："你的妹夫来了。这是很凑巧的，他说认识她。"他又向云姑说："你说不认得思敬，思敬倒认得你呢。他已经来了，待一回，就要进来看你。"

老婆子始终还是说不认识思敬。等他进来，问她："你可是日腾嫂？"她才惊讶起来，怔怔地望着这位灰白眉发的老人，半晌才问："你是不是日辉叔？"

"可不是！"老人家的白眉望上动了几下。

云姑的精神这回好像比没病时还健壮。她坐起来，两只眼睛凝望着老人，摇摇头叹说："呀，老了！"

思敬笑说："老么？我还想活三十年哪。没想到此生还能在这里见你！"

云姑的老泪流下来，说："谁想得到？你出门后总没有信。若是我知道你在这里，仁儿就不至于丢了。"

朱老先生夫妇们眼对眼在那里猜哑谜，正不晓得他们是怎么一回事。思敬坐下，对他们说："想你们二位要很诧异我们的事。我们都是亲戚，年纪都不小了，少年时事，说说也无妨。云姑是我一生最喜欢、最敬重的。她的丈夫是我同族的哥哥，可是她比我小五岁。她嫁后不过一年，就守了寡——守着一个遗腹子。我于她未嫁时就认得她的，我们常在一处。自她嫁后，我也常到她家里。"

"我们住的地方只隔一条小巷，我出入总要由她门口经过。自她寡后，心性变得很浮躁，喜怒又无常，我就不常去了。"

"世间凑巧的事很多！阿仁长了五六岁，偏是很像我。"

朱老先生截住说："那么，她说在此地见过成仁，在摩托车上的定是砺生了。"

"你见过砺生吗？砺生不认识你，见着也未必理会。"他向着云姑说了这话，又转过来对着老先生，"我且说村里的人很没知识，又很爱说人闲话；我又是弱房的孤儿，族中人总想找机会来欺负我。因为阿仁，几个坏子弟常来勒索我，一不依，就要我见官去，说我'盗嫂'，破寡妇的贞节。我为两方的安全，带了些少金钱，就跑到这里来。其实我并不是个商人，赶巧又能在这里成家立业。但我终不敢回去，恐怕人家又来欺负我。"

"好了，你既然来到，也可以不用回去。我先给你预备住处，再想法子找成仁。"

思敬并不多谈什么话，只让云姑歇下，同着朱老先生出外厅去了。

当下思敬要把云姑接到别庄里，朱老先生因为他们是同族的嫂叔，当然不敢强留。云姑虽很喜欢，可躺病在床，一时不能移动，只得暂时留在朱家。

在床上的老病人，忽然给她见着少年时所恋、心中常想而不能说的爱人，已是无上的药饵足能治好她。此刻她的眉也不皱了。旁边人总不知她心里有多少愉快，只能从她面部的变动测验一点。

她躺着翻开她心史最有趣的一页。

记得她丈夫死时，她不过是二十岁，虽有了孩子，也是难以守得住，何况她心里又另有所恋。日日和所恋的人相见，实在教她忍不得去过那孤寡的生活。

邻村的天后宫，每年都要演酬神戏。村人借着这机会可以消消闲，所以一演剧时，全村和附近的男女都来聚在台下，从日中看到第二天早晨。那夜的戏目是《杀子报》，云姑也在台下坐着看。不到夜半半，她已看不入眼，至终给心中的烦闷催她回去。

回到家里，小婴儿还是静静地睡着；屋里很热，她就依习惯端一张小凳子到偏门外去乘凉。这时巷中一个人也没有。近处只有印在小池中的月影伴着她。远地的锣鼓声、人声，又时时送来搅扰她的心怀。她在那里，对着小池暗哭。

巷口，脚步的回声令她转过头来视望。一个人吸着旱烟筒从那边走来。她认得是日辉，心里顿然安慰。日辉那时是个斯文的学生，所住的是在村尾，这巷是他往来必经之路。他走近前，看见云姑独自一人在那里，从月下映出她双颊上几行泪光。寡妇的哭本来就很难劝。他把旱烟吸得嗅嗅有声，站住说："还不睡去，又伤心什么？"

她也不回答，一手就把日辉的手揸住。没经验的日辉这时手忙脚乱，不晓得要怎样才好。许久，他才说："你把我揸住，就能使你不哭么？"

"今晚上，我可不让你回去了。"

日辉心里非常害怕，血脉动得比常时快，烟筒也揸得不牢，落在地上。他很郑重地对云姑说："谅是今晚上的戏使你苦恼起来。我不是不依你，不过这村里只有我一个是'读书人'，若有三分不是，人家总要加上七分谴谪。你我的名分已是被定到这步田地，族人对你又怀着很大的希望，我心里即如火焚烧着，也不能用你这点清凉水来解救。你知道若是有父母替我做主，你早是我的人，我们就不用各受各的苦了。不用心急，我总得想方法安慰你。我不是怕破坏你的贞节，也不怕人家骂我乱伦，因为我们从少时就在一处长大的，我们的心肠比那些还要紧。我怕的是你那儿子还小，若是什么风波，岂不白害了他？不如再等几年，我有多少长进的时候，再……"

屋里的小孩子醒了，云姑不得不松了手，跑进去招呼他。日辉乘隙走了。妇人出来，看不见日辉，正在怅望，忽然有人拦腰抱住她。她一看，却是本村的坏子弟臭狗。

"臭狗，为什么把人抱住？"

"你们的话，我都听见了。你已经留了他，何妨再留我？"

妇人急起来，要嚷。臭狗说："你一嚷，我就去把日辉揪来对质，一同上祠堂去；又告诉禀保，不保他赴府考，叫他秀才也做不成。"他嘴里说，一只手在女人头面身上自由摩挲，好像乩在沙盘上乱动一般。

妇人嚷不得，只能用最后的手段，用极甜软的话向着他："你要，总得人家愿意；人家若不愿意，就许你抱到明天，那有什么用处？你放我下来，等我进去把孩子挪过一边……"

性急的臭狗还不等她说完，就把她放下来。一副谄媚如小鬼的脸向着妇人说："这回可愿意了。"妇人送他一次媚视，转身把门急掩起来。臭狗见她要逃脱，赶紧插一只脚进门限里。这偏门是独扇的，妇人手快，已把他的脚夹住，又用全身的力量顶着。外头，臭狗求饶的声，叫不绝口。

"臭狗，臭狗，谁是你占便宜的，臭蛤蟆。臭蛤蟆要吃肉也得想想自己没翅膀！何况你这臭狗，还要跟着凤凰飞，有本领，你就进来吧。不要脸！你这臭鬼，真臭得比死狗还臭。"

外头直告饶，里边直詈骂，直堵。妇人力尽的时候才把他放了。那夜的好教训是她应受的。此后她总不敢于夜中在门外乘凉了。臭狗吃不着"天鹅"，只是要找机会复仇。

过几年，成仁已四五岁了。他长得实在像日辉，村中多事的人——无疑臭狗也在内——硬说他的来历不明。日辉本是很顾体面的，他禁不起千口同声硬把事情搁在他身，使他清白的名字被涂得漆黑。

那晚上，雷雨交集。妇人怕雷，早把窗门关得很严，同那孩子伏在床上。子刻已过，当巷的小方窗忽然霍霍地响。妇人害怕不敢问。后来外头叫了一声"腾嫂"，她认得这又斯文又惊惶的声音，才把窗门开了。

"原来是你呀！我以为是谁。且等一会，我把灯点好，给你开门。"

"不，夜深了，我不进去。你也不要点灯了，我就站在这里给你说几句话罢。我明天一早就要走了。"这时电光一闪，妇人看见日辉脸上、身上满都湿了。她还没工夫辨别那是雨、是泪，日辉又接着往下说："因为你，我不能再在这村里住，反正我的前程是无望的了。"

妇人默默地望着他，他从袖里掏出一卷地契出来，由小窗送进去。说："嫂子，这是我现在所能给你的。我将契写成卖给成仁的字样，也给县里的房吏说好了。你可以收下，将来给成仁做书金。"

他将契交给妇人，便要把手缩回。妇人不顾接契，忙把他的手揸住。契落在地上，妇人好像不理会，双手捧着日辉的手往复地摩挲，也不言语。

"你忘了我站在深夜的雨中吗？该放我回去啦，待一回有人来，又不好了。"

妇人仍是不放，停了许久，才说："方才我想问你什么来，可又忘了。……不错，你还没告诉我你要到哪里去咧。"

"我实在不能告诉你，因为我要先到厦门去打听一下再定规。我从前想去的是长崎，或是上海，现在我又想向南洋去，所以去处还没一定。"

妇人很伤悲地说："我现在把你的手一撒，就像把风筝的线放了一般，不知此后要到什么地方找你去。"

她把手撒了，男子仍是呆呆地站着。他又像要说话的样子，妇人也默默地望着。雨水欺负着外头的行人，闪电专要吓里头的寡妇，可是他们都不介意。在黑暗里，妇人只听得一声："成仁大了，务必叫他到书房去。好好地栽培他，将来给你请封诰。"

他没容妇人回答什么，担着破伞走了。

这一别四十多年，一点音信也没有。女人的心现在如失宝重还，什么音信、消息、儿子、媳妇，都不能动她的心了。她的愉快足能使她不病。

思敬于云姑能起床时，就为她预备车辆，接她到别庄去。在那虫声高低、鹿迹零乱的竹林里，这对老人起首过他们曾希望过的生活。云姑呵责思敬说他总没音信，思敬说："我并非不愿，给你知道我离乡后的光景，不过那时，纵然给你知道了，也未必是你我两人的利益。我想你有成仁，别后已是闲话满嘴了；若是我回去，料想你必不轻易放我再出来。那时，若要进前，便是吃官司；要退后，那就不可设想了。"

"自娶妻后，就把你忘了。我并不是真忘了你，为常记念你只能增我的忧闷，不如权当你不在了。又因我已娶妻，所以越不敢回去见你。"

说话时，遥见他儿子砺生的摩托车停在林外。他说："你从前遇见的'成仁'来了。"

砺生进来，思敬命他叫云姑为母亲。又对云姑说："他不像你的成仁吗？"

"是呀，像得很！怪不得我看错了。不过细看起来，成仁比他老得多。"

"那是自然的，成仁长他十岁有余咧。他现在不过三十四岁。"

现在一提起成仁，她的心又不安了。她两只眼睛望空不歇地转。思敬劝说，"反正我的儿子就是你的。成仁终归是要找着的，这事交给砺生办去，我们且宽怀过我们的老日子吧。"

和他们同在的朱老先生听了这话，在一边狂笑，说："'想不到你老人家的心还不会老！'现在是谁老了！"

思敬也笑说，"我还是小叔呀。小叔和寡嫂同过日子也是应该的。难道还送她到老人院去不成？"

三个老人在那里卖老，砺生不好意思，借故说要给他们办筵席，乘着车进城去了。

　　壁上自鸣钟叮当响了几下，云姑像感得是沧海瞎先生敲着报君知来告诉她说："现在你可什么都找着了！这行人卦得赏双倍，我的小钲还可以保全哪。"

　　那晚上的筵席，当然不是平常的筵席。

黄昏后

　　承欢、承懂两姊妹在山上采了一篓羊齿类的干草，是要用来编造果筐和花篮的。她们从那条崎岖的山径一步一步地走下来，刚到山腰，已是喘得很厉害，二人就把篓子放下，歇息一会。

　　承欢的年纪大一点，所以她的精神不如妹妹那么活泼，只坐在一根横露在地面的榕树根上头；一手拿着手巾不歇地望脸上和脖项上揩拭。她的妹妹坐不一会，已经跑入树林里，低着头，慢慢找她心识中的宝贝去了。

　　喝醉了的太阳在临睡时，虽不能发出他固有的本领，然而还有余威把他的妙光长箭射到承欢这里。满山的岩石、树林、泉水，受着这妙光的赏赐，越觉得秋意阑珊了。汐涨的声音，一阵一阵地从海岸送来，远地的归鸟和落叶混着在树林里乱舞。承欢当着这个光景，她的眉、目、唇、舌也不觉跟着那些动的东西，在她那被日光熏黑了的面庞飞舞着。她高兴起来，心中的意思已经禁止不住，就顺口念着："……碧海无风涛自语；丹林映日叶思飞！……"还没有念完，她的妹妹就来到跟前，衣裾里兜着一堆的叶子，说："姊姊，你自己坐在这里，和谁说话来？你也不去帮我捡捡叶子，那边还有许多好看的哪。"她说着，顺手把所得的枯叶一片一片地拿出来，说："这个是蚶壳，……这是海星，……这是没有鳍的翻车鱼。……这卷得更好看，是爸爸吸的淡芭菰。……这是……"她还要将那些受她想象变化过的叶子一一给姊姊说明；可是这样的讲解，除她自己以外，是没人愿意用工夫去领教的。承欢不耐烦地说："你且把它们搁在篓里吧，到家才听你的，现在我不愿意听咧。"承懽斜着眼瞧了姊姊一下，一面把叶子装在篓里，说："姊姊不晓得又想什么了。在这里坐着，愿意自己喃喃地说话，就不愿意听我所说的！"承欢说："我何尝说什么，不过念着爸爸那首《秋山晚步》罢了。"她站起来，说："时候不早了，咱们走吧。你可以先下山去，让我自己提这篓子。"承懽说："我不，我要陪着你走。"

　　二人顺着山径下来，从秋的夕阳渲染出来等等的美丽已经布满前路：霞色、水光、潮音、谷响、草香等等更不消说；即如承欢那副不白的脸庞也要因着这个就增了几分本来的姿色。承欢虽是走着，脚步却不肯放开，生怕把这样的晚景错过了似的。她无意中说了声："呀！妹妹，秋景虽然好，可惜大近残年咧。"承懽的年纪只十岁，自然不能懂得这位十五岁的姊姊所说的是什么意思。她就接着说："挨近残年，有什么可惜不可惜的？越近残年越好，因为残年一过，爸爸就要给我好些东西玩，我也要穿新做的衣服——我还盼望它快点过去哪。"

她们的家就在山下，门前朝着南海。从那里，有时可以望见远地里一两艘法国巡舰在广州湾驶来驶去。姊妹们也说不清她们所住的到底是中国地，或是法国领土，不过时常理会那些法国水兵爱来村里胡闹罢了。刚进门，承懽便叫一声："爸爸，我们回来了！"平常她们一回来，父亲必要出来接她们，这一次不见他出来，承欢以为她父亲的注意是贯注在书本或雕刻上头，所以教妹妹不要声张，只好静静地走进来。承欢把篓子放下，就和妹妹到父亲屋里。

她们的父亲关怀所住的是南边那间屋子，靠壁三五架书籍，又陈设了许多大理石造像——有些是买来的，有些是自己创作的。从这技术室进去就是卧房。二人进去，见父亲不在那里。承欢向壁上一望，就对妹妹说："爸爸又拿着基达尔出去了。你到妈妈坟上，瞧他在那里不在。我且到厨房弄饭，等着你们。"

　　她们母亲的坟墓就在屋后自己的荔枝园中。承懂穿过几棵荔枝树，就听见一阵基达尔的乐音，和着她父亲的歌喉。她知道父亲在那里，不敢惊动他的弹唱，就蹑着脚步上前。那里有一座大理石的坟头，形式虽和平常一样，然而西洋的风度却是很浓的。瞧那建造和雕刻的工夫，就知道平常的工匠绝做不出来，一定是关怀亲手所造的。那墓碑上不记年月，只刻着"佳人关山恒媚"，下面一行小字是"夫关怀手泐"。承懂到时，关怀只管弹唱着，像不理会他女儿站在身旁似的。直等到西方的回光消灭了，他才立起来，一手挟着乐器，一手牵着女儿，从园里慢慢地走出来。

　　一到门口，承懂就嚷着："爸爸回来了！"她姊姊走出来，把父亲手里的乐器接住，且说："饭快好啦，你们先到厅里等一会，我就端出来。"关怀牵着承懂到厅里，把头上的义辫脱下，挂在一个衣架上头，回头他就坐在一张睡椅上和承懂谈话。他的外貌像一位五十岁左右的日本人，因为他的头发很短，两撇胡子也是含着外洋的神气。停一会，承欢端饭出来，关怀说："今晚上咱们都回得晚。方才你妹妹说你在山上念什么诗；我也是在书架上偶然捡出十几年前你妈妈写给我的《自君之出矣》，我曾把这十二首诗入了乐谱，你妈妈在世时很喜欢听这个，到现在已经十一二年不弹这调了。今天偶然被我翻出来，所以拿着乐器走到她坟上再唱给她听，唱得高兴，不觉反复了几遍，连时间也忘记了。"承欢说："往时爸爸到墓上奏乐，从没有今天这么久，这诗我不曾听过……"承懂插嘴说："我也不曾听过。"承欢接着说："也许我在当时年纪太小不懂得。今晚上的饭后谈话，爸爸就唱一唱这诗，且给我们说说其中的意思吧。"关怀说："自你四岁以后，我就不弹这调了，你自然是不曾听过的。"他抚着承懂的头，笑说："你方才不是听过了吗？"承懂摇头说："那不算，那不算。"他说："你妈妈这十二首诗没有什么可说的，不如给你们说咱们在这里住着的缘故吧。"

吃完饭，关怀仍然倚在睡椅下头，手里拿着一支雪茄，且吸且说。这老人家在灯光之下说得眉飞目舞，教姊妹们的眼光都贯注在他脸上，好像藏在叶下的猫儿凝神守着那翩飞的蝴蝶一般。

关怀说："我常愿意给你们说这事，恐怕你们不懂得，所以每要说时，便停止了。咱们住在这里，不但邻舍觉得奇怪，连阿欢，你的心里也是很诧异的。现在你的年纪大了，也懂得一点世故了，我就把一切的事告诉你们吧。

"我从法国回到香港，不久就和你妈妈结婚。那时刚要和东洋打仗，邓大人聘了两个法国人做顾问，请我到兵船里做通译。我想着，我到外洋是学雕刻的，通译，哪里是我做得来的事，当时就推辞他。无奈邓大人一定要我去，我碍于情面也就允许了。你妈妈虽是不愿意，因为我已允许人家，所以不加拦阻。她把脑后的头发截下来，为我做成那条假辫。"他说到这里，就用雪茄指着衣架，接着说："那辫子好像叫卖的幌子，要当差事非得带着它不可。那东西被我用了那么些年，已修理过好几次，也许现在所有的头发没有一根是你妈妈的哪。

"到上海的时候，那两个法国人见势不佳，没有就他的聘。他还劝我不用回家，日后要用我做别的事，所以我就暂住在上海。我在那里，时常听见不好的消息，直到邓大人在威海卫阵亡时，我才回来。那十二首诗就是我入门时，你妈妈送给我的。"

承欢说："诗里说的都是什么意思？"关怀说："互相赠与的诗，无论如何，第三个人是不能理会，连自己也不能解释给人听的。那诗还搁在书架上，你要看时，明天可以拿去念一念。我且给你说此后我和你妈妈的事。

"自那次打败仗，我自己觉得很羞耻，就立意要隔绝一切的亲友，跑到一个孤岛里居住，为的是要避掉种种不体面的消息，教我的耳朵少一点刺激。你妈妈只劝我回硇州去，但我很不愿意回那里去，以后我们就定意要搬到这里来。这里离硇州虽是不远，乡里的人却没有和我往来，我想他们必是不知道我住在这里。

"我们买了这所房子，连后边的荔枝园。二人就在这里过很欢乐的日子。在这里住不久，你就出世了。我们给你起个名字叫承欢……"承懽紧接着问："我呢?"关怀说："还没有说到你咧，你且听着，待一会才给你说。"

他接着说："我很不愿意雇人在家里做工，或是请别人种地给我收利。但耨田插秧的事都不是我和你妈妈做得来的，所以我们只好买些果树园来做生产的源头，西边那丛椰子林也是在你一周岁时买来做纪念的。那时你妈妈每日的功课就是乳育你，我在技术室做些经常的生活以外，有工夫还出去巡视园里的果树。好几年的工夫，我们都是这样地过，实在快乐啊!

"唉，好事是无常的! 我们在这里住不上五年，这一片地方又被法国占据了! 当时我又想搬到别处去，为的是要回避这种羞耻，谁知这事不能由我做主，好像我的命运就是这样，要永远住在这蒙羞的土地似的。"关怀说到这里，声音渐渐低微，那忧愤的情绪直把眼睑垠下一半，同时他的视线从女儿的脸上移开，也被地心引力吸住了。"

承懽不明白父亲的心思，尽说："这地方很好，为什么又要搬呢?"承欢说："啊，我记得爸爸给我说过，妈妈是在那一年去世的。"关怀说："可不是! 从前搬来这里的时候，你妈妈正怀着你，因为风波的颠簸，所以临产时很不顺利，这次可巧又有了阿懽，我不愿意像从前那么唐突，要等她产后才搬。可是她自从得了租借条约签押的消息以后，已经病得支持不住了。"那声音的颤动，早已把承欢的眼泪震荡出来。然而这老人家却没有显出什么激烈的情绪，只皱一皱他的眉头而已。

他往下说："她产后不上十二个时辰就……"承懽急急地问："是养我不是？"他说："是。因为你出世不久，你妈妈便撒掉你，所以给你起个名字做阿懽，懽就是忧而无告的意思。"

这时，三个人缄默了一会。门前的海潮音，后园的蟋蟀声，都顺着微风从窗户间送进来。桌上那盏油灯本来被灯花堵得火焰如豆一般大，这次因着微风，更是闪烁不定，几乎要熄灭了。关怀说："阿欢，你去把窗户关上，再将油灯整理一下。……小妹妹也该睡了，回头就同她到卧房去吧。"

不论什么人都喜欢打听父母怎样生育他，好像念历史的人爱读开天辟地的神话一样。承懽听到这个去处，精神正在活泼，哪里肯去安息。她从小凳子上站起来，顺势跑到父亲面前，且坐在他的膝上，尽力地摇头说："爸爸还没有说完哪。我不困，快往下说吧。"承欢一面关窗，一面说："我也愿意再听下去，爸爸就接着说罢。今晚上迟一点睡也无妨。"她把灯芯弄好，仍回原位坐下，注神瞧着她的父亲。

油灯经过一番收拾，越显得十分明亮，关怀的眼睛忽然移到屋角一座石像上头。他指着对女儿说："那就是你妈妈去世前两三点钟的样子。"承懂说："姊姊也曾给我说过那是妈妈，但我准知道爸爸屋里那个才是。我不信妈妈的脸难看到这个样子。"他抚着承懂的颅顶说："那也是好看的。你不懂得，所以说她不好看。"他越说越远，几乎把方才所说的忘掉，幸亏承欢再用话语提醒他，他老人家才接续地说下去。

他说："我的搬家计划，被你妈妈这一死就打消了。她的身体已藏在这可羞的土地，而且你和阿懂年纪又小，服侍你们两个小姊妹还忙不过来，何况搬东挪西地往外去呢？因此，我就定意要终身住在这里，不想再搬了。"

"我是不愿意雇人在家里为我工作的。就是乳母，我也不愿意雇一个来乳育阿懂。我不信男子就不会养育婴孩，所以每日要亲自尝试些乳育的工夫。"承懂问："爸爸，当时你有奶子给我喝吗？"关怀说："我只用牛乳喂你。然而男子有时也可以生出乳汁的。……阿欢，我从前不曾对你说过孟景休的事吗？"承欢说："是，他是一个孝子，因为母亲死掉，留下一个幼弟，他要自己做乳育工夫，果然有乳浆从他的乳房溢出来。"关怀笑说："我当时若不是一个书呆子，就是这事一定要孝子才办得到，贞夫是不许做的。我每每抱着阿懂，让她啜我的乳头，看看能够溢出乳浆能，但试来试去，都不成功。养育的工夫虽然是苦，我却以为这是父母二人应当共同去做的事情，不该让为母的独自担任这番劳苦。"

承欢说："可是这事要女人去做才合宜。"

"是的。自从你妈妈没了以后，别样事体倒不甚棘手，对于你所穿的衣服总觉得肮脏和破裂得非常的快。我自己也不会做针黹，整天要为你求别人缝补。这几乎又要把我所不求人的理想推翻了！当时有些邻人劝我为你们续娶一个……"

承欢说："我们有一位后娘倒好。"

那老人家瞪着眼，口里尽力地吸着雪茄，少停，他的声音就和青烟一齐冒出来。他郑重地说："什么？一个人能像禽兽一样，只有生前的恩爱，没有死后的情愫吗？"

从他口里吐出来的青烟早已触得承懂康康地咳嗽起来。她断续地说："爸爸的口直像王家那个破灶，闷得人家的眼睛和喉咙都不爽快。"关怀拍着她的背说："你真会用比方！……这是从外洋带回来的习惯，不吸它也罢，你就拿去搁在烟盂里吧。"承懂拿着那支雪茄,忽像想起什么事似的,她走到屋里把所捡的树叶拿出来,对父亲说:"爸爸吸这一支吧,这比方才那支好得多。"她父亲笑着把叶子接过去,仍教承懂坐在膝上,眼睛望着承欢说:"阿欢,你以再婚为是吗?"他的女儿自然不能回答,也不敢回答这重要的问题。她只嘿嘿地望着父亲两只灵活的眼睛,好像要听那两点微光的回答一样。那回答的声音果如从父亲的眼光中发出来——他凝神瞧着承欢说:"我想你也不以为然。一个女人再醮(指再次结婚),若是人家要轻看她,一个男子续娶,难道就不应当受轻视吗?所以当时凡有劝我续弦的,都被我拒绝了。我想你们没有母亲虽是可哀,然而有一个后娘更是不幸的。"

门前的海潮音,后园的蟋蟀声,加上檐牙的铁马(悬在屋檐间的铃、风吹有声)和树上的夜啼鸟,这几种声音直像强盗一样,要从门缝窗隙间闯进来搅乱他们的夜谈。那两个女孩子虽不理会,关怀的心却被它们抢掠去了。他的眼睛注视着窗外那似树如山的黑影。耳中听着那钟铮铮铛铛、窸窸窣窣、唰哗唰哗的杂响,口里说:"我一听见铁马的音响,就回想到你妈妈做新娘时,在洞房里走着,那脚钏铃铛的声音。那声音虽有大小的分别,风味却差不多。"

他把射到窗外的目光移到承欢身上,说:"你妈妈姓山，所以我在日间或夜间偶然瞧见尖锥形的东西就想着山，就想着她。在我心目中的感觉，她实在没死，不过是怕遇见更大的羞耻，所以躲藏着，但在人静的时候，她仍是和我在一处的。她来的时候，也去瞧你们，也和你们谈话，只是你们都像不大认识她一样，有时还不瞅睬她。"承懂说："妈妈一定是在我们睡熟时候来的，若是我醒时，断没有不瞅睬她的道理。"那老人家抚着这幼女的背说："是的。你妈妈常夸奖你，说你聪明，喜欢和她谈话，不像你姊姊越大就越发和她生疏起来。"承欢知道这话是父亲造出来教妹妹喜欢的，所以她笑着说："我心里何尝不时刻惦念着妈妈呢？但她一来到，我怎么就不知道，这真是怪事！"

关怀对着承欢说："你和你妈妈离别时年纪还小，也许记不清她的模样，可是你须知道，不论要认识什么物体都不能以外貌为准的，何况人面是最容易变化的呢？你要认识一个人，就得在他的声音、容貌之外找寻，这形体不过是生命中极短促的一段罢了。树木在春天发出花叶，夏天结了果子，一到秋冬，花、叶、果子多半失掉了，但是你能说没有花、叶的就不是树木吗？池中的蝌蚪，渐渐长大成长一只蛤蟆，你能说蝌蚪不是小蛤蟆吗？无情的东西变得慢，有情的东西变得快。故此，我常以你妈妈的坟墓为她的变化身，我觉得她的身体已经比我长得大，比我长得坚强，她的声音、她的容貌，是遍一切处的。我到她的坟上，不是盼望她那卧在土中的肉身从墓碑上挺起来，我瞧她的身体就是那个坟墓，我对着那墓碑就和在这屋对你们说话一样。"

承懂说："哦，原来妈妈不是死，是变化了。爸爸，你那么爱妈妈，但她在这变化的时节，也知道你是疼爱她的吗？"

"她一定知道的。"

承懂说："我每到爸爸屋里，对着妈妈的遗像叫唤、抚摩，有时还敲打她几下。爸爸，若是那像真是妈妈，她肯让我这样抚摩和敲打吗？她也能疼爱我，像你疼我一样吗？"

关怀回答说："一定很喜欢。你妈妈连我这么高大，她还十分疼爱，何况你是一个聪明伶俐的小孩子！妈妈的疼爱比爸爸大得多。你睡觉的时候，爸爸只能给你垫枕、盖被；若是妈妈，一定要将她那只滑腻而温暖的手臂给你枕着，还要搂着你，教你不惊不慌地安睡在她怀里。你吃饭的时候，爸爸只能给你预备小碗、小盘；若是妈妈，一定要把她那软和而常摇动的膝头给你做凳子，还要亲手递好吃的东西到你口里。你所穿的衣服，爸爸只能为你买些时式的和贵重的；若是妈妈，一定要常常给你换新样式，她要亲自剪裁，亲自刺绣，要用最好看的颜色——就是你最喜欢的颜色——给你做上。妈妈的疼爱实在比爸爸的大得多！"

承懽坐在父亲膝上，一听完这段话，她的身体的跳荡好像骑在马上一样。她一面摇着身子，一面拍着自己两只小腿，说："真的吗？她为何不对我这样做呢？爸爸，快叫妈妈从坟里出来吧。何必为着这蒙羞的土地就藏起来，不教她亲爱的女儿和她相会呢？从前我以为妈妈的脾气老是那个样子：两只眼睛瞧着人，许久也不转一下；和她说话也不答应；要送东西给她，她两只手又不知道往哪里去，也不会伸出来接一接，所以我想她一定是不懂人情的。现在我就知道她不是无知的。爸爸，你为我到坟里把妈妈请出来吧，不然，你就把前头那扇石门挪开，让我进去找她。爸爸曾说她在晚间常来，待一会，她会来吗？"

关怀把她亲了一下，说："好孩子，你方才不是说你曾叫过她，摸过她，有时还敲打她吗？她现在已经变成那个样子了，纵使你到坟墓里去找她也是找不着的。她常在我屋里，常在那里（他指着屋角那石像），常在你心里，常在你姊姊心里，常在我心里。你和她说话或送东西给她时，她虽像不理你，其实她疼爱你，已经领受你的敬意。你若常常到她面前，用你的孝心、你的诚意供献给她，日子久了，她心喜欢让你见着她的容貌。她要用妩媚的眼睛瞧着你，要开口对你发言，她那坚硬而白的皮肤要化为柔软娇嫩，好像你的身体一样。待一会，她一定来，可是不让你瞧见她，因为她先要瞧瞧你对于她的爱心怎样，然后叫你瞧见她。"

承欢也随着对妹妹证明说："是，我像你那么大的时候，也很愿意见妈妈一面。后来我照着爸爸的话去做，果然妈妈从石像座儿走下来，搂着我和我谈话，好像现在爸爸搂着你和你谈话一样。"

承懂把右手的食指含在口里，一双伶俐的小眼射在地上，不歇地转动，好像了悟什么事体，还有所发明似的。她抬头对父亲说："哦，爸爸，我明白了。以后我一定要格外地尊敬妈妈那座造像，盼望她也能下来和我谈话。爸爸，比如我用尽我的孝敬心来服侍她，她准能知道吗？"

"她一定知道的。"

"那么，方才所捡那些叶子，若是我好好地把它们藏起来，一心供养着，将来它们一定也会变成活的海星、瓦楞子或翻车鱼了。"关怀听了，莫名其妙。承欢就说："方才妹妹捡了一大堆的干叶子，内中有些像鱼的，有些像螺贝的，她问的是那些东西。"关怀说："哦，也许会，也许会。"承懂要立刻跳下来，把那些叶子搬来给父亲瞧，但她的父亲说："你先别拿出来，明天我才教给你保存它们的方法。"

关怀生怕他的爱女晚间说话过度，在睡眠时做梦，就劝承懽说："你该去睡觉啦。我和你到屋里去吧。明早起来，我再给你说些好听的故事。"承懽说："不，我不。爸爸还没有说完呢，我要听完了才睡。"关怀说："妈妈的事长着呢，若是要说，一年也说不完，明天晚上再接下去说吧。"那小女孩于是从父亲膝上跳下来，拉着父亲的手，说："我先要到爸爸屋里瞧瞧那个妈妈。"关怀就和她进去。

他把女儿安顿好，等她睡熟，才回到自己屋里。他把外衣脱下，手里拿着那个礛䃕（指眼镜）囊和腰间的玉佩，把玩得不忍撒手，料想那些东西一定和他的亡妻关山恒媚很有关系。他们的恩爱公案必定要在临睡前复讯一次。他走到石像前，不歇用手去摩弄那坚实而无知的物体，且说："多谢你为我留下这两个女孩，教我的晚景不至过于惨淡。不晓得我这残年要到什么时候才可以过去，速速地和你同住在一处。唉！你的女儿是不忍离开我的，要她们成人，总得在我们再会之后。我现在正浸在父亲的情爱中，实在难以解决要怎样经过这衰弱的残年，你能为我和从你身体分化出来的女儿们打算吗？"

他静静地站在那里，好像很注意听着那石像的回答。可是那用手造的东西怎样发出她的意思，我们的耳根太钝，实在不能听出什么话来。

他站了许久，回头瞧见承欢还在北边的厅里编织花篮，两只手不停地动来动去，口里还低唱着她的工夫歌。他从窗门对女儿说："我儿，时候不早了，明天再编吧。今晚上妹妹话说得过多，恐怕不能好好地睡，你得留神一点。"承欢答应一声，就把那个未做成的篮子搁起来，把那盏小油灯拿着到自己屋里去了。

灯光被承欢带去以后，满屋都被黑暗充塞着。秋萤一只两只地飞入关怀的卧房，有时歇在石像上头。那光的闪烁，可使关山恒媚的脸对着她的爱者发出一度一度的流盼和微笑。但是从外边来的，还有唰哗的海潮音，窸窣的蟋蟀声，铮铛的铁马响，那可以说是关山恒媚为这位老鳏夫唱的催眠歌曲。

在费总理的客厅里

费总理的会客厅里面的陈设都能表示他是一个办慈善事业具有热心和经验的人。梁上悬着两块"急公好义"和"善与人同"的匾额，自然是第一和第二任大总统颁赐的，我们看当中盖着一方"荣典之玺"的印文便可以知道。在两块匾当中悬着一块"敦诗说礼之堂"的题额，听说是花了几百圆的润笔费请求康老先生写的。因为总理要康老先生多写几个字，所以他的堂名会那么长。四围墙上的装饰品无非是褒奖状、格言联对、天官赐福图、大镜之类。厅里的镜框很多，最大的是对着当街的窗户那面西洋大镜。厅里的家私都是用上等楠木制成。几桌之上杂陈些新旧真假的古董和东西洋大小自鸣钟。厅角的书架上除了几本《孝经》《治家格言注》《理学大全》和些日报以外，其余的都是募捐册和几册名人的介绍字迹。

当差的引了一位穿洋服、留着胡子的客人进来,说:"请坐一会儿,总理就出来。"客人坐下了。当差的进里面去,好像对着一个丫头说:"去请大爷,外头有位黄先生要见他。"里面隐约听见一个女人的声音说:"翠花,爷在五太房间哪。"我们从这句话可以断定费总理的家庭是公鸡式的,他至少有五位太太,丫头还不算在内。其实这也算不了怎么一回事,在这个礼教之邦,又值一般大人物及当代政府提倡"旧道德"的时候,多纳几位"小星",既足以增门第的光荣,又可以为敦伦之一助,有些少身家的人不娶姨太都要被人笑话,何况时时垫款出来办慈善事业的费总理呢!

已经过一刻钟了,客人正在左观右望的时候,主人费总理一面整理他的长褂,一面踏进客厅,连连作揖,说:"失迎了,对不住,对不住!"黄先生自然要赶快答礼说:"岂敢,岂敢。"宾主叙过寒暄,客人便言归正传,向总理说:"鄙人在本乡也办了一个妇女慈善工厂,每听见人家称赞您老先生所办的民生妇女慈善习艺工厂成绩很好,所以今早特意来到,请老先生给介绍到贵工厂参观参观,其中一定有许多可以为敝厂模范的地方。"

总理的身材长短正合乎"读书人"的度数,体质的柔弱也很相称。他那副玄黄相杂的牙齿,很能表现他是个阔人。若不是一天抽了不少的鸦片，绝不能使他的牙齿染出天地的正色来！他显出很谦虚的态度，对客人详述他创办民生女工厂的宗旨和最近发展的情形。从他的话里我们知道工厂的经费是由各地捐来的。女工们尽是乡间妇女。她们学的手艺都很平常，多半是织袜、花边、裁缝那等轻巧的工艺。工厂的出品虽然很多，销路也很好，依理说应当赚钱，可是从总理的叙述上，他每年总要赔垫一万几千块钱！

总理命人打电话到工厂去通知说黄先生要去参观，又亲自写了几个字在他自己的名片上作为介绍他的证据。黄先生现出感谢的神气，站起来向主人鞠躬告辞，主人约他晚间回来吃便饭。

主人送客出门时，顺手把电扇的制钮转了，微细的风还可以使书架上那几本《孝经》之类一页一页地被吹起来，还落下去。主人大概又回到第几姨太房里抽鸦片去。客厅里顿然寂静了。不过上房里好像有女人哭骂的声音，隐约听见"我是有夫之妇……你有钱也不成……"其余的就听不清了。午饭刚完，当差的又引导了一位客人进来，递过茶，又到上房去回报说："二爷来了。"

二爷与费总理是交换兰谱的兄弟。实际上他比总理大三四岁，可是他自己一定要说少三两岁，情愿列在老弟的地位。这也许是他本来排行第二的缘故。他的脸上现出很焦急的样子，恨不能立时就见着总理。

这次总理却不教客人等那么久。他也没穿长褂，手捧着水烟筒，一面吹着纸捻，进到客厅里来。他说："二弟吃过饭没有？怎么这样着急？"

"大哥，咱们的工厂这一次恐怕免不了又有麻烦。不晓得谁到南方去报告说咱们都是土豪劣绅，听说他们来到就要查办咧。我早晨为这事奔走了大半天，到现在还没吃中饭哪。假使他们发现了咱们用民生工厂的捐款去办兴华公司，大哥，你有什么方法对付？若是教他们查出来，咱们不挨枪毙也得担个无期徒刑！"

总理像很有把握的神气，从容地说："二弟，别着急，先叫人开饭给你吃，咱们再商量。"他按电铃，叫人预备饭菜，接着对二爷说："你到底是胆量不大，一些小事情还值得这么惊惶！'土豪劣绅'的名词难道还会加在慈善家的头上不成？假使人来查办，一领他们到这敦诗说礼之堂来看看，捐册、账本、褒奖状，件件都是来路分明，去路清楚，他们还能指摘什么？咱们当然不要承认兴华公司的资本就是民生工厂的捐款。世间没有不许办慈善事业的人兼办公司的道理，法律上也没有讲不过去的地方。"

"怕的是人家一查，查出咱们的款项来路分明，去路不清。我跟着你大哥办慈善事业，倒办出一身罪过来了，怎办，怎办？"二爷说得非常焦急。

"你别慌张，我对于这事早已有了对付的方法。咱们并没有直接地提民生工厂的款项到兴华公司去用。民生的款项本来是慈善性质，消耗了是当然的事体，只要咱们多划几笔账便可以敷衍过去。其实捐钱的人，谁来考查咱们的账目？捐一千几百块的，本来就冲着咱们的面子，不好意思不捐，实在他们也不是为要办慈善事业而捐钱，他们的钱一拿出来，早就存着输了几台麻雀的心思，捐出去就算了。只要他们来到厂里看见他们的名牌高高地悬挂在会堂上头，他们就心满意足了。还有捐一百几十的'无名氏'，我们也可以从中想法子。在四五十个捐一百元的'无名氏'当中，我们可以只报出三四个，那捐款的人个个便会想着报告书上所记的便是他。这里岂不又可以挖出好些钱来？至于那班捐一块几毛钱的，他们要查账，咱们也得问问他们配不配。"

"然则工厂基金捐款的问题呢？"二爷又问。

"工厂的基金捐款也可以归在去年证券交易失败的账里。若是查到那一笔，至多是派咱们'付托失当，经营不善'这几个字，也担不上什么处分，更挂不上何等罪名。

再进一步说，咱们的兴华公司，表面上岂不能说是为工厂销货和其他利益而设的？又公司的股东，自来就没有咱姓费的名字，也没你二爷的名字，咱的姨太开公司难道是犯罪行为？总而言之，咱们是名正言顺，请你不要慌张害怕。"他一面说，一面把水烟筒吸得哗罗哗罗地响。

二爷听他所说，也连连点头说："有理有理！工厂的事，咱们可以说对得起人家，就是查办，也管教他查出功劳来。……然而，大哥，咱们还有一桩案未了。你记得去年学生们到咱们公司去检货，被咱们的伙计打死了他们两个人，这桩案件，他们来到，一定要办的。昨天我就听见人家说，学生会已宣布了你、我的罪状，又要把什么标语、口号贴在街上。不但如此，他们又要把咱们伙计冒充日籍的事实揭露出来。我想这事比工厂的问题还要重大。这真是要咱们的身家、性命、道德、名誉咧。"

总理虽然心里不安，但仍镇静地说："那件事情，我已经拜托国仁向那边接洽去了，结果如何，虽不敢说定，但据我看来，也不至于有什么危险。国仁在南方很有点势力，只要他向那边的当局为咱们说一句好话，咱们再用些钱，那就没有事了。"

"这一次恐怕钱有点使不上吧，他们以廉洁相号召，难道还能受贿赂？"

"咳！二弟你真是个老实人！世间事都是说得容易做得难。何况他们只是提倡廉洁政府，并没明说廉洁个人。政府当然是不会受贿赂的，历来的政府哪一个受过贿呢？反正都是和咱们一类的人，谁不爱钱？只要咱们送得有名目，人家就可以要。你如心里不安，就可以立刻到国仁那里去打听一下，看看事情进行到什么程度。"

"那么，我就去吧。我想这一次用钱有点靠不住。"

总理自然愿意他立刻到国仁那里去打听。他不但可以省一顿客饭，并且可以得着那桩案件的最近消息。他说："要去还得快些去，饭后他是常出门的。你就在外头随便吃些东西吧。可恶的厨子，教他做一顿饭到大半天还没做出来！"他故意叫人来骂了几句，又吩咐给二爷雇车。不一会，车雇得了，二爷站起来顺便问总理说："芙蓉的事情和谐吧？恭喜你又添了一位小星。"总理听见他这话，脸上便现出不安的状态。他回答说："现在没有工夫和你细谈那事，回头再给你说吧。"他又对二爷说："你快去快回来，今晚上在我这里吃晚饭吧。我请了一位黄先生，正要你来陪。国仁有工夫，也请他来。"

二爷坐上车，匆匆地到国仁那里去了。总理没有送客出门，自己吸着水烟，回到上房。当差的进客厅里来，把桌上茶杯里的剩茶倒了，然后把它们搁在架上。客厅里现在又寂静了。我们只能从壁上的镜子里看见街上行人的反影，其中看见时髦的女人开着汽车从窗外经过，车上只坐着她的爱犬。很可怪的就是坐在汽车上那只畜生不时伸出头来向路人狂吠，表示它是阔人的狗！它的吠声在费总理的客厅里也可以听见。

时辰钟刚敲过三下，客厅里又热闹起来了。民生工厂的庶务长魏先生领着一对乡下夫妇进来，指示他们总理客厅里的陈设。乡下人看见当中两块匾就联想到他们的大宗祠里也悬着像旁边两块一样的东西，听说是皇帝赐给他们第几代的祖先的。总理客厅里的大小自鸣钟、新旧古董和一切的陈设，教他们心里想着就是皇帝的金銮殿也不过是这般布置而已。

他们都坐下，老婆子不歇地摩挲放在身边的东西，心里有的是赞羡。

魏先生对他们说："我对你们说，你们不信，现在理会了。我们的总理是个有身家有名誉的财主，他看中了芙蓉就算你们两人的造化。她若嫁给总理做姨太，你们不但不愁没得吃的、穿的、住的，就是将来你们那个小狗儿要做一任县知事也不难。"

老头子说："好倒很好，不过芙蓉是从小养来给小狗儿做媳妇，若是把她嫁了，我们不免要吃她外家的官司。"

老婆子说："我们送她到工厂去也是为要使她学些手艺，好教我们多收些钱财，现在既然是总理财主要她，我们只得怨小狗儿没福气。总理财主如能吃得起官司，又保得我们的小狗儿做个营长、旅长，那我们就可以要一点财礼为他另娶一个回来。我说魏老爷呀，营长是不是管得着县知事？您方才说总理财主可以给小狗儿一个县知事做，我想还不如做个营长、旅长更好。现在做县知事的都要受气，听说营长还可以升到督办哪。"

魏先生说："只要你们答应，天大的官司，咱们总理都吃得起。你看咱们总理几位姨太的亲戚没有一个不是当阔差事的。小狗儿如肯把芙蓉让给总理，哪愁他不得着好差事！不说是营长、旅长，他要什么就得什么。"

老头子是个明理知礼的人，他虽然不大愿意，却也不敢违忤魏先生的意思。他说："无论如何，咱们两个老伙计是不能完全做主的。这个还得问问芙蓉，看她自己愿意不愿意。"

魏先生立时回答他说："芙蓉一定愿意。只要你们两个人答应，一切的都好办了。她昨晚已在这里上房住一宿，若不愿意，她肯吗？"

老头子听见芙蓉在上房住一宿就很不高兴。魏先生知道他的神气不对，赶快对他说明工厂里的习惯，女工可以被雇到厂外做活去。总理也有权柄调女工到家里当差，譬如翠花、菱花们，都是常在家里做工的。昨晚上刚巧总理太太有点活要芙蓉来做，所以住了一宿，并没有别的缘故。

芙蓉的公姑请求叫她出来把事由说个明白，问她到底愿意不愿意。不一会，翠花领着芙蓉进到客厅里。她一见着两位老人家，便长跪在地上哭个不休。她嚷着说："我的爹妈，快带我回家去吧，我不能在这里受人家欺侮。……我是有夫之妇。我决不能依从他。他有钱也不能买我的志向。……"

她的声音可以从窗户传达到街上，所以魏先生一直劝她不要放声哭，有话好好地说。老婆子把她扶起来，她咒骂了一场，气泄过了，声音也渐渐低下去。

老婆子到底是个贪求富贵的人，她把芙蓉拉到身边，细声对她劝说，说她若是嫁给总理财主，家里就有这样好处，那样好处。但她至终抱定不肯改嫁，更不肯嫁给人做姨太的主意。她宁愿回家跟着小狗儿过日子。

魏先生虽然把她劝不过来，心里却很佩服她。老少喧嚷过一会，芙蓉便随着她的公姑回到乡间去。魏先生把总理请出来，对他说那孩子很刁，不要也罢，反正厂里短不了比她好看的女人。总理也骂她是个不识抬举的贱人，说她昨夜和早晨怎样在上房吵闹。早晨他送完客，回到上房的时候，从她面前经过，又被她侮辱了一顿。若不是他一意要她做姨太，早就把她一脚踢死。他教魏先生回到工厂去，把芙蓉的名字开除，还教他从工厂的临时费支出几十块钱送给她家人，教他们不要播扬这事。

五点钟过了。几个警察来到费总理家的门房，费家的人个个都捏着一把汗，心里以为是芙蓉同着她的公姑到警察厅去上诉，现在来传人了。警察们倒不像来传人的样子。他们只报告说："上头有话，明天欢迎总司令、总指挥，各家各户都得挂旗。"费家的大小这才放了心。

当差的说："前几天欢送大帅，你们要人挂旗，明天欢迎总司令，又要挂旗，整天挂旗，有什么意思？"

"这是上头的命令，我们只得照传。不过明天千万别挂五色国旗，现在改用海军旗做国旗。"

"哪里找海军旗去？这都是你们警厅的主意，一会要人挂这样的旗，一会又要人挂那样的旗。"

"我们也管不了。上头说挂龙旗，我们便教挂龙旗；上头说挂红旗，我们也得照传，教挂红旗。"

警察叮咛了一会，又往别家通告去了。客厅的大镜里已经映着街上一家新开张的男女理发所门口挂着两面二丈四长、垂到地上的党国大旗。那旗比新华门平时所用的还要大，从远地看来，几乎令人以为是一所很重要的行政机关。

掌灯的时候到了。费总理的客厅里安排着一席酒，是为日间参观工厂的黄先生预备的。还是庶务长魏先生先到。他把方才总理吩咐他去办的事情都办妥了。他又对总理说他已买了两面新的国旗。总理说他不该买新的，费那么些钱，他说应当到估衣铺去搜罗。原来总理以为新的国旗可以到估衣铺去买。

二爷也到了。从他眉目的舒展可以知道他所得的消息是不坏的。他从袖里掏出几本书本，对费总理说："国仁今晚要搭专车到保定去接司令，不能来了。他教我把这几本书带来给你看。他说此后要在社会上做事，非能背诵这里头的字句不成。这是新颁的《圣经》，一点一画也不许人改易的。"

他虽然说得如此郑重，总理却慢慢地取过来翻了几遍。他在无意中翻出"民生主义"几个字，不觉狂喜起来，对二爷说："咱们的民生工厂不就是民生主义吗?"

"有理有理。咱们的见解原先就和中山先生一致呵！"二爷又对总理说国仁已把事情办妥，前途大概没有什么危险。

总理把几本书也放在《孝经》《治家格言》等书上头。也许客厅的那一个犄角就是他的图书馆！他没有别的地方藏书。

黄先生也到了，他对于总理所办的工厂十分赞美，总理也谦让了几句，还对他说他的工厂与民生主义的关系，黄先生越发佩服他是个当代的社会改良家兼大慈善家，更是总理的同志。他想他能与总理同席，是一桩非常荣幸可以记在参观日记上头、将来出版公布的事体。他自然也很羡慕总理的阔绰。心里想着，若不是财主，也做不了像他那样的慈善家。他心中最后的结论以为若不是财主，就没有做慈善家的资格。可不是！

宾主入席，畅快地吃喝了一顿，到十点左右，各自散去。客厅里现在只剩下几个当差的在那里收拾杯盘。器具摩荡的声音与从窗外送来那家新开张的男女理发所的留声机唱片的声音混在一起。

海角的孤星

一走近舷边看浪花怒放的时候，便想起我有一个朋友曾从这样的花丛中隐藏他的形骸。这个印象，就是到世界的末日，我也忘不掉。

这桩事情离现在已经十年了。然而他在我的记忆里却不像那么久远。他是和我一同出海的。新婚的妻子和他同行，他很穷，自己买不起头等舱位。但因新人不惯行旅的缘故，他乐意把平生的蓄积尽量地倾泻出来，为他妻子定了一间头等舱。他在那头等船票的佣人格上填了自己的名字，为的要省些资财。

他在船上哪里像个新郎，简直是妻的奴隶！旁人的议论，他总是不理会的。他没有什么朋友，也不愿意在船上认识什么朋友，因为他觉得同舟中只有一个人配和他说话。

这冷僻的情形，凡是带着妻子出门的人都是如此，何况他是个新婚者？

船向着赤道走，他们的热爱，也随着增长了。东方人的念爱本带着几分爆发性，纵然遇着冷气，也不容易收缩。他们要去的地方是槟榔屿附近一个新辟的小埠。下了海船，改乘小舟进去，小河边满是椰子、棕枣和树胶林。轻舟载着一对新人在这神秘的绿荫底下经过，赤道下的阳光又送了他们许多热情、热觉、热血汗。他们更觉得身外无人。

他对新娘说："这样深茂的林中，正合我们幸运的居处。我愿意和你永远住在这里。"

新娘说："这绿得不见天日的林中，只做浪人的坟墓罢了……"

他赶快截住说："你老是要说不吉利的话！然而在新婚期间，所有不吉利的语言都要变成吉利的。你没念过书，哪里知道这林中的树木所代表的意思。书里说：'椰子是得子息的徽识树'，因为椰子就是'迆子'。棕枣是表明爱与和平。树胶要把我们的身体黏得非常牢固，至于分不开。你看我们在这林中，好像双星悬在鸿蒙的穹苍下一般。双星有时被雷电吓得躲藏起来，而我们常要闻见许多歌禽的妙音和无量野花的香味。算来我们比双星还快活多了。"

新娘笑说："你们念书人的能干只会在女人面前搬唇弄舌吧。好听极了！听你的话语，也可以不用那发妙音的鸟儿了。有了别的声音，倒嫌嘈杂咧！……可是，我的人哪，设使我一旦死掉，你要怎办呢？"

这一问，真个是平地起雷咧！但不晓得新婚的人何以常要发出这样的问？不错的，死的恐怖，本是和快乐的愿望一齐来的呀。他的眉不由得不皱起来了，酸楚的心却拥出一副笑脸说："那么，我也可以做个孤星。"

"咦，恐怕孤不了吧。"

"那么，我随着你去，如何？"他不忍看着他的新娘，掉头出去向着流水，两行热泪滴下来，正和船头激成的水珠结合起来。新娘见他如此，自然要后悔，但也不能对她丈夫忏悔，因为这种悲哀的霉菌，众生都曾由母亲的胎里传染下来，谁也没法医治的。她只能说："得啦，又伤心什么？你不是说我们在这时间里，凡有不吉利的话语，都是吉利的吗？你何不当作一种吉利话听？"她笑着，举起丈夫的手，用他的袖口，帮助他擦眼泪。

他急得把妻子的手摔开说："我自己会擦。我的悲哀不是你所能擦，更不是你用我的手所能灭掉的，你容我哭一会罢。我自己知道很穷，将要养不起你，所以你……"

妻子忙杀了，急掩着他的口说："你又来了。谁有这样的心思？你要哭，哭你的，不许再往下说了。"

这对相对无言的新夫妇，在沉默中，随着流水前行，一直驶入林荫深处。自然他们此后定要享受些安泰的生活。然而在那邮件难通的林中，我们何从知道他们的光景？

三年的工夫，一点消息也没有！我以为他们已在林中做了人外的人，也就渐渐把他们忘了。这时，我的旅期已到，买舟从槟榔屿回来。在二等舱上，我遇见一位很熟的旅客。我左右思量，总想不起他的名姓，幸而他还认识我，他一见我便叫我说："落君，我又和你同船回国了！你还记得我吗？我想我病得这样难看，你绝不能想起我是谁。"他说我想不起，我倒想起来了。

我很惊讶，因为他实在是病得很厉害了。我看见他妻子不在身边，只有一个咿哑学舌的小婴孩躺在床上。不用问，也可断定那是他的子息。

他倒把别来的情形给我说了。他说："自从我们到那里，她就病起来。第二年，她生下这个女孩，就病得更厉害了。唉，幸运只许你空想的！你看她没有和我一同回来，就知道我现在确是成为孤星了。"

我看他憔悴的病容。委实不敢往下动问，但他好像很有精神，愿意把一切的情节都说给我听似的。他说话时，小孩子老不容他畅快地说。没有母亲的孩子，格外爱哭，他又不得不抚慰她。因此，我也不愿意扰他，只说："另日你精神清爽的时候，我再来和你谈吧。"我说完，就走出来。

那晚上，经过马来海峡，船震荡得很。满船的人，多犯了"海病"。第二天，浪平了。我见管舱的侍者，手忙脚乱地拿着一个麻袋，往他的舱里进去。一问，才知道他已经死了，侍者把他的尸洗净，用细台布裹好，拿了些废铁，几块煤炭，一同放入袋里，缝起来。他的小女儿还不知这是怎样一回事，只咿哑地说了一两句不相干的话。她会叫"爸爸""我要你抱""我要那个"等等简单的话。在这时，人们也没工夫理会她、调戏她了，她只独自说自己的。

黄昏一到，他的丧礼，也要预备举行了。侍者把麻袋拿到船后的舷边。烧了些楮钱，口中不晓得念了些什么，念完就把麻袋推入水里。那时船的推进机停了一会，隆隆之声一时也静默了。船中知道这事的人都远远站着看，虽和他没有什么情谊，然而在那时候却不免起敬的。这不是从友谊来的恭敬，本是非常难得，他竟然承受了！

他的海葬礼行过以后，就有许多人谈到他生平的历史和境遇。我也钻入队里去听人家怎样说他。有些人说他妻子怎样好，怎样可爱。他的病完全是因为他妻子的死，积哀所致的。照他的话，他妻子葬在万绿丛中，他却葬在不可测量的碧晶岩里了。

旁边有个印度人，捻着他那一大缕红胡子，笑着说："女人就是悲哀的萌蘖，谁叫他如此？我们要避掉悲哀，非先避掉女人的纠缠不可。我们常要把小女儿献给殑迦河神，一来可以得着神惠，二来省得她长大了，又成为一个使人悲哀的恶魔。"

我摇头说："这只有你们印度人办得到罢了。我们可不愿意这样办。诚然，女人是悲哀的萌蘖，可是我们宁愿悲哀和她同来，也不能不要她。我们宁愿她嫁了才死，虽然使她丈夫悲哀至于死亡，也是好的。要知道丧妻的悲哀是极神圣的悲哀。"

日落了，蔚蓝的天多半被淡薄的晚云涂成灰白色。在云缝中，隐约露出一两颗星星。金星从东边的海涯升起来，由薄云里射出它的光辉。小女孩还和平时一样，不懂得什么是可悲的事。她只顾抱住一个客人的腿，绵软的小手指着空外的金星，说："星！我要那个！"她那副嬉笑的面庞，迥不像个孤儿。

春 桃

这年的夏天分外地热。街上的灯虽然亮了，胡同口那卖酸梅汤的还像唱梨花鼓的姑娘耍着他的铜碗。一个背着一大篓字纸的妇人从他面前走过，在破草帽底下虽看不清她的脸，当她与卖酸梅汤的打招呼时，却可以理会她有满口雪白的牙齿。她背上担负得很重，甚至不能把腰挺直，只如骆驼一样，庄严地一步一步踱到自己门口。

进门是个小院，妇人住的是塌剩下的两间厢房。院子一大部分是瓦砾。在她的门前种着一棚黄瓜、几行玉米。窗下还有十几棵晚香玉。几根朽坏的梁木横在瓜棚底下，大概是她家最高贵的坐处。她一到门前，屋里出来一个男子，忙帮着她卸下背上的重负。

"媳妇，今儿回来晚了。"

妇人望着他，像很诧异他的话。"什么意思？你想媳妇想疯啦？别叫我媳妇，我说。"她一面走进屋里，把破草帽脱下，顺手挂在门后，从水缸边取了一个小竹筒向缸里一连舀了好几次，喝得换不过气来，张了一会嘴，到瓜棚底下把篓子拖到一边，便自坐在朽梁上。

那男子名叫刘向高。妇人的年纪也和他差不多，在三十左右，娘家也姓刘。除掉向高以外，没人知道她的名字叫作春桃。街坊叫她作捡烂纸的刘大姑，因为她的职业是整天在街头巷尾垃圾堆里讨生活，有时沿途嚷着"烂字纸换取灯儿"。一天到晚在烈日冷风里吃尘土，可是生来爱干净，无论冬夏，每天回家，她总得净身洗脸。替她预备水的照例是向高。

向高是个乡间高小毕业生，四年前，乡里闹兵灾，全家逃散了，在道上遇见同是逃难的春桃，一同走了几百里，彼此又分开了。

她随着人到北京来，因为总布胡同里一个西洋妇人要雇一个没混过事的乡下姑娘当"阿妈"，她便被荐去上工。主妇见她长得清秀，很喜爱她。她见主人老是吃牛肉，在馒头上涂牛油，喝茶还要加牛奶，来去鼓着一阵臊味，闻不惯。有一天，主人叫她带孩子到三贝子花园去，她理会主人家的气味有点像从虎狼栏里发出来的，心里越发难过，不到两个月，便辞了工。到平常人家去，乡下人不惯当差，又挨不得骂，上工不久，又不干了。在穷途上，她自己选了这捡烂纸换取灯儿的职业，一天的生活，勉强可以维持下去。

向高与春桃分别后的历史倒很简单，他到涿州去，找不着亲人，有一两个世交，听他说是逃难来的，都不很愿意留他住下，不得已又流到北京来。由别人的介绍，他认识胡同口那卖酸梅汤的老吴，老吴借他现在住的破院子住，说明有人来赁，他得另找地方。他没事做，只帮着老吴算算账，卖卖货。他白住房子白做活，只赚两顿吃。春桃的捡纸生活渐次发达了，原住的地方，人家不许她堆货，她便沿着德胜门墙根来找住处。一敲门，正是认识的刘向高。她不用经过许多手续，便向老吴赁下这房子，也留向高住下，帮她的忙。这都是三年前的事了。他认得几个字，在春桃捡来和换来的字纸里，也会抽出些少比较能卖钱的东西，如画片或某将军、某总长写的对联、信札之类。二人合作，事业更有进步。向高有时也教她认几个字，但没有什么功效，因为他自己认得的也不算多，解字就更难了。

他们同居这些年，生活状态，若不配说像鸳鸯，便说像一对小家雀罢。

言归正传。春桃进屋里，向高已提着一桶水在她后面跟着走。他用快活的声调说："媳妇，快洗吧，我等饿了。今晚咱们吃点好的，烙葱花饼，赞成不赞成？若赞成，我就买葱酱去。"

"媳妇，媳妇，别这样叫，成不成？"春桃不耐烦地说。

"你答应我一声，明儿到天桥给你买一顶好帽子去。你不说帽子该换了吗？"向高再要求。

"我不爱听。"

他知道妇人有点不高兴了，便转口问："到底吃什么？说呀！"

"你爱吃什么，做什么给你吃。买去吧。"

向高买了几根葱和一碗麻酱回来，放在明间的桌上。春桃擦过澡出来，手里拿着一张红帖子。

"这又是哪一位王爷的龙凤帖！这次可别再给小市那老李了。托人拿到北京饭店去，可以多卖些钱。"

"那是咱们的。要不然，你就成了我的媳妇啦？教了你一两年的字，连自己的姓名都认不得！"

"谁认得这么些字？别媳妇媳妇的，我不爱听。这是谁写的？"

"我填的。早晨巡警来查户口，说这两天加紧戒严，哪家有多少人，都得照实报。老吴教我们把咱们写成两口子，省得麻烦。巡警也说写同居人，一男一女，不妥当。我便把上次没卖掉的那分空帖子填上了。我填的是辛未年咱们办喜事。"

"什么？辛未年？辛未年我哪儿认得你？你别捣乱啦。咱们没拜过天地，没喝过交杯酒，不算两口子。"

春桃有点不愿意，可还和平地说出来。她换了一条蓝布裤。上身是白的，脸上虽没脂粉，却呈露着天然的秀丽。若她肯嫁的话，按媒人的行情，说是二十三四的小寡妇，最少还可以值得一百八十的。

她笑着把那礼帖搓成一长条，说："别捣乱！什么龙凤帖？烙饼吃了吧。"她掀起炉盖把纸条放进火里，随即到桌边和面。

向高说："烧就烧吧，反正巡警已经记上咱们是两口子；若是官府查起来，我不会说龙凤帖在逃难时候丢掉的吗？从今儿起，我可要叫你做媳妇了。老吴承认，巡警也承认，你不愿意，我也要叫。媳妇嗳！媳妇嗳！明天给你买帽子去，戒指我打不起。"

"你再这样叫，我可要恼了。"

"看来，你还想着那李茂。"向高的神气没像方才那么高兴。他自己说着，也不一定要春桃听见，但她已听见了。

"我想他？一夜夫妻，分散了四五年没信，可不是白想？"春桃这样说。她曾对向高说过她出阁那天的情形。花轿进了门，客人还没坐席，前头两个村子来人说，大队兵已经到了，四处拉人挖战壕，吓得大家都逃了，新夫妇也赶紧收拾东西，随着大众望西逃。同走了一天一宿。第二宿，前面连嚷几声"胡子来了，快躲吧"，那时大家只顾躲，谁也顾不了谁。到天亮时，不见了十几个人，连她丈夫李茂也在里头。她继续方才的话说："我想他一定跟着胡子走了，也许早被人打死了。得啦，别提他啦。"

她把饼烙好了，端到桌上。向高向沙锅里舀了一碗黄瓜汤，大家没言语，吃了一顿。吃完，照例在瓜棚底下坐坐谈谈。一点点的星光在瓜叶当中闪着。凉风把萤火送到棚上，像星掉下来一般。晚香玉也渐次散出香气来，压住四围的臭味。

"好香的晚香玉!"向高摘了一朵,插在春桃的鬓上。

"别糟蹋我的晚香玉。晚上戴花,又不是窑姐儿。"她取下来,闻了一闻,便放在朽梁上头。

"怎么今儿回来晚啦?"向高问。

"吓!今儿做了一批好买卖!我下午正要回家,经过后门,瞧见清道夫推着一大车烂纸,问他从哪儿推来的;他说是从神武门甩出来的废纸。我见里面红的、黄的一大堆,便问他卖不卖;他说,你要,少算一点装去吧。你瞧!"她指着窗下那大篓,"我花了一块钱,买那一大篓!赔不赔,可不晓得,明儿捡一捡得啦。"

"宫里出来的东西没个错。我就怕学堂和洋行出来的东西,分量又重,气味又坏,值钱不值,一点也没准。"

"近年来,街上包东西都作兴用洋报纸。不晓得哪里来的那么些看洋报纸的人。捡起来真是分量又重,又卖不出多少钱。"

"念洋书的人越多,谁都想看看洋报,将来好混混洋事。"

"他们混洋事，咱们捡洋字纸。"

"往后恐怕什么都要带上个洋字，拉车要拉洋车，赶驴要赶洋驴，也许还有洋骆驼要来。"向高把春桃逗得笑起来了。

"你先别说别人。若是你有钱，你也想念洋书，娶个洋媳妇。"

"老天爷知道，我绝不会发财。发财也不会娶洋婆子。若是我有钱，回乡下买几亩田，咱们两个种去。"

春桃自从逃难以来，把丈夫丢了，听见乡下两字，总没有好感想。她说："你还想回去？恐怕田还没买，连钱带人都没有了。没饭吃，我也不回去。"

"我说回我们锦县乡下。"

"这年头，哪一个乡下都是一样，不闹兵，便闹贼；不闹贼，便闹日本，谁敢回去？还是在这里捡捡烂纸吧。咱们现在只缺一个帮忙的人。若是多个人在家替你归着东西，你白天便可以出去摆地摊，省得货过别人手里，卖漏了。"

"我还得学三年徒弟才成，卖漏了，不怨别人，只怨自己不够眼光。这几个月来我可学了不少。邮票，哪种值钱，哪种不值，也差不多会瞧了。大人物的信札手笔，卖得出钱，卖不出钱，也有一点把握了。前几天在那堆字纸里捡出一张康有为的字，你说今天我卖了多少？"他很高兴地伸出拇指和食指比仿着，"八毛钱！"

"说是呢！若是每天在烂纸堆里能捡出八毛钱就算顶不错，还用回乡下种田去？那不是自找罪受吗？"春桃愉悦的声音就像春深的莺啼一样。她接着说："今天这堆准保有好的给你捡。听说明天还有好些，那人教我一早到后门等他。这两天宫里的东西都赶着装箱，往南方运，库里许多烂纸都不要。我瞧见东华门外也有许多，一口袋一口袋陆续地扔出来。明儿你也打听去。"

说了许多话，不觉二更打过。她伸伸懒腰站起来说："今天累了，歇吧！"

向高跟着她进屋里。窗户下横着土炕，够两三人睡的。在微细的灯光底下，隐约看见墙上一边贴着八仙打麻雀的谐画，一边是烟公司"还是他好"的广告画。春桃的模样，若脱去破帽子，不用说到瑞蚨祥或别的上海成衣店，只到天桥搜罗一身落伍的旗袍穿上，坐在任何草地，也与"还是他好"里那摩登女差不上下。因此，向高常对春桃说贴的是她的小照。

她上了炕，把衣服脱光了，顺手揪一张被单盖着，躺在一边。向高照例是给她按按背，捶捶腿。她每天的疲劳就是这样含着一点微笑，在小油灯的闪烁中，渐次得着苏息。在半睡的状态中，她喃喃地说："向哥，你也睡吧，别开夜工了，明天还要早起咧。"

妇人渐次发出一点微细的鼾声，向高便把灯灭了。

一破晓，男女二人又像打食的老鸹，急飞出巢，各自办各的事情去。

刚放过午炮，什刹海的锣鼓已闹得喧天。春桃从后门出来，背着纸篓，向西不压桥这边来。在那临时市场的路口，忽然听见路边有人叫她："春桃，春桃！"

她的小名，就是向高一年之中也罕得这样叫唤她一声。自离开乡下以后，四五年来没人这样叫过她。

"春桃，春桃，你不认得我啦？"

她不由得回头一瞧，只见路边坐着一个叫花子。那乞怜的声音从他满长了胡子的嘴发出来。他站不起来，因为他两条腿已经折了。身上穿的一件灰色的破军衣，白铁纽扣都生了锈，肩膀从肩章的破缝露出，不伦不类的军帽斜戴在头上，帽章早已不见了。

春桃望着他一声也不响。

"春桃,我是李茂呀!"

她进前两步,那人的眼泪已带着灰土透入蓬乱的胡子里。

她心跳得慌,半晌说不出话来,至终说:"茂哥,你在这里当叫花子啦?你两条腿怎么丢啦?"

"唉,说来话长。你从多咱起在这里呢?你卖的是什么?"

"卖什么!我捡烂纸咧。……咱们回家再说吧。"

她雇了一辆洋车,把李茂扶上去,把篓子也放在车上,自己在后面推着。一直来到德胜门墙根,车夫帮着她把李茂扶下来。进了胡同口,老吴敲着小铜碗,一面问:"刘大姑,今儿早回家,买卖好呀!"

"来了乡亲啦。"她应酬了一句。

李茂像只小狗熊,两只手按在地上,帮着两条断腿爬着。

她从口袋里拿出钥匙,开了门,引着男子进去。她把向高的衣服取一身出来,像向高每天所做的,到井边打了两桶水倒在小澡盆里教男人洗澡。洗过以后，又倒一盆水给他洗脸。然后扶他上炕坐，自己在明间也洗一回。

"春桃，你这屋里收拾得很干净，一个人住吗？"

"还有一个伙计。"春桃不迟疑地回答他。

"做起买卖来啦？"

"不告诉你就是捡烂纸吗？"

"捡烂纸？一天捡得出多少钱？"

"先别盘问我，你先说你的吧。"

春桃把水泼掉，理着头发进屋里来，坐在李茂对面。

李茂开始说他的故事：

"春桃，唉，说不尽哟！我就说个大概吧。

"自从那晚上教胡子绑去以后，因为不见了你，我恨他们，夺了他们一杆枪，打死他们两个人，拼命地逃。逃到沈阳，正巧边防军招兵，我便应了招。在营里三年，老打听家里的消息，人来都说咱们村里都变成砖瓦地了。咱们的地契也不晓得现在落在谁手里。咱们逃出来时，偏忘了带着地契。因此这几年也没告假回乡下瞧瞧。在营里告假，怕连几块钱的饷也告丢了。

"我安分当兵，指望月月关饷，至于运到升官，本不敢盼。也是我命里合该有事：去年年头，那团长忽然下一道命令，说，若团里的兵能瞄枪连中九次靶，每月要关双饷，还升差事。一团人没有一个中过四枪；中，还是不进红心。我可连发连中，不但中了九次红心，连剩下那一颗子弹，我也放了。我要显本领，背着脸，弯着腰，脑袋向地，枪从裤裆放过去，不偏不歪，正中红心。当时我心里多么快活呢。那团长教把我带上去。我心里想着总要听几句褒奖的话。不料那畜生翻了脸，愣说我是胡子，要枪毙我！他说若不是胡子，枪法绝不会那么准。我的排长、队长都替我求情，担保我不是坏人，好容易不枪毙我了，可是把我的正兵革掉，连副兵也不许我当。他说，当军官的难免不得罪弟兄们，若是上前线督战，队里有个像我瞄得那么准，从后面来一枪，虽然也算阵亡，可值不得死在仇人手里。大家没话说，只劝我离开军队，找别的营生去。

"我被革了不久，日本人便占了沈阳；听说那狗团长领着他的军队先投降去了。我听见这事，愤不过，想法子要去找那奴才。我加入义勇军，在海城附近打了几个月，一面打，一面退到关里。前个月在平谷东北边打，我去放哨，遇见敌人，伤了我两条腿。那时还能走，躲在一块大石底下，开枪打死他几个。我实在支持不住了，把枪扔掉，向田边的小道爬，等了一天，两天，还不见有红十字会或红卍字会的人来。伤口越肿越厉害，走不动又没吃的喝的，只躺在一边等死。后来可巧有一辆大车经过，赶车的把我扶了上去，送我到一个军医的帐幕。他们又不瞧，只把我扛上汽车，往后方医院送。已经伤了三天，大夫解开一瞧，说都烂了，非用锯不可。在院里住了一个多月，好是好了，就丢了两条腿。我想在此地举目无亲，乡下又回不去；就说回去得了，没有腿怎能种田？求医院收容我，给我一点事情做，大夫说医院管治不管留，也不管找事。此地又没有残废兵留养院，迫着我不得不出来讨饭，今天刚是第三天。这两天我常想着，若是这样下去，我可受不了，非上吊不可。"

春桃注神听他说，眼眶不晓得什么时候都湿了。她还是静默着。李茂用手抹抹额上的汗，也歇了一会。

"春桃，你这几年呢？这小小地方虽不如咱们乡下那么宽敞，看来你倒不十分苦。"

"谁不受苦？苦也得想法子活。在阎罗殿前，难道就瞧不见笑脸？这几年来，我就是干这捡烂纸换取灯的生活，还有一个姓刘的同我合伙。我们两人，可以说不分彼此，勉强能度过日子。”

“你和那姓刘的同住在这屋里？”

“是，我们同住在这炕上睡。”春桃一点也不迟疑，她好像早已有了成见。

“那么，你已经嫁给他？”

“不，同住就是。”

“那么，你现在还算是我的媳妇？”

“不，谁的媳妇，我都不是。”

李茂的夫权意识被激动了。他可想不出什么话来说。两眼注视着地上，当然他不是为看什么，只为有点不敢望着他的媳妇。至终他沉吟了一句：“这样，人家会笑话我是个活王八。”

“王八？”妇人听了他的话，有点翻脸，但她的态度仍是很和平。她接着说：“有钱有势的人才怕当王八。像你，谁认得？活不留名，死不留姓，王八不王八，有什么相干？现在，我是我自己，我做的事，绝不会玷着你。”

"咱们到底还是两口子，常言道，一夜夫妻百日恩——"

"百日恩不百日恩我不知道。"春桃截住他的话，"算百日恩，也过了好十几个百日恩。四五年间，彼此不知下落；我想你也想不到会在这里遇见我。我一个人在这里，得活，得人帮忙。我们同住了这些年，要说恩爱，自然是对你薄得多。今天我领你回来，是因为我爹同你爹的交情，我们还是乡亲。你若认我做媳妇，我不认你，打起官司，也未必是你赢。"

李茂掏掏他的裤带，好像要拿什么东西出来，但他的手忽然停住，眼睛望望春桃，至终把手缩回去撑着席子。

李茂没话，春桃哭。日影在这当中也静静地移了三四分。

"好吧，春桃，你做主。你瞧我已经残废了，就使你愿意跟我，我也养不活你。"李茂到底说出这英明的话。

"我不能因为你残废就不要你，不过我也舍不得丢了他。大家住着，谁也别想谁是养活着谁，好不好？"春桃也说了她心里的话。

李茂的肚子发出很微细的咕噜咕噜声音。

"噢，说了大半天，我还没问你要吃什么！你一定很饿了。"

"随便吧，有什么吃什么。我昨天晚上到现在还没吃，只喝水。"

"我买去。"春桃正踏出房门，向高从院外很高兴地走进来，两人在瓜棚底下撞了个满怀。"高兴什么？今天怎样这么早就回来？"

"今天做了一批好买卖！昨天你背回的那一篓，早晨我打开一看，里头有一包是明朝高丽王上的表章，一分至少可卖五十块钱。现在我们手里有十分！方才散了几分给行里，看看主儿出得多少，再发这几分。里头还有两张盖上端明殿御宝的纸，行家说是宋家的，一给价就是六十块，我没敢卖，怕卖漏了，先带回来给你开开眼。你瞧……"他说时，一面把手里的旧蓝布包袱打开，拿出表章和旧纸来。"这是端明殿御宝。"他指着纸上的印纹。

"若没有这个印，我真看不出有什么好处，洋宣比它还白咧。怎么官里管事的老爷们也和我一样不懂眼？"春桃虽然看了，却不晓得那纸的值钱处在哪里。

"懂眼？若是他们懂眼，咱们还能换一块几毛吗？"向高把纸接过去，仍旧和表章包在包袱里。他笑着对春桃说：
"我说，媳妇……"

春桃看了他一眼，说："告诉你别管我叫媳妇。"

向高没理会她，直说："可巧你也早回家。买卖想是
不错。"

"早晨又买了像昨天那样的一篓。"

"你不说还有许多吗?"

"都教他们送到晓市卖到乡下包落花生去了!"

"不要紧，反正咱们今天开了光，头一次做上三十块钱
的买卖。我说，咱们难得下午都在家，回头咱们上什刹海
逛逛，消消暑去，好不好?"

他进屋里，把包袱放在桌上。春桃也跟进来。她说：
"不成，今天来了人了。"说着掀开帘子，点头招向高，
"你进去。"

向高进去，她也跟着。"这是我原先的男人。"她对向
高说过这话，又把他介绍给李茂说，"这是我现在的伙计。"

两个男子，四只眼睛对着，若是他们眼球的距离相等，

他们的视线就会平行地接连着。彼此都没话，连窗台上歇的两只苍蝇也不做声。这样又教日影静静地移一二分。

"贵姓？"向高明知道，还得照例地问。

彼此谈开了。

"我去买一点吃的。"春桃又向着向高说，"我想你也还没吃吧？烧饼成不成？"

"我吃过了。你在家，我买去吧。"

妇人把向高拖到炕上坐下，说："你在家陪客人谈话。"给了他一副笑脸，便自出去。

屋里现在剩下两个男人，在这样情况底下，若不能一见如故，便得打个你死我活。好在他们是前者的情形。但我们别想李茂是短了两条腿，不能打。我们得记住向高是拿过三五年笔杆的，用李茂的分量满可以把他压死。若是他有枪，更省事，一动指头，向高便得过奈何桥。

李茂告诉向高，春桃的父亲是个乡下财主，有一顷田。他自己的父亲就在他家做活和赶叫驴。因为他能瞄很准的枪，她父亲怕他当兵去，便把女儿许给他，为的是要他保护庄里的人们。这些话，是春桃没向他说过的。他又把方才春桃说的话再述一遍，渐次迫到他们二人切身的问题上头。

"你们夫妇团圆，我当然得走开。"向高在不愿意的情态底下说出这话。

"不，我已经离开她很久，现在并且残废了，养不活她，也是白搭。你们同住这些年，何必拆？我可以到残废院去。听说这里有，有人情便可进去。"

这给向高很大的诧异。他想，李茂虽然是个大兵，却料不到他有这样的侠气。他心里虽然愿意，嘴上还不得不让。这是礼仪的狡猾，念过书的人们都懂得。

"那可没有这样的道理。"向高说，"教我冒一个霸占人家妻子的罪名，我可不愿意。为你想，你也不愿意你妻子跟别人住。"

"我写一张休书给她，或写一张契给你，两样都成。"李茂微笑诚意地说。

"休？她没什么错，休不得。我不愿意丢她的脸。卖？我哪儿有钱买？我的钱都是她的。"

"我不要钱。"

"那么，你要什么？"

"我什么都不要。"

"那又何必写卖契呢？"

"因为口讲无凭，日后反悔，倒不好了。咱们先小人，后君子。"

说到这里，春桃买了烧饼回来。她见二人谈得很投机，心下十分快乐。

"近来我常想着得多找一个人来帮忙，可巧茂哥来了。他不能走动，正好在家管管事，捡捡纸。你当跑外卖货。我还是当捡货的。咱们三人开公司。"春桃另有主意。

李茂让也不让，拿着烧饼望嘴送，像从饿鬼世界出来的一样，他没工夫说话了。

"两个男人，一个女人，开公司？本钱是你的？"向高发出不需要的疑问。

"你不愿意吗？"妇人问。

"不，不，不，我没有什么意思。"向高心里有话，可说不出来。

"我能做什么？整天坐在家里，干得了什么事？"李茂也有点不敢赞成。他理会向高的意思。

"你们都不用着急，我有主意。"

向高听了，伸出舌头舐舐嘴唇，还吞了一口唾沫。李茂依然吃着，他的眼睛可在望春桃，等着听她的主意。

捡烂纸大概是女性心中的一种事业。她心中已经派定李茂在家把旧邮票和纸烟盒里的画片捡出来。那事情，只要有手有眼，便可以做。她和一和，若是天天有一百几十张卷烟画片可以从烂纸堆里捡出来，李茂每月的伙食便有了门。邮票好的和罕见的，每天能捡得两三个，也就不劣。外国烟卷在这城里，一天总销售一万包左右，纸包的百分之一给她捡回来，并不算难。至于向高还是让他捡名人书札，或比较可以多卖钱的东西。他不用说已经是个行家，不必再受指导。她自己干那吃力的工作，除去下大雨以外，在狂风烈日底下，是一样地出去捡货。尤其是在天气不好的时候，她更要工作，因为同业们有些就不出去。

她从窗户望望太阳，知道还没到两点，便出到明间，把破草帽仍旧戴上，探头进房里对向高说："我还得去打听宫里还有东西出来没有。你在家招呼他。晚上回来，我们再商量。"

向高留她不住，便由她走了。

好几天的光阴都在静默中度过。但二男一女同睡一铺炕上定然不很顺心。多夫制的社会到底不能够流行得很广。其中的一个缘故是一般人还不能摆脱原始的夫权和父权思想。由这个，造成了风俗习惯和道德观念。老实说，在社会里，依赖人和掠夺人的，才会遵守所谓风俗习惯；至于依自己的能力而生活的人们，心目中并不很看重这些。像春桃，她既不是夫人，也不是小姐；她不会到外交大楼去赴跳舞会，也没有机会在隆重的典礼上当主角。她的行为，没人批评，也没人过问；纵然有，也没有切肤之痛。监督她的只有巡警，但巡警是很容易对付的。两个男人呢，向高诚然念过一点书，含糊地了解些圣人的道理，除掉些少名分的观念以外，他也和春桃一样。但他的生活，从同居以后，完全靠着春桃。春桃的话，是从他耳朵进去的维他命，他得听，因为于他有利。春桃教他不要嫉妒，他连嫉妒的种子也都毁掉。李茂呢，春桃和向高能容他住一天便住一天，他们若肯认他做亲戚，他便满足了。当兵的人照例要丢一两个妻子。但他的困难也是名分上的。

向高的嫉妒虽然没有，可是在此以外的种种不安，常往来于这两个男子当中。

暑气仍没减少，春桃和向高不是到汤山或北戴河去的人物。他们日间仍然得出去谋生活。李茂在家，对于这行事业可算刚上了道，他已能分别哪一种是要送到万柳堂或天宁寺去做糙纸的，哪一样要留起来的，还得等向高回来鉴定。

春桃回家，照例还是向高侍候她。那时已经很晚了，她在明间里闻见蚊烟的气味，便向着坐在瓜棚底下的向高说："咱们多会点过蚊烟，不留神，不把房子点着了才怪咧。"

向高还没回答，李茂便说："那不是熏蚊子，是熏秽气，我央刘大哥点的。我打算在外面地下睡。屋里太热，三人睡，实在不舒服。"

"我说，桌上这张红帖子又是谁的？"春桃拿起来看。

"我们今天说好了，你归刘大哥。那是我立给他的契。"声从屋里的炕上发出来。

"哦，你们商量着怎样处置我来！可是我不能由你们派。"

她把红帖子拿进屋里，问李茂，"这是你的主意，还是他的？"

"是我们俩的主意。要不然，我难过，他也难过。"

"说来说去，还是那话。你们都别想着咱们是丈夫和媳妇，成不成？"

她把红帖子撕得粉碎，气有点粗。

"你把我卖多少钱？"

"写几十块钱做个彩头。白送媳妇给人，没出息。"

"卖媳妇，就有出息？"她出来对向高说，"你现在有钱，可以买媳妇了。若是给你阔一点……"

"别这样说，别这样说，"向高拦住她的话，"春桃，你不明白。这两天，同行的人们直笑话我。……"

"笑你什么？"

"笑我……"向高又说不出来。其实他没有很大的成见，春桃要怎办，十回有九回是遵从的。他自己也不明白这是什么力量。在她背后，他想着这样该做，那样得照他的意思办；可是一见了她，就像见了西太后似的，样样都要听她的懿旨。

"噢，你到底是念过两天书，怕人骂，怕人笑话。"

自古以来，真正统治民众的并不是圣人的教训，好像只是打人的鞭子和骂人的舌头。风俗习惯是靠着打骂维持的。但在春桃心里，像已持着"人打还打，人骂还骂"的态度。她不是个弱者，不打骂人，也不受人打骂。我们听她教训向高的话，便可以知道。

"若是人笑话你，你不会揍他？你露什么怯？咱们的事，谁也管不了。"

向高没话。

"以后不要再提这事吧。咱们三人就这样活下去，不好吗？"

一屋里都静了。吃过晚饭，向高和春桃仍是坐在瓜棚底下，只不像往日那么爱说话。连买卖经也不念了。

李茂叫春桃到屋里，劝她归给向高。他说男人的心，她不知道，谁也不愿意当王八；占人妻子，也不是好名誉。他从腰间拿出一张已经变成暗褐色的红纸帖，交给春桃，说："这是咱们的龙凤帖。那晚上逃出来的时候，我从神龛上取下来，揣在怀里。现在你可以拿去，就算咱们不是两口子。"

春桃接过那红帖子，一言不发，只注视着炕上的破席。她不由自主地坐下，挨近那残废的人，说："茂哥，我不能要这个，你收回去吧。我还是你的媳妇。一夜夫妻百日恩，我不做缺德的事。今天看你走不动，不能干大活，我就不要你，我还能算人吗?"

她把红帖也放在炕上。

李茂听了她的话，心里很受感动。他低声对春桃说："我瞧你怪喜欢他的，你还是跟他过日子好。等有点钱，可以打发我回乡下，或送我到残废院去。"

"不瞒你说，"春桃的声音低下去，"这几年我和他就同两口子一样活着，样样顺心，事事如意；要他走，也怪舍不得。不如叫他进来商量，瞧他有什么主意。"她向着窗户叫，"向哥，向哥!"可是一点回音也没有。出来一瞧，向哥已不在了。

这是他第一次晚间出门。她愣一会，便向屋里说："我找他去。"

她料想向高不会到别的地方去。到胡同口，问问老吴。老吴说望大街那边去了。她到他常交易的地方去，都没找着。人很容易丢失，眼睛若见不到，就是渺渺茫茫无寻觅处。快到一点钟，她才懊丧地回家。

屋里的油灯已经灭了。

"你睡着啦？向哥回来没有？"她进屋里，掏出洋火，把灯点着，向炕上一望，只见李茂把自己挂在窗棂上，用的是他自己的裤带。她心里虽免不了存着女性的恐慌，但是还有胆量紧爬上去，把他解下来。幸而时间不久，用不着惊动别人，轻轻地抚揉着他，他渐次苏醒回来。

杀自己的身来成就别人是侠士的精神。若是李茂的两条腿还存在，他也不必出这样的手段。两三天以来，他总觉得自己没多少希望，倒不如毁灭自己，教春桃好好地活着。春桃于他虽没有爱，却很有义。她用许多话安慰他，一直到天亮。他睡着了，春桃下炕，见地上一些纸灰，还剩下没烧完的红纸。她认得是李茂曾给他的那张龙凤帖，直望着出神。

那天她没出门。晚上还陪李茂坐在炕上。

"你哭什么？"春桃见李茂热泪滚滚地滴下来，便这样问他。

"我对不起你。我来干什么？"

"没人怨你来。"

"现在他走了，我又短了两条腿。……"

"你别这样想。我想他会回来。"

"我盼望他会回来。"

又是一天过去了，春桃起来，到瓜棚摘了两条黄瓜做菜，草草地烙了一张大饼，端到屋里，两个人同吃。

她仍旧把破帽戴着，背上篓子。

"你今天不大高兴，别出去啦！"李茂隔着窗户对她说。

"坐在家里更闷得慌。"

她慢慢地踱出门。做活是她的天性，虽在沉闷的心境中，她也要干。中国女人好像只理会生活，而不理会爱情，生活的发展是她所注意的，爱情的发展只在盲闷的心境中沸动而已。自然，爱只是感觉，而生活是实质的，整天躺在锦帐里或坐在幽林中讲爱经，也是从皇后船或总统船运来的知识。春桃既不是弄潮儿的姊妹，也不是碧眼胡的学生，她不懂得，只会莫名其妙地纳闷。

一条胡同过了又是一条胡同。无量的尘土，无尽的道路，涌着这沉闷的妇人。她有时嚷"烂纸换洋取灯儿"，有时连路边一堆不用换的旧报纸，她都不捡。有时该给人两盒取灯，她却给了五盒。胡乱地过了一天，她便随着天上那班只会嚷嚷和抢吃的黑衣党慢慢地踱回家。仰头看见新贴上的户口照，写的户主是刘向高妻刘氏，使她心里更闷得厉害。

刚踏进院子，向高从屋里赶出来。

她瞪着眼，只说："你回来……"其余的话用眼泪连续下去。

"我不能离开你，我的事情都是你成全的。我知道你要我帮忙。我不能无情无义。"其实他这两天在道上漫散地走，不晓得要往哪里去。走路的时候，直像脚上扣着一条很重的铁镣，那一面是扣在春桃手上一样。加以到处都遇见"还是他好"的广告，心情更受着不断的搅动，甚至饿了他也不知道。

"我已经同向哥说好了。他是户主，我是同居。"

向高照旧帮她卸下篓子。一面替她抹掉脸上的眼泪。他说："若是回到乡下，他是户主，我是同居。你是咱们的媳妇。"

她没有做声，直进屋里，脱下衣帽，行她每日的洗礼。

买卖经又开始在瓜棚底下念开了。他们商量把宫里那批字纸卖掉以后，向高便可以在市场里摆一个小摊，或者可以搬到一间大一点点的房子去住。

屋里，豆大的灯火，教从瓜棚飞进去的一只油葫芦扑灭了。李茂早已睡熟，因为银河已经低了。

"咱们也睡吧。"妇人说。

"你先躺去，一会我给你捶腿。"

"不用啦，今天我没走多少路。明儿早起，记得做那批买卖去，咱们有好几天不开张了。"

"方才我忘了拿给你。今天回家，见你还没回来，我特意到天桥去给你带一顶八成新的帽子回来。你瞧瞧！"他在暗里摸着那帽子，要递给她。

"现在哪里瞧得见！明天我戴上就是。"

院子都静了，只剩下晚香玉的香还在空气中游荡。屋里微微地可以听见"媳妇"和"我不爱听，我不是你的媳妇"等对答。

慕

　　爱德华路的尽头已离村庄不远，那里都是富人的别墅。路东那间聚石旧馆便是名女士吴素霄的住家。馆前的藤花从短墙蔓延在路边的乌桕和邻居的篱笆上，把便道装饰得更华丽。

　　一个夫役拉着垃圾车来到门口，按按铃子，随即有个中年女佣捧着一畚箕的废物出来。

　　夫役接过畚箕来就倒入车里，一面问："陵妈，为什么今天的废纸格外多？又有人寄东西来送你姑娘吗？"

　　"哪里？这些纸不过是早晨来的一封信。……"她回头看看后面，才接着说："我们姑娘的脾气非常奇怪。看这封信的光景，恐怕要闹出人命来。"

"怎么？"他注视车中的废纸，用手拨了几拨，他说："这里头没有什么，我且说到的是怎么一回事。"

"在我们姑娘的朋友中，我真没见过有一位比陈先生好的。我以前不是说过他的事情吗？"

"是，你说过他的才情、相貌和举止都不像平常人。许是你们姑娘羡慕他，喜欢他，他不愿意？"

"哪里？你说的正相反哪。有一天，陈先生寄一封信和一颗很大的金刚石来，她还没有看信，说把那宝贝从窗户扔出去……"

"那不太可惜吗？"

"自然是很可惜。那金刚石现在还沉在池底的污泥中呢！"

"太可惜了！太可惜了！你们为何不把它淘起来？"

"呆子，你说得太容易了！那么大的池，往哪里淘去？况且是姑娘故意扔下去的，谁敢犯她？"

"那么，信里说的是什么？"

"那封信，她没看就搓了，交给我拿去烧毁。我私下把信摊起来看，可惜我认得的字不多，只能半猜半认地念。我看见那信，教我好几天坐卧不安。……"

"你且说下去。"

"陈先生在信里说，金刚石是他父亲留下来给他的。他除了这宝贝以外没有别的财产。因为羡慕我们姑娘的缘故，愿意取出，送给她佩带。"

"陈先生真呆呀！"

"谁能这样说？我只怪我们的姑娘……"她说到这里，又回头望。那条路本是很清静，不妨站在一边长谈，所以她又往下说。

"又有一次，陈先生又送一幅画来给她，画后面贴着一张条子。说，那是他生平最得意的画儿，曾在什么会里得过什么金牌的。因为羡慕她，所以要用自己最宝重的东西奉送。谁知我们姑娘哼了一声，随手把画儿撕得稀烂！"

"你们姑娘连金刚石都不要了，一幅画儿值得什么？他岂不是轻看你们姑娘吗？若是我做你们姑娘，我也要生气的。你说陈先生聪明，他到底比我笨。他应当拿些比金刚石更贵的东西来孝敬你们姑娘。"

"不，不然，你还不……"

"我说，陈先生何苦要这样做？若是要娶妻子，将那金刚石去换钱，一百个也娶得来，何必定要你们姑娘！"

"陈先生始终没说要我们姑娘，他只说羡慕我们姑娘。"

"那么，以后怎样呢？"

"寄画儿，不过是前十几天的事。最后来的，就是这封信了。"

"哦，这封信。"他把车里的纸捡起来，扬了一扬，翻着看，说："这纯是白纸，没有字呀！"

"可不是。这封信奇怪极了。早晨来的时候，我就看见信面写着'若是尊重我，就请费神拆开这信，否则请用火毁掉。'我们姑娘还是不看，教我拿去毁掉。我总是要看里头到底是什么，就把信拆开了。我拆来拆去，全是一张张的白纸。我不耐烦就想拿去投入火里，回头一望，又舍不得，于是一直拆下去。到末了是他自己画的一张小照。"她顺手伸入车里把那小照翻出来，指给夫役看。她说："你看，多么俊美的男子！"

"这脸上黑一块，白一块的有什么俊美?"

"你真不懂得，……你看旁边的字……"

"我不认得字，还是你说给我听罢。"

陵妈用指头指着念："尊贵的女友：我所有的都给你了，我所给你的，都被你拒绝了。现在我只剩下这一条命，可以给你，作为我最后的礼物。……"

"谁问他要命呢？你说他聪明，他简直是一条糊涂虫!"

陵妈没有回答，直往下念："我知道你是喜欢的。但在我归去以前，我要送你这……"

"陵妈，陵妈，姑娘叫你呢。"这声音从园里的台阶上嚷出来，把他们的喁语冲破。陵妈把小照放入车中说："我得进去……"

"这人命的事，你得对姑娘说。"

"谁敢？她不但没教我拆开这信，且命我拿去烧毁。若是我对她说，岂不是赶蚂蚁上身！我嫌费身，没把它烧了。你速速推走罢，待一会，她知道了就不方便。"她说完，匆匆忙忙，就把疏阑的铁门关上。

　　那夫役引着垃圾车子往别家去了。方才那张小照被无意的风刮到地上，随着落花，任人践踏。然而这还算是那小照的幸运。流落在道上，也许会给往来的士女们捡去供养；就是给无知的孩子捡去，摆弄完，才把它撕破，也胜过让夫役运去，葬在垃圾冈里。

萤 灯

　　萤是一种小甲虫。它的尾巴会发出青色的冷光，在夏夜的水边闪烁着，很可以启发人们的诗兴。它的别名和种类在中国典籍里很多，好像耀夜、景天、熠耀、丹良、丹鸟、夜光、照夜、宵烛、挟火、据火、焰燐、夜游女子、蚈、炤，等等都是。种类和名目虽然多，我们在说话时只叫它作萤就够了。萤的发光是由于尾部薄皮底下有许多细胞被无数小气管缠绕着。细胞里头含有一种可燃的物质，有些科学家怀疑它是一种油类，当空气通过气管的时候，因氧化作用便发出光耀，不过它的成分是什么和分泌的机关在哪里，生物学家还没有考察出来，只知道那光与灯光不同，因为后者会发热，前者却是冷的。我们对于这种萤光，希望将来可以利用它。萤的脾气是不愿意与日月争光。白天固然不发光，就是月明之夜，它也不大喜欢显出它的本领。

　　自然的萤光在中国或外国都被利用过，墨西哥海岸的居民从前为防海贼的袭掠，夜时宁愿用萤火也不敢点灯。美洲劳动人民在夜里要通过森林，每每把许多萤虫绑在脚趾上。古巴的妇人在夜会时，常爱用萤来做装饰，或系在衣服上，或做成花样戴在头上。我国晋朝的车胤，因为家贫，买不起灯油，也利用过萤光来读书。古时好奇的人也曾做过一种口袋叫作聚萤囊，把许多萤虫装在囊中，当作玩赏用的灯。不但是人类，连小裁缝鸟也会逮捕萤虫，用湿泥粘住它的翅膀安在巢里，为的是叫那囊状的重巢在夜间有灯。至于扑萤来玩或做买卖的，到处都有。有些地方，像日本，还有萤虫批发所，一到夏天就分发到都市去卖。隋炀帝有一次在景华宫，夜里把好几斛的萤虫同时放出才去游山，萤光照得满山发出很美丽的幽光。

　　关于萤的故事很多。北美洲人的传说中有些说太古时候有一个美少年住在森林里，因为失恋便化成一只大萤飞上天去，成为现在的北极星。我国从前都以为萤是腐草所变的，其实萤的幼虫是住在水边的，所以池塘的四周在夏夜里常有萤火点缀着。岸边的树影加上点点的微光，我们想想，是多么优美呢！

　　我们既已知道萤虫那样含有浓厚诗意，又是每年的夏夜在到处都可以看见的,现在让我说一段关于萤的故事吧。

从前西方有一个康国,人民富庶,土地膏腴,因而时常被较贫乏的邻国羝原所侵略。康国在位的常喜王只有一个儿子,名叫难胜,很勇敢强健,容貌也非常的美,远看着他站在殿上就像一根玉柱立着一样。有一次,羝原人又来侵犯边境,难胜太子便请求父王给他一支兵,由他领出都门去抵御寇敌。常喜王因为爱他太甚,舍不得叫他上前敌,没有应许他。无奈难胜时刻地申请,常喜王就给他一个难题,说:"若是你必要上前敌去的话,除非是不用油和蜡,也不用火把,能够把那座灯台点亮了才可以。这是要试验你的智力,因为战争是不能单靠勇力的。"

难胜随着父王所指的地方看去,只见大堂当中安着一座很大很大的灯台,一丈多高,周围满布着小灯,各色各样的玻璃罩子罩在各盏灯上,就是不点也觉得它很美丽。父王指着给他看过之后,便垂着头到外殿去了。难胜走到灯台跟前,细细地观察它。原来那灯台是纯金打成的,台柱满镶上各样宝贝。因为受宝光的眩惑,使他不由得不用手去摩触那上头的各个宝饰。他触到一颗红宝的时候,忽然把柱上的一扇门打开了。这个使他很诧异,因为宫里的好东西太多了,那座灯台放在堂中从来也没人注意过,没人知道它的构造,甚至是在什么时代传下来的,连宫里最老的太监都不知道。国王舍不得用它，怕把它弄脏了，所以只当作一种奇物陈设着。那台柱的直径有三尺左右，台座能容一个人躺下还有很宽裕的空间。它支持着一千盏灯，想来是世间最大的灯台。难胜踏进台柱里去，门一关，正好把自己藏在里头。他蹲下去，躺在台座里，仰望着各色的小圆光从各种宝石透射进来，真是好看。他又理会座上铺着一层厚垫子，好像是预备给人睡的。他想这也许是宫里的一个临时避难所，外边有什么变故，国王尽可以避到这里头来。但是他父亲好像不知道有这个地方，不然，怎么一向没听见他说过，也没人见他开过这扇门，他胡思乱想了一阵，几乎忘了他父亲所要求于他的事情。过了一会，他才想回来。立刻站起，开了门，从原处跳出来。他把门关好，绕着灯台一面望，一面想着方才的问题。

几天之后，战争的消息越发不利了。难胜却还想不出一个不用油蜡等物而可以把那座灯台点起来的方法。可是他心里生出一个别的计划。他想万一敌人攻到都城附近，父王难免领兵出去迎战，假如不幸城被攻破，宫里的宝物一定会被掠夺尽的。他虽然能战，怎奈一个兵也没有，无论如何，是不成功；不如藏在灯台里头，若是那东西被搬到羝原去，他便可以找机会来报复。他想定了，便把干粮、水和一切应备的用具及心爱的宝贝、兵器，都预先藏在灯台里头。

　　果然不出所料，强寇竟破了都城，常喜王也阵亡了。全城到处起火，号哭和屠杀的惨声已送到宫里。太子立刻教他的学伴慧思自想方法逃避些时，他又告诉了他他的计策。难胜看见慧思走了，自己才从容地踏进灯台去。不到一顿饭的工夫，敌兵已进入王宫，到处搜掠东西。一群兵士走到灯台跟前，个个认定是金的，都争着要动手击毁，以为人人可以平分一份。幸而主帅来到，说："这灯台是要献给大王的，不许毁坏。"大家才不敢动手，他教十几个兵士守着，当天把它搬上火车，载回本国去。

　　"好美的灯台！"羝原国的王鸯眼看见元帅把战利品排在宝座前的时候这么说。他命人把它送到他最喜欢的玉华公主的寝室去。难胜躺在灯台里，听见这话，暗中叫屈，因为他原来是希望被放在国王的寝宫里，好乘机会杀了他的。但是他一声也不敢响，安然地被放在公主的房里。

　　公主进来，叫宫女们都来看这新受赐的宝灯，人人看了都赞美一番。有一个宫女说："这灯台来得正好，过两个月，不是公主的生日吗？我们可以把它点起来，请大王和王后来赏玩。"

　　"这得用多少油呢？"另一个宫女这样问。她数着，忽然发觉了什么似的，嚷起来："你看！这灯台是假的！"大家以为她有什么发现，都注视着她。她却说："没有油盏，怎样点呢?"又一个说:"就使有油盏,一千盏灯,得多少人来点?"当下议论纷纷,毫无结果。玉华也被那上头的宝光眩惑住,不去注意点它的方法。

夜深了,玉华睡在床上,宫女们也歇息去了。难胜轻轻地从灯台跳出来,手里拿着一把刀,慢慢踱到公主的床边。在稀微的灯光底下,看见她躺着,直像对着一片被月光照耀的银渚。她胸前的一高一低,直像沙头的微浪在寒光底下荡漾着。他看呆了,因为世间从来没有比对着这样一个美人更能动人心情的事。他没想着那是仇人的女儿,反而发生了恋慕的情怀。他把刀放下,从身上取出一个小金盒,打开,在灯光底下用小刀轻轻地刻了几个字:"送给最可爱的公主。"刻完之后,合回去,轻微地放在公主的枕边。他不敢惊动公主,只守着她,到听见掌灯火的宫女的脚步声,才急忙地踏进灯台去。

第二天早晨,公主醒来,摩着枕边的小金盒,非常惊异。可是她不敢声张,心里怀疑是什么天神鬼怪之类。晚宴又上来了,公主回到寝室去。到第二天早晨,她在枕边又得到一个很宝贵的戒指。这样一连好些日子,什么手镯、足钏、耳环、臂缠种种女子喜欢的装饰品都莫名其妙地从枕头边得着了,而且比她在大典大节时候所用的还要好得多。原来康国的风俗,男女的装饰品没有多大的分别;他所赠与的，都是他日常所用的。

公主倒好奇起来了，她立定主意要看看夜间那来送东西的人物。但是她常熟睡，候了好几夜都没看见。最后，她不告诉别人，自己用针把小指头刺伤，为的是教夜间因痛而睡不着。到夜静之后，果然看见灯台底中柱开了一扇门，从门里跳出一个美男子来。她像往时一样，睡在床上，两眼却微微地开着。那男子走近床边，正要把一颗明珠放在她枕边，她忽然坐起来，问："你是谁？"

难胜看见她起来，也不惊惶，从容地回答说："我是你的俘虏。"

"你是灯台精罢？"

"我是人，是难胜太子。你呢？"

"我名叫玉华。"

公主也曾听人说过难胜太子的才干，一来心里早已羡慕，二来要探探究竟，于是下床把灯弄亮了，请他坐下。彼此相对着，便互相暗赞彼此的美丽。从此以后，每夜两人必聚谈些时候，才各自睡去。从此以后，公主也命人每日多备些好吃的东西，放在房里。这样日子久了，就惹起宫女们的疑惑，她们想着公主的食粮忽然增加起来，而且

据她说都是要在夜间睡了一会才起来吃的。不但如此，洗
衣服的宫女也理会到常洗着奇怪的衣服，不是公主平日所
穿的。她们大家都以为公主近来有点奇怪，大家都愿意轮
流着伺察她在夜间的动静。

　　自从玉华与难胜亲热之后，公主便不许任何人在她睡
后到她的卧室里，连掌灯的宫女也不教进去，她也不要灯
光了。她住的宫廷是靠着一个池塘，在月明之夜，两人坐
在窗边，看月光印在水里，玉簪和晚香玉的香气不时掠袭
过来，更帮助了他们相爱的情。在众星历落的时分，就有
无数的萤火像拿着灯的一群小仙人在树林中做闲逸的夜游。
他俩每常从窗户跳出去，到水边坐下谈心。在幽静的夜间，
彼此相对着，使他们感到天地间的一切都是属于他们的。

　　宫女们轮流侦察的结果，使宫中遍传公主着了邪魔。
有些说听见公主在池边和男子谈话，有些说看见一个人影
走近灯台就不见了，但是公主一点也不知道大家的议论，
她还是每夜与难胜相会，虽然所谈的几乎是一样的话，可
是在他们彼此听来，就像唱着一阕百听不厌的妙歌，虽然
唱了再唱，听过再听，也不觉得是陈腐。

　　这事情教王后知道了，她怕公主被盘问不好意思，只
教人把灯台移到大堂中间。公主很不愿意，但王后对她说：
"你的生日快到了，留着那珍贵的灯台不点做什么？"

　　"儿不愿意看见这灯台被弄脏了，除非妈妈能免掉用油蜡一类的东西，使全座灯台用过像没用一样，儿才愿意咧。"玉华公主这个意思当然是从难胜得着的。难胜父王把难题交给他，公主又同调地把它交给母后。可是她的母亲并不重视她的难题，只说："要灯台不脏还不容易么？难道我们没有夜明珠？我到你父亲的宝库里捡出一千颗出来放在灯盏上不就成了么？"她于是教人到库里去要，可是真正的夜明珠是不容易得到的，司宝库的官吏就给王后出一个主意，教她还是把工匠召来，做上一千盏灯，说明不许用油和蜡。工匠得了这个难题便到处请教人家，至终给他打听出一个方法。

　　他听见人说在北方很远的地方有个山坑，恒常地发出一种气体，那里的人不点油，不用蜡，只用那种气。他想这个很符合王后的要求，于是请求王后给他多些日子预备，把灯盏的大小量好，骑着千里马到那地方去。他看见当地的人们用猪膀胱来盛那种气体，便搜集了两千个，用好几天的工夫把它们充满了，才赶程回都城去。

　　在预备着灯盏的时候，玉华老守着那座灯。甚至晚上也铺上一张行床在旁边。王后不愿意太拂她的意思，只令一个侍女在她身边侍候。在侍女躺在床上的时候，她用一种安眠香轻轻地放在她鼻孔旁边，这样可以使她一觉睡到天明，玉华仍然可以和难胜在大堂的一个犄角的珠幔底下密谈。

工匠回到都城，将每个猪膀胱都嵌在金球里，每个金球的上端露出一根小小的气管，远看直像一颗金橙子。管与球的连接处有个小掣可以拧动。那就是管制灯火大小的关键。好容易把一千个灯球做好了，把一千个猪膀胱装进去，其余一千个留着替换。

玉华的生日到了。王与后为她开了很大的宴会，当夜把灯台上的一千盏灯点着了。果然一点油脏和煤臭都没有，而且照得满庭光亮无比。正在歌舞得高兴的时候，台柱里忽然跳出一个人，吓得贵宾们都各自躲藏起来，他们都以为是神怪出现。玉华也吓愣了，原来难胜在灯台里受不了一千盏灯火的热，迫得他要跳出来，国王的侍卫们没等他走到王跟前就把他逮起来。王在那里审问他，知道他是什么人以后，就把他送到牢里去。

玉华要上前去拦住，反被父王申斥了一顿，不由得大哭着往自己的寝室去了。

自从那晚上起，玉华老躺在床上，像害很重的病，什么都不进口。王后着急，鸢眼王也很心痛，因为她们只有这个爱女。王后劝王把难胜放出来与她结婚，鸢眼王为国仇的关系老不肯点头。他一面教把难胜刑罚得遍体鳞伤，把他监在城外一个暗洞；一面教宣令官布告全国寻找名医。这样的病，不说全国，就是全世界也少有人能够把它治好的。现在先要办的事是用方法教玉华吃东西，因为她的身体越来越萑弱了。御膳房所做的羹汤没有一样是她要吃的。王于是命令全国的人都试做一碗或一盆菜羹，如公主吃了那人所做的东西，他就得受很宝贵的奖品，而且可以自己挑选。

我们记得当日难胜太子当国破家亡的时候曾教他的学伴自己逃生。这个学伴名叫慧思，也流落到羝原国的都城来。他是为着打听难胜的下落来的，所以不敢有固定的职业，只是到处乞食，随地打听。宫里的变故他已听说过，所以他用尽方法去打听难胜监禁的地方。他从一个狱卒那里知道太子是被禁在城外一个暗洞里，便到那里去查勘。原来那是一个水洞，洞里的水有七八尺深，从洞口泅水进去，许久还不到尽头处，而且从来就没有人敢这样尝试过。洞里的黑暗简直不能形容，曾有人用小筏持火把进去，但走不到百尺，火就被洞里的风吹灭了。人们说洞里那边是通天上的，如有人走到底，他便会成仙，可是一向也没有人成功过，甚至常见尸首漂流出来，很奇怪的是洞里的水老向洞口流出，从没见过水流进去。王教人把难胜幽禁在暗洞的深处，那里头有一个浮礁，可容四五人，历来犯重罪的人都被送到那上头去。犯人一到里头只好等死，无论如何，不能逃生。

难胜在那洞里经过三天，睁着眼，什么都看不见，身上的伤痕因着冷气渐渐不觉得痛苦，可是他是没法逃脱的。离他躲的地方两三尺，四围都是水，所以他在那里只后悔不该与仇人的女儿做朋友，以至仇没报得，反被拘禁起来。

慧思知道太子在洞里，可没法拯救他。他想着唯有教玉华公主知道，好商量一个办法。他立找个机会与公主见面，可巧鸢眼王征求调羹的命令发出来，于是他也预备一钵盂的菜汤送到王宫去。众守卫看见他穿得那么褴褛，用的是乞丐的钵盂，早就看不起他，比着剑要驱逐他。其中一个人说："看你这样贱相，配做菜给公主尝吗？一大帮的公子王孙用金盆、银盏来盛东西，她还看不上眼哪。快走吧，一会大王出来大家都不方便。"

"好老爷，让我把这点粗东西献给公主吧。我知道公主需要这样特异的风味。若是她肯尝，我必要将所得一半报答你们。"

守卫的兵士商量了一会，便领他进宫里去。宫女们都掩着嘴偷笑，或捏着鼻子走开。他可很庄严，直像领班的宰相在大街上走着一般。到公主的寝室门口，侍女要上前来接他手捧着的钵盂，他说："我得亲自献给公主，不然，这汤的味道就会差了。"侍女不由得把他领到公主床边，公主一睁眼看见是个乞丐，就很生气说："你是哪里来的流氓，敢冒昧地到我这里来？"

慧思说："公主，请不要凭外貌来评定人，我这钵盂菜汤除掉难胜太子尝过以外，谁也没尝过。公主请……"

他还没说完，玉华已被太子的名字吸住了。她急问："你认得难胜太子吗？你是谁？"

他把手上戴着的一个戒指向着公主说："我是他的学伴。我手上戴的是他赠与我的。他有一对这样的戒指，我们两人分着戴。"

公主注视那戒指，果然和太子所给她的是一对东西。不由得坐起来，说："好，你把汤端来我尝尝。"

她一面喝，一面问慧思与太子的关系。那时侍女们都站得远远地，他们说什么都听不见，只看见公主起来喝着那乞丐的东西，有一个性急的宫女赶紧跑到王面前报告。王随即到公主寝室里来。

"你说！现在你想要求什么呢？"王问。

"求大王赐给我那陈列在大庭中间的金灯台。"

王一听见要那金灯台便注视着慧思，他问："那灯台于你有什么用呢？看你的样子，连房子都不会有一间的，那东西你拿去安排哪里？"

慧思心里以为若要到黑洞里去找难胜，非得用那座灯台不可，因为它可以发出很大的光，而且每盏都有灯罩，不怕洞里的风把它吹灭了。但是鸢眼盘问之后，知道他也是难胜的人，不由得大怒，立刻命令侍卫来把他拖下去，也幽禁在那暗洞里。侍卫还没到之前，宫女忽然来报宰相在外庭有要事要见他。王于是径自出去了。

玉华叫慧思到她的床前，安慰他。在宫里，无论如何她是不能逃脱的。他只告诉公主他要那座灯台的意思。公主知道难胜被幽在洞里，也就教他先去和太子做伴，等她慢慢想方法把那座灯台弄出宫外去，刚刚说了几句话，侍卫们便来把慧思带出去了。

慧思在路上受尽许多侮辱，他只低着头任人耻笑，因自己有主意，一点也不发作，怒气只隐藏在心里，非要等到复国那一天，最好是先不要表示什么。他们来到水边，两个狱卒把慧思放在筏上，慢慢地撑进洞里。那两人是进去惯了的，他们知道撑几篙就可以到那浮礁。把慧思推上去之后，还从原筏泛出来。

慧思摩触难胜，对他说："我是慧思呀。"又告诉他怎样从公主那里来，难胜的创痕虽好了些，可是饿得动不得了，好在慧思临出宫廷的时候，公主暗自把一些吃的掖在他怀里。他就取出来，在黑暗中递到太子的嘴里。

洞里是永远的夜，他们两个不说话的时候，除去滴水和流水的声音以外，一点也听不见什么。他们不晓得经过多少时候，忽然看见远远有光射进来，不觉都坐在礁上观望。等到那光越来越近，才听见玉华喊叫难胜的声音。她踏上浮礁，与难胜相见。这时满洞都光亮得很，筏上的灯台印在水面，光度更加上一倍。

玉华公主开始说她怎样怂恿母后把灯台交给金匠去熔化掉，然后教一两个亲近的人去与那匠人说通了，用高价把它买回来，偷偷地运出城外去。有一个亲信的宫女的家就在那洞口的水边，就把那灯台暂时藏在那里。她的难题在要把灯台送进洞里去的时候就发生了。小小的筏子绝不能载得起那么重的金灯台，而且灯球当着洞口的风也点不着，公主私自在夜间离开宫廷，帮着点灯，在太阳没出来以前又赶着回宫去。这样做了好些晚上，可是灯点着了，筏子又载不起，至终把灯球的气都点完了。到最后几盏，在将灭未灭的时候，忽然树林里飞来一大群的萤火，有些不晓得怎样飞进灯罩里去，不能出来，在罩里射出闪闪烁烁的光辉。这个，激发了公主的心思，她想为什么不把萤火装在一千盏灯里头呢？她即有了主意，几个亲信人立刻用纱缝了些网子到水边各处去捕获。不到两晚上，已经装满了一千盏灯。公主一面又想着怎样把灯台安在小筏上面。最后她决定用那一千个金球，联结起来，放在水面，然后把筏子压在球上头。这样做法，使筏子的浮力增加了好些倍，灯台于是被安置得上。一切都安排好了，公主和两个亲近的人就慢慢地撑进洞里去。幸而水流还不很急，灯台和人在筏子上也有相当的重量，所以进行得很顺利。

洞里现在是充满了青光，一切都显得更美丽。好冒险的难胜太子提议暂时不出洞外，可以试试逆溯到洞底。大家因为听过传说，若能达到洞底，就可以到另一个天地，就可以成仙，所以暂时都不从危险方面着想；而且人多胆壮，都同意溯流而进。慧思的力量是很大的，只有他一个人撑篙。那筏离开浮礁渐渐远了。一路上看见许多怪样的石头，有时筏上人物的影子射在洞壁上头，显得青一片，黑一片的。在走了好些水程之后，果然远远地看见前面一点微光好像北极星那么大。筏子再进前，那光丸越显得大了些。他们知道那是另外一个洞口，便鼓着勇气，大家撑起来，不到两个时辰竟然出了洞口。原来这洞是一条暗河，难胜许久没与强度的阳光接触，不由得晕眩了一会。至终他认识所在的四围好像是他从前曾在那里打过猎的地方。他对慧思说："这不是到了我们的国境吗？这不就是龙潭吗？你一定也认得这个地方。"慧思经过这样提醒，也就认得是本国的边境的龙潭，一向没有人理会，那潭水还通着一条暗河。他说："可不是？我们可以立刻回到宫里去。"

康国自从常喜王阵亡了之后，就没人敢承继，因为大家都很尊敬难胜，知道他有一天终会回来，所以国政是由几个老臣摄行。鸢眼王的军队侵略进来之后，大队不久也自退出去了，只留下些小队伍守着都城，太子同慧思到村落里找村长。村长认得是小主，喜欢得很，立刻骑上马到都城去，告诉那班老臣，几个老臣赶到村里来迎接他们，相见之下，悲喜交集。太子问了些国家大事，都说兵精粮足，可以报仇了，现在散布在都城外的各地，所等待的只是一位领兵的元帅。现在太子回来，什么都具备了。

慧思劝太子不要用兵，说："对于邻国是要和睦的，我们既有了精强的兵力，本来可以复仇，但是这不会太伤玉华公主的心吗？不如把军队从刚才来的那个水洞送到那边去，再分一队把都城的敌兵围起来，若不投降便歼灭他们。我单人去见国王，要他与我们订盟，彼此不相侵略，从前的损失要他偿还；他若不答应我们再开仗也不迟。他们一定不会防到我们的兵会从那水洞泛出来的。胜算操在我们手里，我们为什么要多杀人呢？"

这话把与会的文武官员都说服了。难胜即日登了王位，老臣们分头调动军队，预备竹筏，又派慧思为使者骑着快马到羝原国去。

鸢眼王看见当日的乞丐忽然以使者的身份现在他座前，不由得生气，命人再把他送到黑洞里去。慧思心里只好笑，临行的时候对他说："大王不要太骄傲，我们的兵不久就会到你的城下来。"

兵士把他送进暗洞里像往日一样。但一到浮礁，早有难胜的哨兵站在那里。他们把送慧思来的兵士绑起来，一面用萤火的光做信号报告到帅府。不到三个时辰，大兵已进到水洞。个个兵士头上都顶着一盏萤灯，竹筏连结起来，简直成为一条很长的浮桥。暗洞里又充满了青光，在水面像凌乱的星星浮泛着。

大队出了洞口，立刻进到都城。鸢眼王真是惊讶难胜进兵的神速，却还不知道兵是从哪里来的，他恐慌了，群众都劝他和平解决，于是派遣了最信任的宰相来到难胜军帐中与他议和。难胜只要求偿还历次侵略的损失和将玉华许配给他。这条件很顺利地被接纳了。他们把玉华公主送回国去，择个吉日迎娶过来。

　　从此以后，那黑暗的水洞变成赏萤火的名胜，因为两国人民从此和好，个个都忆起那条水和水边的萤虫，都喜欢到那里去游玩。

　　难胜把那座金灯台仍然安置在宫廷中间。那是它永久的地方，它这回出国带着光荣回来，使人人尊仰。所以每到夏夜，难胜王必要命人把萤火装在一千个灯罩里，为的是纪念他和玉华王后的旧事。

桃金娘

桃金娘是一种常绿灌木，粤、闽山野很多，叶对生，夏天开淡红色的花，很好看的，花后结圆形像石榴的紫色果实。有一个别名广东土话叫作"冈拈子"，夏秋之间结子像小石榴，色碧绎，汁紫，味甘，牧童常摘来吃，市上却很少见，还有常见的蒲桃及连雾（土名鬼蒲桃），也是桃金娘科的植物。

一个人没有了母亲是多么可悲呢！我们常看见幼年的孤儿所遇到的不幸，心里就会觉得在母亲的庇荫底下是很大的一份福气。我现在要讲从前一个孤女怎样应付她的命运的故事。

在福建南部，古时都是所谓"洞蛮"住着的。他们的村落是依着山洞建筑起来，最著名的有十八个洞。酋长就住在洞里，称为洞主。其余的人们搭茅屋围着洞口，俨然是聚族而居的小民族。十八洞之外有一个叫作仙桃洞，出的好蜜桃，民众都以种桃为业，拿桃实和别洞的人们交易，生活倒是很顺利的。洞民中间有一家，男子都不在了，只剩下一个姑母一个小女儿金娘。她生下来不到二个月，父母在桃林里被雷劈死了。迷信的洞民以为这是他们二人犯了什么天条，连他们的遗孤也被看为不祥的人。所以金娘在社会里是没人敢与她来往的。虽然她长得绝世美丽，村里的大歌舞会她总不敢参加，怕人家嫌恶她。

她有她自己的生活，她也不怨恨人家，每天帮着姑母做些纺织之外，有工夫就到山上去找好看的昆虫和花草。有时人看见她戴得满头花，便笑她是个疯女子，但她也不在意。她把花草和昆虫带回茅寮里，并不是为玩，乃是要辨认各样的形状和颜色，好照样在布匹上织上花纹。她是一个多么聪明的女子呢！姑母本来也是很厌恶她的，从小就骂她，打她，说她不晓得是什么妖精下凡，把父母的命都送掉。但自金娘长大之后，会到山上去采取织纹的样本，使她家的出品受洞人们的喜欢，大家拿很贵重的东西来互相交易，她对侄女的态度变好了些，不过打骂还是不时会有的。

因为金娘家所织的布花样都是日新月异的，许多人不知不觉地就忘了她是他们认为不祥的女儿，在山上常听见男子的歌声，唱出底下的词句：

> 你去爱银姑，
>
> 我却爱金娘。
>
> 银姑歌舞虽漂亮，
>
> 不如金娘衣服好花样。
>
> 歌舞有时歇，
>
> 花样永在衣裳上。
>
> 你去爱银姑，
>
> 我来爱金娘，
>
> 我要金娘给我做的好衣裳。

银姑是谁？说来是很有势力的，她是洞主的女儿，谁与她结婚，谁就是未来的洞主。所以银姑在社会里，谁都得巴结她。因为洞主的女儿用不着十分劳动，天天把光阴消磨在歌舞上，难怪她舞得比谁都好。她可以用歌舞教很悲伤的人快乐起来，但是那种快乐是不恒久的，歌舞一歇，悲伤又走回来了。银姑只听见人家赞她的话，现在来了一个艺术的敌人，不由得嫉妒心发作起来，在洞主面前说金娘是个狐媚子，专用颜色来蛊惑男人。洞主果然把金娘的

姑母叫来，问她怎样织成蛊惑男人的布匹，她一定是使上
巫术在所织的布上了，必要老姑母立刻把金娘赶走，若是
不依，连她也得走。姑母不忍心把这消息告诉金娘，但她
已经知道她的意思了。

她说："姑妈，你别瞒我，洞主不要我在这里，是不是?"

姑母没作声，只看着她还没织成的一匹布滴泪。

"姑妈，你别伤心，我知道我可以到一个地方去，你照
样可以织好看的布。你知道我不会用巫术，我只用我的手
艺。你如要看我的时候，可以到那山上向着这种花叫我，
我就会来与你相见的。"金娘说着，从头上摘下一枝淡红色
的花递给她的姑母，又指点了那山的方向，什么都不带就
望外走。

"金娘，你要到哪里去，也得告诉我一个方向，我可以
找你去。"姑母追出来这样对她说。

"我已经告诉你了，你到那山上，见有这样花的地方，
只要你一叫金娘，我就会到你面前来。"她说着，很快地就
向树林里消逝了。

原来金娘很熟悉山间的地理，她知道在很多淡红花的

所在有许多野果可以充饥。在那里，她早已发现了一个仅可容人的小洞，洞里的垫褥都是她自己手织的顶美的花布。她常在那里歇息，可是一向没人知道。

村里的人过了好几天才发见金娘不见了，他们打听出来是因为一首歌激怒了银姑，就把金娘撵了。于是大家又唱起来：

　　谁都恨银姑，
　　谁都爱金娘。
　　银姑虽然会撒谎，
　　不能涂掉金娘的花样。
　　撒谎涂污了自己，
　　花纹还留衣裳上。
　　谁都恨银姑，
　　谁都想金娘，
　　金娘回来，给我再做好衣裳。

银姑听了满山的歌声都是怨她的词句，可是金娘已不在面前，也发作不了。那里的风俗是不能禁止人唱歌的。唱歌是民意的表示，洞主也很诧异为什么群众喜欢金娘。有一天，他召集族中的长老来问金娘的好处。长老们都说她是一个顶聪明勤劳的女子，人品也好，所差的就是她是被雷劈的人的女儿；村里有一个这样的人，是会起纷争的。看现在谁都爱她，将来难保大家不为她争斗，所以把她撵走也是一个办法。洞主这才放了心。

天不作美，一连有好几十天的大风雨，天天有雷声绕着桃林。这教村里人个个担忧，因为桃子是他们唯一的资源。假如桃树叫风拔掉或教水冲掉，全村的人是要饿死的。但是村人不去防卫桃树，却忙着把金娘所织的衣服藏在安全的地方。洞主问他们为什么看金娘所织的衣服比桃树重。他们就唱说：

> 桃树死掉成枯枝，
> 金娘织造世所稀。
> 桃树年年都能种，
> 金娘去向无人知。

洞主想着这些人们那么喜欢金娘，必得要把他们的态度改变过来才好。于是他就和他的女儿银姑商量，说："你有方法教人们再喜欢你吗？"

银姑唯一的本领就是歌舞，但在大雨滂沱的时候，任她的歌声嘹亮也敌不过雷音泉响，任她的舞态轻盈，也踏不了泥淖砾场。她想了一个主意，走到金娘的姑母家，问她金娘的住处。

"我不知道她住在哪里，可是我可以见着她。"姑母这样说。

"你怎样能见着她呢？你可以教她回来吗？"

"为什么又要她回来呢？"姑母问。

"我近来也想学织布，想同她学习学习。"

姑母听见银姑的话就很喜欢地说："我就去找她。"说着披起蓑衣就出门。银姑要跟着她去，但她阻止她说："你不能跟我去，因为她除我以外，不肯见别人。若是有人同我去，她就不出来了。"

银姑只好由她自己去了。她到山上，摇着那红花，叫："金娘，你在哪里？姑妈来了。"

金娘果然从小林中踏出来，姑母告诉她银姑怎样要跟她学织纹。她说，"你教她就成了，我也没有别的巧妙，只留神草树的花叶，禽兽的羽毛，和到山里找寻染色的材料而已。"

　　姑母说："自从你不在家，我的染料也用完了，怎样染也染不出你所染的颜色来。你还是回家把村里的个个女孩子都教会了你的手艺吧。"

　　"洞主怎样呢？"

　　"洞主的女儿来找我，我想不至于难为我们吧。"

　　金娘说："最好是叫银姑在这山下搭一所机房，她如诚心求教，就到那里去，我可以把一切的经验都告诉她。"

　　姑母回来，把金娘的话对银姑说。银姑就去求洞主派人到山下去搭棚。众人一听见是为银姑搭的，以为是为她的歌舞，都不肯去做，这教银姑更嫉妒。她当着众人说："这是为金娘搭的。她要回来把全洞的女孩子都教会了织造好看的花纹。你们若不信，可以问问她的姑母去。"

　　大家一听金娘要回来，好像吃了什么兴奋药，都争前恐后地搭竹架子，把各家存着的茅草搬出来。不到两天工夫，在阴晴不定的气候中把机房盖好了，一时全村的女儿都齐集在棚里，把织机都搬到那里去，等着金娘回来教导她们。

　　金娘在众人企望的热情中出现了，她披着一件带宝光的蓑衣，戴的一顶篛笠，是她在小洞里自己用细树皮和竹篛交织成的，众男子站在道旁争着唱欢迎她的歌：

> 大雨淋不着金娘的头；
> 大风飘不起金娘的衣。
> 风丝雨丝，
> 金娘也能接它上织机；
> 她是织神的老师。

金娘带着笑容向众男子行礼问好，随即走进机房与众妇女见面。一时在她指导下，大家都工作起来。这样经过三四天，全村的男子个个都企望可以与她攀谈，有些提议晚间就在棚里开大宴会。因为她回来，大家都高兴了。又因露天地方雨水把土地淹得又湿又滑，所以要在棚里举行。

银姑更是不喜欢，因为连歌舞的后座也要被金娘夺去了。那晚上可巧天晴了，大家格外兴奋，无论男女都预备参加那盛会。每人以穿着一件金娘所织的衣服为荣；最低限度也得搭上一条她所织的汗巾，在灯光底下更显得五光十色。金娘自己呢，她只披了一条很薄的轻纱，近看是像没穿衣服，远见却像一个人在一根水晶柱子里藏着，只露出她的头——一个可爱的面庞向各人微笑。银姑呢，她把洞主所有的珠宝都穿戴起来，只有她不穿金娘所织的衣裳。但与金娘一比，简直就像天仙与独眼老猕猴站在一起。大家又把赞美金娘的歌唱起来，银姑觉得很窘，本来她叫金娘回来就是不怀好意的，现在怒火与妒火一齐燃烧起来，趁着人不觉得的时候，把茅棚点着了，自己还走到棚外等着大变故的发生。

一会火焰的舌伸出棚顶，棚里的人们个个争着逃命。银姑看见那狼狈情形一点也没有恻隐之心，还在一边笑，指着这个说："吓吓！你的宝贵的衣服烧焦了！"对着那个说："喂，你的金娘所织的衣服也是禁不起火的！"诸如此类的话，她不晓得说了多少。金娘可在火棚里帮着救护被困的人们，在火光底下更显出她为人服务的好精神。忽然哗啦一声，全个棚顶都塌下来了，里面只听见嚷救的声音。正在烧得猛烈的时候，大雨忽然降下，把火淋灭了。可是四周都是漆黑，火把也点不着，水在地上流着，像一片湖沼似的。

第二天早晨，逃出来的人们再回到火场去，要再做救人的工作，但仔细一看，场里的死尸堆积很多，几乎全是村里的少女。因为发现火头起来的时候，个个都到织机那里，要抢救她们所织的花纹布。这一来可把全洞的女子烧死了一大半，几乎个个当嫁的处女都不能幸免。

　　事定之后，他们发现银姑也不见了。大家想着大概是水流冲激的时候，她随着流水沉没了。可是金娘也不见了！这个使大家很着急，有些不由得流出眼泪来。

　　雨还是下个不止，山洪越来越大，桃树被冲下来的很多，但大家还是一意找金娘。忽然霹雳一声，把洞主所住的洞也给劈开了，一时全村都乱着各逃性命。

　　过了些日子天渐晴回来，四围恢复了常态，只是洞主不见。他是给雷劈死的，一时大家找不着银姑，所以没有一个人有资格承继洞主的地位。于是大家又想起金娘来，说："金娘那么聪明，一定不会死的。不如再去找找她的姑母，看看有什么方法。"

　　姑母果然又到山上去，向着那小红花嚷说："金娘，金娘，你回来呀，大家要你回来，你为什么不回来呢？"

　　随着这声音，金娘又面带笑容，站在花丛里，说："姑妈，要我回去干什么？所有的处女都没有了。我还能教谁呢？"

　　"不，是所有的处男要你，你去安慰他们吧。"

　　金娘于是又随着姑母回到茅寮里，所有的未婚男子都聚拢来问候她，说："我们要金娘做洞主。金娘教我们大家纺织，我们一样地可以纺织。"

金娘说："好，你们如果要我做洞主，你们用什么来拥护我呢？"

"我们用我们的工作来拥护你，把你的聪明传播各洞去。教人家觉得我们的布匹比桃实好得多。"

金娘于是承受众人的拥戴做起洞主来。她又教大家怎样把桃树种得格外肥美。在村里，种植不忙的时候，时常有很快乐的宴会。男男女女都能采集染料和织造好看的布匹，一直做到她年纪很大的时候，把所有织布、染布的手艺都传给众人。最后，她对众人说："我不愿意把我的遗体现在众人面前教大家伤心，我去了之后，你们当中，谁最有本领、最有为大家谋安全的功绩的，谁就当洞主。如果你们想念我，我去了之后，你们看见这样的小红花就会记起我来。"说着她就自己上山去了。

因为那洞本来出桃子，所以外洞的人都称呼那里的众人为"桃族"。那仙桃洞从此以后就以织纹著名，尤其是织着小红花的布，大家都喜欢要，都管它叫作"桃金娘布"。

自从她的姑母去世之后，山洞的方向就没人知道。全洞人只知道那山是金娘往时常到的，都当那山为圣山，每到小红花盛开时候，就都上山去，冥想着金娘。所以那花以后就叫作"桃金娘"了。

对于金娘的记忆很久很久还延续着，当我们最初移民时，还常听到洞人唱的：

桃树死掉成枯枝，金娘织造世所稀。
桃树年年都能种，金娘去向无人知。

别　话

　　素辉病得很重，离她停息的时候不过十二个时辰了。她丈夫坐在一边，一手支颐，一手把着病人的手臂，宁静而恳挚的眼光都注在他妻子的面上。

　　黄昏的微光一分一分地消失，幸而房里都是白的东西，眼睛不至于失了它们的辨别力。屋里的静默，早已布满了死的气色，看护妇又不进来，她的脚步声只在门外轻轻地跳过去，好像告诉屋里的人说：“生命的步履不望这里来，离这里渐次远了。”

　　强烈的电光忽然从玻璃泡里的金丝发出来。光的浪把那病人的眼睑冲开。丈夫见她这样，就回复他的希望，恳挚地说：“你——你醒过来了！”

素辉好像没有听见这话，眼望着他，只说别的。她说："嗳，珠儿的父亲，在这时候，你为什么不带她来见见我？"

"明天带她来。"

屋里又沉默了许久。

"珠儿的父亲呐，因为我身体软弱、多病，教你牺牲许多光阴来看顾我，还阻碍你许多比服侍我更要紧的事。我实在对你不起。我的身体实不容我……"

"不要紧的，服侍你也是我应当做的事。"

她笑，但白的被窝中所显出来的笑容并不是欢乐的标志。她说："我很对不住你，因为我不曾为我们生下一个男儿。"

"哪里的话！女孩子更好。我爱女的。"

凄凉中的喜悦把素辉身中预备要走的魂拥回来。她的精神似乎比前强些，一听丈夫那么说，就接着道："女的本不足爱，你看许多人——连你——为女人惹下多少烦恼！……不过是——人要懂得怎样爱女人，才能懂得怎样爱智慧。不会爱或拒绝爱女人的，纵然他没有烦恼，他是万灵中最愚蠢的人。珠儿的父亲，珠儿的父亲呐，你佩服这话吗？"

这时，就是我们——旁边的人——也不能为珠儿的父亲想出一句答辞。

"我离开你以后，切不要因为我就一辈子过那鳏夫的生活。你不要为我的缘故，依我方才的话爱别的女人。"她说到这里把那只几乎动不得的右手举起来，向枕边摸索。

"你要什么？我替你找。"

"戒指。"

丈夫把她的手扶下来，轻轻在她枕边摸出一支玉戒指来递给她。

"珠儿的父亲，这戒指虽不是我们订婚用的，却是你给我的。你可以存起来，以后再给珠儿的母亲，表明我和她的连属。除此以外，不要把我的东西给她，恐怕你要当她是我；不要把我们的旧话说给她听，恐怕她要因你的话就生出差别心，说你爱死的妇人甚于爱生的妻子。"她把戒指轻轻地套在丈夫左手的无名指上。丈夫随着扶她的手与他的唇边略一接触。妻子对于这番厚意，只用微微睁开的眼睛看着他。除掉这样的回报，她实在不能表现什么。

丈夫说："我应当为你做的事，都对你说过了。我再说一句，无论如何，我永久爱你。"

"咦，再过几时，你就要把我的尸体扔在荒野中了！虽然我不常住在我的身体内，可是人一离开，再等到什么时候，在什么地方才能互通我们恋爱的消息呢？若说我们将要住在天堂的话，我想我也永无再遇见你的日子，因为我们的天堂不一样。你所要住的，必不是我现在要去的。何况我还不配住在天堂？我虽不信你的神，我可信你所信的真理。纵然真理有能力，也不为我们这小小的缘故就永远把我们结在一块。珍重吧，不要爱我于离别之后。"

丈夫既不能说什么话，屋里只可让死的静寂占有了。楼底下恍惚敲了七下自鸣钟。他为尊重医院的规则，就立起来，握着素辉的手说："我的命，再见吧，七点钟了。"

"你不要走，我还和你谈话。"

"明天我早一点来，你累了，歇歇吧。"

"你总不听我的话。"她把眼睛闭了，显出很不愿意的样子。丈夫无奈，又停住片时，但她实在累了，只管躺着，也没有什么话说。

丈夫轻轻蹑出去。一到楼口，那脚步又退后走，不肯下去。他又蹑回来，悄悄到素辉床边，见她显着昏睡的形态。枯涩的泪点滴不下来，只挂在眼睑之间。

归　途

　　她坐在厅上一条板凳上头，一手支颐，在那里纳闷。这是一家佣工介绍所。已经过了糖瓜祭灶的日子，所有候工的女人们都已回家了，唯独她在介绍所里借住了二十几天，没有人雇她，反欠下媒婆王姥姥十几吊钱。姥姥从街上回来，她还坐在那里，动也不动一下，好像不理会的样子。

　　王姥姥走到厅上，把买来的年货放在桌上，一面把她的围脖取下来，然后坐下，喘几口气。她对那女人说："我说，大嫂，后天就是年初一，个人得打个人的主意了。你打算怎办呢？你可不能在我这儿过年，我想你还是先回老家，等过了元宵再来吧。"

　　她蓦然听见王姥姥这些话，全身直像被冷水浇过一样，话也说不出来。停了半晌，眼眶一红，才说："我还该你的钱哪。我身边一个大子也没有，怎能回家呢？若不然，谁不想回家？我已经十一二年没回家了。我出门的时候，我的大妞儿才五岁，这么些年没见面，她爹死，她也不知道，论理我早就该回家看看。无奈……"她的喉咙受不了伤心的冲激，至终不能把她的话说完，只把泪和涕来补足她所要表示的意思。

　　王姥姥虽想撵她，只为十几吊钱的债权关系，怕她一去不回头，所以也不十分压迫她。她到里间，把身子倒在冷炕上头，继续地流她的苦泪。净哭是不成的，她总得想法子。她爬起来，在炕边拿过小包袱来，打开，翻翻那几件破衣服。在前几年，当她随着丈夫在河南一个地方的营盘当差的时候，也曾有过好几件皮袄。自从编遣的命令一下，凡是受编遣的就得为他的职业拼命。她的丈夫在郑州那一仗，也随着那位总指挥亡于阵上。败军的眷属在逃亡的时候自然不能多带行李。她好容易把些少细软带在身边，日子就靠着零当整卖这样过去。现在她什么都没有了，只剩下当日丈夫所用的一把小手枪和两颗枪子。许久她就想着把它卖出去，只是得不到相当的人来买。此外还有丈夫剩下的一件军装大氅和一顶三块瓦式的破皮帽。那大氅也就是她的被窝，在严寒时节，一刻也离不了它。她自然不敢教人看见她有一把小手枪，拿出来看一会，赶快地又藏在那件破大氅的口袋里头。小包袱里只剩下几件破衣服，卖也卖不得，吃也吃不得。她叹了一声，把它们包好，仍旧支着下巴颏纳闷。

黄昏到了，她还坐在那冷屋里头。王姥姥正在明间做晚饭，忽然门外来了一个男人。看他穿的那件镶红边的蓝大褂，可以知道他是附近一所公寓的听差。那人进了屋里，对王姥姥说："今晚九点左右去一个。"

"谁要呀？"王姥姥问。

"陈科长。"那人回答。

"那么，还是找鸾喜去吧。"

"谁都成，可别误了。"他说着，就出门去了。

她在屋里听见外边要一个人，心里暗喜说，天爷到底不绝人的生路，在这时期还留给她一个吃饭的机会。她走出来，对王姥姥说："姥姥，让我去吧。"

"你哪儿成呀？"王姥姥冷笑着回答她。

"为什么不成呀?"

"你还不明白吗? 人家要上炕的。"

"怎样上炕呢?"

"说是呢! 你一点也不明白!"王姥姥笑着在她的耳边如此如彼解释了些话语,然后说:"你就要,也没有好衣服穿呀。就是有好衣服穿,你也得想想你的年纪。"

她很失望地走回屋里。拿起她那缺角的镜子到窗边自己照着。可不是! 她的两鬓已显出很多白发,不用说额上的皱纹,就是颧骨也突出来像悬崖一样了。她不过是四十二三岁人,在外面随军,被风霜磨尽她的容光,黑滑的鬖髻早已剪掉,剩下的只有满头短乱的头发。剪发在这地方只是太太、少奶、小姐们的时装,她虽然也当过使唤人的太太,只是要给人佣工,这样的装扮就很不合式,这也许是她找不着主的缘故吧。

王姥姥吃完晚饭就出门找人去了。姥姥那套咬耳朵的话倒启示了她一个新意见。她拿着那条冻成一片薄板样的布,到明间白炉子上坐着那盆热水烫了一下。她回到屋里,把自己的脸匀匀地擦了一回,瘦脸果然白净了许多。她打开炕边一个小木匣,拿起一把缺齿的木梳,拢拢头发。粉也没了，只剩下些少填满了匣子的四个犄角。她拿出匣子里的东西，用一根簪子把那些不很白的剩粉剔下来，倒在手上，然后望脸上抹。果然还有三分姿色，她的心略为开了。她出门口去偷偷地把人家刚贴上的春联撕了一块；又到明间把灯罩积着的煤烟刮下来。她醮湿了红纸来涂两腮和嘴唇，用煤烟和着一些头油把两鬓和眼眉都涂黑了。这一来，已有了六七分姿色。心里想着她蛮可以做"上炕"的活。

王姥姥回来了。她赶紧迎出来，问她，她好看不好看。王姥姥大笑说："这不是老妖精出现吗！"

"难看吗？"

"难看倒不难看，可是我得找一个五六十岁的人来配你。哪儿找去？就使有老头儿，多半也是要大姑娘的。我劝你死心吧，你就是到下处去，也没人要。"

她很失望地又回到屋里来，两行热泪直滚出来，滴在炕席上不久就凝结了，没廉耻的事情，若不是为饥寒所迫，谁愿意干呢？若不是年纪大一点，她自然也会做那生殖机能的买卖。

她披着那件破大氅，躺在炕上，左思右想，总得不着一个解决的方法。夜长梦短，她只睁着眼睛等天亮。

二十九那天早晨，她也没吃什么，把她丈夫留下的那顶破皮帽戴上，又穿上那件大氅，乍一看来，可像一个中年男子。她对王姥姥说："无论如何，我今天总得想个法子得一点钱来还你。我还有一两件东西可以当当，出去一下就回来。"王姥姥也没盘问她要当的是什么东西，就满口答应了她。

她到大街上一间当铺去，问伙计说："我有一件军装，您柜上当不当呀？"

"什么军装？"

"新式的小手枪。"她说时从口袋里掏出那把手枪来。掌柜的看见她掏枪，吓得赶紧望柜下躲。她说："别怕，我是一个女人，这是我丈夫留下的，明天是年初一，我又等钱使，您就当周全我，当几块钱使使吧。"

伙计和掌柜的看她并不像强盗，接过手枪来看看。他们在铁槛里唧唧咕咕地商议了一会。最后由掌柜的把枪交回她，说："这东西柜上可不敢当。现在四城的军警查得严，万一教他们知道了，我们还要担干系。你拿回去吧。你拿着这个，可得小心。"掌柜的是个好人，才肯这样地告诉她，不然他早已按警铃叫巡警了。无论她怎样求，这买卖柜上总不敢做，她没奈何只得垂着头出来。幸而她旁边没有暗探和别人，所以没有人注意。

她从一条街走过一条街，进过好几家当铺也没有当成。她也有一点害怕了。一件危险的军器藏在口袋里，当又当不出去，万一给人知道，可了不得。但是没钱，怎好意思回到介绍所去见王姥姥呢？她一面走一面想，最后决心地说，不如先回家再说吧。她的村庄只离西直门四十里地，走路半天就可以到。她到西四牌楼，还进过一家当铺，还是当不出去，不由得带着失望出了西直门。

她走到高亮桥上，站了一会。在北京，人都知道有两道桥是穷人的去路，犯法的到天桥去，活腻了的到高亮桥来。那时正午刚过，天本来就阴暗，间中又飘了些雪花，桥底水都冻了。在河当中，流水隐约地在薄冰底下流着。她想着，不站了吧，还是望前走好些。她有了主意，因为她想起那十二年未见面的大妞儿现在已到出门的时候了，不如回家替她找个主儿，一来得些财礼，二来也省得累赘。一身无挂碍，要往前走也方便些。自她丈夫被调到郑州以后，两年来就没有信寄回乡下。家里的光景如何？女儿的前程怎样？她自都不晓得。可是她自打定了回家嫁女儿的主意以后，好像前途上又为她露出一点光明，她于是带着希望在向着家乡的一条小路走着。

雪下大了。荒凉的小道上，只有她低着头慢慢地走，心里想着她的计划。迎面来了一个青年妇人，好像是赶进城买年货的。她戴着一顶宝蓝色的帽子，帽上还安上一片孔雀翎；穿上一件桃色的长棉袍；脚底下穿着时式的红绣鞋。这青年妇女从她身边闪过去，招得她回头直望着她。她心里想，多么漂亮的衣服呢，若是她的大妞儿有这样一套衣服，那就是她的嫁妆了。然而她哪里有钱去买这样时样的衣服呢？她心里自己问着，眼睛直盯在那女人的身上。那女人已经离开她四五十步远近，再拐一个弯就要看不见了。她看四围一个人也没有，想着不如抢了她的，带回家给大妞儿做头面。这个念头一起来，使她不由回头追上前去，用粗厉的声音喝着："大姑娘，站住，你那件衣服借我使使吧。"那女人回头看见她手里拿着枪，恍惚是个军人，早已害怕得话都说不出来，想要跑，腿又不听使，她只得站住，问："你要什么？"

"我什么都不要。快把衣服，帽子，鞋，都脱下来。身上有钱都得交出来，手镯、戒指、耳环，都得交我。不然，我就打死你。快快，你若是嚷出来，我可不饶你。"

那女人看见四围一个人也没有，嚷出来又怕那强盗真个把她打死，不得已便照她所要求的一样一样交出来。她把衣服和财物一起卷起来，取下大氅的腰带束上，往北飞跑。

那女人所有的一切东西都给剥光了，身上只剩下一套单衣裤。她坐在树根上直打抖擞，差不多过了二十分钟才有一个骑驴的人从那道上经过。女人见有人来，这才嚷救命。驴儿停止了。那人下驴，看见她穿着一身单衣裤。问明因由，便仗着义气说："大嫂，你别伤心，我替你去把东西追回来。"他把自己披着的老羊皮筒脱下来扔给她，"你先披着这个吧，我骑着驴去追她，一会儿就回来。那兔强盗一定走得不很远，我一会就回来，你放心吧。"他说着，鞭着小驴便望前跑。

她已经过了大钟寺，气喘喘地冒着雪在小道上蹿。后面有人追来，直嚷："站住，站住。"她回头看看，理会是来追她的人，心里想着不得了，非与他拼命不可。她于是拿出小手枪来，指着他说："别来，看我打死你。"她实在也不晓得要怎办，姑且把枪比仿着。驴上的人本来是赶脚的，他的年纪才二十一二岁，血气正强，看见她拿出枪来，一点也不害怕，反说："瞧你，我没见过这么小的枪。你是从市场里的玩意铺买来瞎蒙人，我才不怕哪。你快把人家的东西交给我吧，不然，我就把你捆上，送司令部，枪毙你。"

她听着一面望后退，但驴上的人节节迫近前，她正在急的时候，手指一攀，无情的枪子正穿过那人的左胸，那人从驴背掉下来，一声不响，软软地摊在地上。这是她第一次开枪，也没瞄准，怎么就打中了！她几乎不信那驴夫是死了，她觉得那枪的响声并不大，真像孩子们所玩的一样，她慌得把枪扔在地上，急急地走进前，摸那驴夫胸口，"呀，了不得！"她惊慌地嚷出来，看着她的手满都是血。

她用那驴夫衣角擦净她的手，赶紧把驴拉过来，把刚才抢得的东西夹上驴背，使劲一鞭，又望北飞跑。

一刻钟又过去了。这里坐在树底下披着老羊皮的少妇直等着那驴夫回来。一个剃头匠挑着担子来到跟前。他也是从城里来，要回家过年去。一看见路边坐着的那个女人，便问："你不是刘家的新娘子吗！怎么大雪天坐在这里？"女人对他说刚才在这里遇着强盗。把那强盗穿的什么衣服，什么样子，一一地告诉了他。她又告诉他本是要到新街口去买些年货，身边有五块现洋，都给抢走了。

这剃头匠本是她邻村的人，知道她新近才做新娘子。她的婆婆欺负她外家没人，过门不久便虐待她到不堪的地步。因为要过新年，才许她穿戴上那套做新娘时的衣帽，交给她五块钱，叫她进城买东西。她把钱丢了，自然交不了差，所以剃头匠便也仗着义气，允许上前追盗去。他说："你别着急，我去看看到底是怎么一回事。"他说着，把担放在女人身边，飞跑着望北去了。

剃头匠走到刚才驴夫丧命的地方，看见地下躺着一个人。他俯着身子，摇一摇那尸体，惊惶地嚷着："打死人了！闹人命了！"他还是望前追，从田间的便道上赶上来一个巡警。郊外的巡警本来就很少见，这一次可碰巧了。巡警下了斜坡，看见地下死一个人，心里断定是前头跑着的那人干的事。他于是大声喝着："站住，往哪里跑呢，你？"

他蓦然听见有人在后面叫，回头看是个巡警，就住了脚，巡警说："你打死人，还望哪里跑？"

"不是我打死的，我是追强盗的。"

"你就是强盗，还追谁呀？得，跟我到派出所回话去。"巡警要把他带走。他多方地分辩也不能教巡警相信他。

他说："南边还有一个大嫂在树底下等着呢，我是剃头匠，我的担子还撂在那里呢，你不信，跟我去看看。"

巡警不同他去追贼，反把他挝住，说："你别废话啦，你就是现行犯，我亲眼看着，你还赖什么？跟我走吧。"他一定要把剃头的带走。剃头匠便求他说，"难道我空手就能打死人吗？您当官明理，也可以知道我不是凶手。我又不抢他的东西，我为什么打死他呀？"

"哼，你空手？你不会把枪扔掉吗？我知道你们有什么冤仇呢？反正你得到所里分会去。"巡警忽然看见离尸体不远处有一把浮现在雪上的小手枪，于是进前去，用法绳把它拴起来，回头向那人说："这不就是你的枪吗？还有什么可说吗？"他不容分诉，便把剃头匠带往西去。

这抢东西的女人，骑在驴上飞跑着，不觉过了清华园三四里地。她想着后面一定会有人来追，于是下了驴，使劲给它一鞭。空驴望北一直地跑，不一会就不见了，她抱着那卷赃物，上了斜坡，穿入那四围满是稠密的杉松的墓田里。在坟堆后面歇着，她慢慢地打开那件桃色的长袍，看看那宝蓝色孔雀翎帽，心里想着若是给大妞儿穿上，必定是很时样。她又拿起手镯和戒指等物来看，虽是银的，可是手工很好，绝不是新打的。正在翻弄，忽然像感触到什么一样，她盯着那银镯子，像是以前见过的花样。那不是她的嫁妆吗？她越看越真，果然是她二十多年前出嫁时陪嫁的东西，因为那镯上有一个记号是她从前做下的。但是怎么流落在那女人手上呢？这个疑问很容易使她想那女人莫不就是她的女儿。那东西自来就放在家里，当时随丈夫出门的时候，婆婆不让多带东西，公公喜欢热闹，把大妞儿留在身边。不到几年两位老亲相继去世。大妞儿由她的婶婶抚养着，总有五六年的光景。

她越回想越着急。莫不是就抢了自己的大妞儿？这事她必要根究到底。她想着若带回家去，万一就是她女儿的东西，那又多么难为情。她本是为女儿才做这事来，自不能教女儿知道这段事情。想来想去，不如送回原来抢她的地方。

她又望南，紧紧地走。路上还是行人稀少，走到方才打死的驴夫那里，她的心惊跳得很厉害，那时雪下得很大，几乎把尸首掩没了一半。她想万一有人来，认得她，又怎办呢？想到这里，又要回头望北走。踌躇了许久，至终把她那件男装大氅和皮帽子脱下来一起扔掉，回复她本来的面目，带着那些东西望南迈步。

她原是要把东西放在树下过一夜，希望等到明天，能够遇见原主回来，再假说是从地下捡起来的。不料她刚到树下，就见那青年的妇人还躺在那里，身边放着一件老羊皮和一挑剃头担子，她不明白是什么意思，只想着这个可给她一个机会去认认那女人是不是她的大妞儿。她不顾一切把东西放在一边，进前几步，去摇那女人。那时天已经黑了，幸而雪光映着，还可以辨别远近。她怎摇也不能把那女人摇醒，想着莫不是冻僵了？她捡起羊皮给她盖上。当她的手摸到那女人的脖子的时候，触着一样东西，拿起来看，原来是一把剃刀。这可了不得，怎么就抹了脖子啦！她抱着她的脖子也不顾得害怕，从雪光中看见那副清秀的脸庞，虽然认不得，可有七八分像她初嫁时的模样。她想起大妞儿的左脚有个骈趾，于是把那尸体的袜子除掉，试摸着看。可不是！她放声哭起来，"儿呀""命呀"，杂乱地喊着。人已死了，虽然夜里没有行人，也怕人听见她哭，不由得把声音止住。

东村西落的爆竹断续地响，把这除夕在凄凉的情境中送掉。无声的银雪还是飞满天地，老不停止。

第二天就是元旦，巡警领着检察官从北来。他们验过驴夫的尸，带着那剃头的来到树下。巡警在昨晚上就没把剃头匠放出来，也没来过这里，所以那女人用剃刀抹脖子的事情，他们都不知道。

他们到树底下，看见剃头担子还放在那里，已被雪埋了一两寸。那边一个四十多岁的女人搂着那剃头匠所说被劫的新娘子。雪几乎把她们埋没了。巡警进前摇她们，发现两个人的脖子上都有刀痕。在积雪底下搜出一把剃刀。

新娘子的桃色长袍仍旧穿得好好地；宝蓝色孔雀翎帽仍旧戴着；红绣鞋仍旧穿着。在不远地方的雪堆里，捡出一顶破皮帽，一件灰色的破大氅。一班在场的人们都莫明其妙，面面相看，静默了许久。

铁鱼的鳃

那天下午警报的解除信号已经响过了。华南一个大城市的一条热闹马路上排满了两行人，都在肃立着，望着那预备保卫国土的壮丁队游行。他们队里，说来很奇怪，没有一个是扛枪的，戴的是平常的竹笠，穿的是灰色衣服，不像兵士，也不像农人。巡行自然是为耀武扬威给自家人看，其他有什么目的，就不得而知了。

大队过去之后，路边闪出一个老头，头发蓬松得像戴着一顶皮帽子，穿的虽然是西服，可是缝补得走了样了。他手里抱着一卷东西，匆忙地越过巷口，不提防撞到一个人。

"雷先生，这么忙！"

老头抬头，认得是他的一个不很熟悉的朋友。事实上雷先生并没有至交，这位朋友也是方才被游行队阻挠一会，赶着要回家去的。雷见他打招呼，不由得站住对他说："唔，原来是黄先生，黄先生一向少见了，你也是从避弹室出来的吧？他们演习抗战，我们这班没用的人，可跟着在演习逃难哪！"

"可不是！"黄笑着回答他。

两人不由得站住，谈了些闲话。直到黄问起他手里抱着的是什么东西，他才说："这是我的心血所在，说来话长，你如有兴致，可以请到舍下，我打开给你看看，看完还要请教。"

黄早知道他是一个最早被派到外国学制大炮的官学生，回国以后，国内没有铸炮的兵工厂，以致他一辈子坎坷不得意。英文、算学教员当过一阵，工厂也管理过好些年，最后在离那大城市不远的一个割让岛上的海军船坞做一份小小的职工，但也早已辞掉不干了。他知道这老人家的兴趣是在兵器学上，心里想看他手里所抱的，一定又是理想中的什么武器的图样了。他微笑向着雷，顺口地说："雷先生，我猜又是什么'死光镜''飞机箭'一类的利器图样吧。"他说着好像有点不相信，因为从来他所画的图样，献给军事当局，就没有一样被采用过。虽然说他太过理想或说他不成的人未必全对，他到底是没有成绩拿出来给人看过。

雷回答黄说："不是，不是，这个比那些都要紧。我想你是不会感到什么兴趣的。再见吧。"说着，一面就迈他的步。

黄倒被他的话引起兴趣来了。他跟着雷，一面说："有新发明，当然要先睹为快的，这里离舍下不远，不如先到舍下一谈吧。"

"不敢打搅，你只看这蓝图是没有趣味的。我已经做了一个小模型，请到舍下，我实验给你看。"

黄索性不再问到底是什么，就信步随着他走。二人嘿嘿地并肩而行，不一会已经到了家。老头子走得有点喘，让客人先进屋里去，自己随着把手里的纸卷放在桌上，坐在一边，黄是头一次到他家，看见四壁挂的蓝图，各色各样，说不清是什么。厅后面一张小小的工作桌子，锯、钳、螺丝旋一类的工具安排得很有条理，架上放着几只小木箱。

"这就是我最近想出来的一只潜艇的模型。"雷顺着黄先生的视线到架边把一个长度约为三尺的木箱拿下来，打开取出一条"铁鱼"来。他接着说："我已经想了好几年了，我这潜艇特点是在它像一条鱼，有能呼吸的鳃。"

他领黄到屋后的天井，那里有他用铅版自制的一个大盆，长约八尺，外面用木板护着，一看就知道是用三个大洋货箱改造的，盆里盛着八尺多长四尺多深的水。他在没把铁鱼放进水里之前，把"鱼"的上盖揭开，将内部的机构给黄说明了。他说，他的"鱼"的空气供给法与现在所用的机构不同。他的铁鱼可以取得氧气，像真鱼在水里呼吸一般，所以在水里的时间可以很长，甚至几天不浮上水面都可以。说着他又把方才的蓝图打开，一张一张地指示出来。他说，他一听见警报，什么都不拿，就拿着那卷蓝图出外去躲避。对于其他的长处，他又说："我这鱼有许多'游目'，无论沉下多么深，平常的折光探视镜所办不到的，只要放几个'游目'使它们浮在水面，靠着电流的传达，可以把水面与空中的情形投影到艇里的镜板上。浮在水面的'游目'体积很小，形状也可以随意改装，虽然低飞的飞机也不容易发见它们。还有它的鱼雷放射管是在艇外，放射的时候艇身不必移动，便可以求到任何方向，也没有像旧式潜艇在放射鱼雷时会发生可能的危险的情形。还有艇里的水手，个个有一个人造鳃，万一艇身失事，人人都可以迅速地从方便门逃出，浮到水面。"

他一面说，一面揭开模型上一个蜂房式的转盘门，说明水手可以怎样逃生，但黄已经有点不耐烦了。他说："你的专门话，请少说吧，说了我也不大懂，不如先把它放下水里试试，再讲道理，如何？"

"成，成。"雷回答着，一面把小发电机拨动，把上盖盖严密了，放在水里。果然沉下许久，放了一个小鱼雷再浮上来。他接着说："这个还不能解明铁鳃的工作，你到屋里，我再把一个模型给你看。"

他顺手把小潜艇托进来放在桌上，又领黄到架的另一边，从一个小木箱取出一副铁鳃的模型。那模型像一个人家养鱼的玻璃箱，中间隔了两片玻璃板，很巧妙的小机构就夹在当中。他在一边注水，把电线接在插座上。有水的那一面的玻璃板有许多细致的长缝，水可以沁进去，不久，果然玻璃板中间的小机构与唧筒发动起来了。没水的这一面，代表艇内的一部，有几个像唧筒的东西，连着版上的许多管子。他告诉黄先生说，那模型就是一个人造鳃，从水里抽出氧气，同时还可以把炭气排泄出来。他说，艇里还有调节机，能把空气调和到人可呼吸自如的程度。关于水的压力问题，他说，战斗用的艇是不会潜到深海里去的。他也在研究着怎样做一只可以探测深海的潜艇，不过还没有什么把握。

黄听了一套一套他所不大懂的话，也不愿意发问，只由他自己说得天花乱坠，一直等到他把蓝图卷好，把所有的小模型放回原地，再坐下想与他谈些别的。

但雷的兴趣还是在他的铁鳃，他不歇地说他的发明怎样有用，和怎样可以增强中国海的军备。

"你应当把你的发明献给军事当局，也许他们中间有人会注意到这事，给你一个机会到船坞去建造一只出来试试。"黄说着就站起来。

雷知道他要走，便阻止他说："黄先生忙什么？今晚大家到茶室去吃一点东西，容我做东道。"

黄知道他很穷，不愿意使他破费，便又坐下说："不，不，多谢，我还有一点别的事要办，在家多谈一会吧。"

他们继续方才的谈话，从原理谈到建造的问题。

雷对黄说他怎样从制炮一直到船坞工作，都没得机会发展他的才学。他说，别人是所学非所用，像他简直是学无所用了。

"海军船坞于你这样的发明应当注意的，为什么他们让你走呢？"

"你要记得那是别人的船坞呀，先生。我老实说，我对于潜艇的兴趣也是在那船坞工作的期间生起来的。我在从船坞工作之前，是在制袜工厂当经理。后来那工厂倒闭了，正巧那里的海军船坞要一个机器工人，我就以熟练工人的资格被取上了。我当然不敢说我是受过专门教育的，因为他们要的只是熟练工人。"

"也许你说出你的资格，他们更要给你相当的地位。"

雷摇头说："不，不，他们一定会不要我，我在任何时间所需的只是吃。受三十元'西纸'的工资，总比不着边际的希望来得稳当。他们不久发现我很能修理大炮和电机，常常派我到战舰上与潜艇里工作，自然我所学的，经过几十年间已经不适用了，但在船坞里受了大工程师的指挥，倒增益了不少的新知识。我对于一切都不敢用专门名词来与那班外国工程师谈话，怕他们怀疑我。他们有时也觉得我说的不是当地的'咸水英语'，常问我在哪里学的，我说我是英属美洲的华侨，就把他们瞒过了。"

"你为什么要辞工呢?"

"说来，理由很简单。因为我研究潜艇，每到艇里工作的时候，和水手们谈话，探问他们的经验与困难。有一次，教一位军官注意了，从此不派我到潜艇里去工作。他们已经怀疑我是奸细，好在我机警，预先把我自己画的图样藏到别处去，不然万一有人到我的住所检查，那就麻烦了，我想，我也没有把我自己画的图样献给他们的理由，自己民族的利益得放在头里，于是辞了工，离开那船坞。"

黄问："照理想，你应当到中国的造船厂去。"

雷急急地摇头说："中国的造船厂？不成，有些造船厂都是个同乡会所，你不知道吗？我所知道的一所造船厂，凡要踏进那厂的大门的，非得同当权的有点直接或间接的血统或裙带关系，不能得到相当的地位。纵然能进去，我提出来的计划，如能请得一笔试验费，也许到实际的工作上已剩下不多了。没有成绩不但是惹人笑话，也许还要派上个罪名。这样，谁受得了呢？"

黄说："我看你的发明如果能实现，却是很重要的一件事。国里现在成立了不少高深学术的研究院，你何不也教他们注意一下你的理论，试验试验你的模型？"

"又来了！你想我是七十岁左右的人，还有爱出风头的心思吗？许多自号为发明家的，今日招待报馆记者，明日到学校演讲，说得自己不晓得多么有本领，爱迪生和爱因斯坦都不如他，把人听腻了。主持研究院的多半是年轻的八分学者，对于事物不肯虚心，很轻易地给下断语，而且他们好像还有'帮'的组织，像青洪帮似的，不同帮的也别妄生玄想。我平素最不喜欢与这班学帮中人来往，他们中间也没人知道我的存在。我又何必把成绩送去给他们审查，费了他们的精神来批评我几句，我又觉得过意不去，也犯不上这样做。"

黄看看时表，随即站起来，说："你老哥把世情看得太透彻，看来你的发明是没有实现的机会了。"

"我也知道，但有什么法子呢？这事个人也帮不了忙，不但要用钱很多，而且军用的东西又是不能随便制造的。我只希望我能活到国家感觉需要而信得过我的那一天来到。"

雷说着，黄已踏出厅门。他说："再见吧，我也希望你有那一天。"

这位发明家的性格是很板直的，不大认识他的，常会误会以为他是个犯神经病的，事实上已有人叫他作"戆雷"。他家里没有什么人，只有一个在马尼剌当教员的守寡儿媳妇和一个在那里念书的孙子。自从十几年前辞掉船坞的工作之后，每月的费用是儿媳妇供给。因为他自己要一个小小的工作室，所以经济的力量不能容他住在那割让岛上。他虽是七十三四岁的人，身体倒还康健，除掉做轮子、安管子、打铜、锉铁之外，没有别的嗜好，烟不抽，茶也不常喝。因为生存在儿媳妇的孝心上，使他每每想着当时不该辞掉船坞的职务。假若再做过一年，他就可以得着一份长粮，最少也比吃儿媳妇的好。不过他并不十分懊悔，因为他辞工的时候正在那里大罢工的不久以前，爱国思想膨胀得到极高度，所以觉得到中国别处去等机会是很有意义的。他有很多造船工程的书籍，常常想把它们卖掉，可是没人要。他的太太早过世了，家里只有一个老佣妇来喜服侍他。那老婆子也是他的妻子的随嫁婢，后来嫁出去，丈夫死了，无以为生，于是回来做工。她虽不受工资，在事实上是个管家，雷所用的钱都是从她手里要，这样相依为活已经过了二十多年了。

黄去了以后，来喜把饭端出来，与他一同吃。吃着，他对来喜说："这两天风声很不好，穿屦的也许要进来，我们得检点一下，万一变乱临头，也不至于手忙脚乱。"

来喜说："不说是没什么要紧了吗？一般官眷都还没走，大概不至于有什么大乱吧。"

"官眷走动了没有，我们怎么会知道呢？告示与新闻所说的是绝对靠不住的，一般人是太过信任印刷品了。我告诉你吧，现在当局的，许多是无勇无谋、贪权好利的一流人物，不做石敬瑭献十六州，已经可以被人称为爱国了。你念摸鱼书和看残唐五代的戏，当然记得石敬瑭怎样献地给人。"

"是，记得。"来喜点头回答，"不过献了十六州，石敬瑭还是做了皇帝！"

老头子急了，他说："真的，你就不懂什么叫作历史！不用多说了，明天把东西归聚一下，等我写信给少奶奶，说我们也许得望广西走。"

吃过晚饭，他就从桌上把那潜艇的模型放在箱里，又忙着把别的小零件收拾起来。正在忙着的时候，来喜进来说："姑爷，少奶奶这个月的家用还没寄到，假如三两天之内要起程，恐怕盘缠会不够吧？"

"我们还剩多少？"

"不到五十元。"

"那够了。此地到梧州，用不到三十元。"

时间不容人预算，不到三天，河堤的马路上已经发现侵略者的战车了。市民全然像在梦中被惊醒，个个都来不及收拾东西，见了船就下去。火头到处起来，铁路上没人开车，弄得雷先生与来喜各抱着一点东西急急到河边胡乱跳进一只船，那船并不是往梧州去的，沿途上船的人们越来越多，走不到半天，船就沉下去了。好在水并不深，许多人都坐了小艇往岸上逃生，可是来喜再也不能浮上来了。

她是由于空中的扫射丧的命或是做了龙宫的客人，都不得而知。

雷身边只剩十几元，辗转到了从前曾在那工作过的岛上。沿途种种的艰困，笔墨难以描写。他是一个性格刚硬的人，那岛市是多年没到过的，从前的工人朋友，就使找着了，也不见得能帮助他多少。不说梧州去不了，连客栈他都住不起。他只好随着一班难民在西市的一条街边打地铺。在他身边睡的是一个中年妇人带着两个孩子，也是从那刚沦陷的大城一同逃出来的。

在几天的时间，他已经和一个小饭摊的主人认识，就写信到马尼剌去告诉他儿媳妇他所遭遇的事情，叫她快想方法寄一笔钱来，由小饭摊转交。

他与旁边的那个中年妇人也成立了一种互助的行动。妇人因为行李比较多些，孩子又小，走动不但不方便，而且地盘随时有被人占据的可能，所以他们互相照顾，雷老头每天上街吃饭之后，必要给她带些吃的回来。她若去洗衣服，他就坐着看守东西。

一天，无意中在大街遇见黄，各人都诉了一番痛苦。

"现在你住在什么地方？"黄这样问他。

"我老实说，住在西市的街边。"

"那还了得！"

"有什么法子呢？"

"搬到我那里去吧。"

"大家同是难民，我不应当无缘无故地教你多担负。"

黄很诚恳地说："多两个人也不会费得到什么地步，我跟着你去搬吧。"说着就要叫车。雷阻止他说："多谢，多谢盛意。我现在人口众多，若都搬了去，于府上一定大大地不方便。"

"你不是只有一个佣人吗？"

"我那来喜不见了，现在是另一个带着两个孩子的妇人，是在路上遇见的。我们彼此互助，忍不得，把她安顿好就离开她。"

"那还不容易吗？想法子把她送到难民营就是了。听说难民营的组织，现在正加紧进行着咧。"

他知道黄也不是很富裕的，大概是听见他睡在街边，不能不说一两句友谊的话。但是黄却很诚恳，非要他去住不可，连说："不像话，不像话！年纪这么大，不说你媳妇知道了难过，就是朋友也过意不去。"

他一定不肯教黄到他的露天客栈去，只推到难民营组织好，把那妇人送进去之后再说，黄硬把他拉到一个小茶馆去，一说起他的发明，老头子就告诉他那潜艇模型已随着来喜丧失了。他身边只剩下一大卷蓝图，和那一座铁鳃的模型，其余的东西都没有了。他逃难的时候，那蓝图和铁鳃的模型是归他拿，图是卷在小被褥里头，他两手只能拿两件东西。在路上还有人笑他逃难逃昏了，什么都不带，带了一个小木箱。

"最低限度，你把重要的物件先存在我那里吧。"黄说。

"不必了罢，住家孩子多，万一把那模型打破了，我永远也不能再做一个了。"

"那倒不至于。我为你把它锁在箱里，岂不就成了吗？你老哥此后的行止，打算怎样呢？"

"我还是想到广西去，只等儿媳妇寄些路费来，快则一个月，最慢也不过两个月，总可以想法子从广州湾或别的比较安全的路去到吧。"

"我去把你那些重要东西带走吧。"黄还是催着他。

"你现在住什么地方？"

"我住在对面海的一个亲戚家里，我们回头一同去。"

雷听见他也是住在别人家里，就断然回答说："那就不必了，我想把些少东西放在自己身边，也不至于很累赘，反正几个星期的时间，一切都会就绪的。"

"但是你总得领我去看看你住的地方，下次可以找你。"

雷被劝不过，只得同他出了茶馆，到西市来。他们经过那小饭摊，主人就嚷着："雷先生，雷先生，信到了，信到了。我见你不在，教邮差带回去，他说明天再送来。"

雷听了几乎喜欢得跳起来，他对饭摊主人说了一声"多烦了"，回过脸来对黄说："我家儿媳妇寄钱来了，我想这难关总可以过得去了。"

黄也庆贺他几句，不觉到了他所住的街边。他对黄说："对不住，我的客厅就是你所站的地方，你现在知道了。此地不能久谈，请便吧。明天取钱之后，去拜望你，你的地址请开一个给我。"

黄只得从口袋里掏出一张名片，写上地址交给他，说声"明天在舍下恭候"，就走了。

　　那晚上他好容易盼到天亮，第二天一早就到小饭摊去候着。果然邮差来到，取了他一张收据把信递给他。他拆开信一看，知道他儿媳妇给他汇了一笔到马尼剌的船费，还有办护照及其他需用的费用，都教他到汇通公司去取。他不愿到马尼剌去，不过总得先把需用的钱拿出来再说。到了汇通公司，管事的告诉他得先去照相办护照。他说，是他儿媳妇弄错了，他并不要到马尼剌去，要管事的把钱先交给他；管事的不答允，非要先打电报去问清楚不可。两方争持，弄得毫无结果，自然钱在人家手里，雷也无可奈何，只得由他打电报去问。

　　从汇通公司出来，他就践约去找黄先生，把方才的事告诉他，黄也赞成他到马尼剌去。但他说，他的发明是他对国家的贡献，虽然目前大规模的潜艇用不着，将来总有一天要大量地应用；若不用来战斗，至少也可以促成海下航运的可能，使侵略者的封锁失掉效力。他好像以为建造的问题是第二步，只要当局采纳他的，在河里建造小型的潜航艇试试，若能成功，心愿就满足了。材料的来源，他好像也没深深地考虑过。他想，若是可能，在外国先定造一只普通的潜艇，回来再修改一下，安上他所发明的鳃、游目，等等，就可以了。

　　黄知道他有点戆气，也不再去劝他。谈了一会，他就告辞走了。

过一两天，他又到汇通公司去，管事人把应付的钱交给他，说：马尼剌回电来说，随他的意思办。他说到内地不需要很多钱，只收了五百元，其余都教汇回去。出了公司，到中国旅行社去打听，知道明天就有到广州湾去的船。立刻又去告诉黄先生，两人同回到西市去检行李。在卷被褥的时候，他才发现他的蓝图，有许多被撕碎了。心里又气又惊，一问才知道那妇人好几天以来，就用那些纸来给孩子们擦脏。他赶紧打开一看，还好，最里面的那几张铁鳃的图样，仍然好好的，只是外头几张比较不重要的总图被毁了。小木箱里的铁鳃模型还是完好，教他虽然不高兴，可也放心得过。

他对妇人说，他明天就要下船，因为许多事还要办，不得不把行李寄在客栈里，给她五十元，又介绍黄先生给她，说钱是给她做本钱，经营一点小买卖；若是办不了，可以请黄先生把她母子送到难民营去。妇人受了他的钱，直向他解释说，她以为那卷在被褥里的都是废纸，很对不住他。她感激到流泪，眼望着他同黄先生，带着那卷剩下的蓝图与那一小箱的模型走了。

黄同他下船，他劝黄切不可久安于逃难生活。他说越逃，灾难越发随在后头；若回转过去，站住了，什么都可以抵挡得住。他觉得从演习逃难到实行逃难的无价值，现在就要从预备救难进到临场救难的工作，希望不久，黄也可以去。

　　船离港之后，黄直盼着得到他到广西的消息。过了好些日子，他才从一个赤坎来的人听说，有个老头子搭上两期的船，到埠下船时，失手把一个小木箱掉下海里去，他急起来，也跳下去了。黄不觉滴了几行泪，想着那铁鱼的鳃，也许是不应当发明得太早，所以要潜在水底。

商人妇

"先生，请用早茶。"这是二等舱的侍者催我起床的声音。我因为昨天上船的时候太过忙碌，身体和精神都十分疲倦，从九点一直睡到早晨七点还没有起床。我一听侍者的招呼，就立刻起来，把早晨应办的事情弄清楚，然后到餐厅去。

那时节餐厅里坐满了旅客。个个在那里喝茶，说闲话：有些预言欧战谁胜谁负的；有些议论袁世凯该不该做皇帝的；有些猜度新加坡印度兵变乱是不是受了印度革命党运动的。那种叽叽咕咕的声音，弄得一个餐厅几乎变成菜市。我不惯听这个，一喝完茶就回到自己的舱里，拿了一本《西青散记》跑到右舷找一个地方坐下，预备和书里的双卿谈心。

我把书打开，正要看时，一位印度妇人携着一个七八岁的孩子来到跟前，和我面对面地坐下。这妇人，我前天在极乐寺放生池边曾见过一次，我也瞧着她上船，在船上也是常常遇见她在左右舷乘凉。我一瞧见她，就动了我的好奇心，因为她的装束虽是印度的，然而行动却不像印度妇人。

我把书搁下，偷眼瞧她，等她回眼过来瞧我的时候，我又装作念书。我好几次是这样办，恐怕她疑我有别的意思，此后就低着头，再也不敢把眼光射在她身上。她在那里信口唱些印度歌给小孩听，那孩子也指东指西问她说话。我听她的回答，无意中又把眼睛射在她脸上。她见我抬起头来，就顾不得和孩子周旋，急急地向闽南土话问我说："这位老叔，你也是要到新加坡去吗？"她的口腔很像海澄的乡人，所问的也带着乡人的口气。在说话之间，一字一字慢慢地拼出来，好像初学说话的一样。我被她这一问，心里的疑团结得更大，就回答说："我要回厦门去。你曾到过我们那里吗？为什么能说我们的话？""呀！我想你瞧我的装束像印度妇女，所以猜疑我不是唐山（华侨叫祖国做唐山）人。我实在告诉你，我家就在鸿渐。"

那孩子瞧见我们用土话对谈，心里奇怪得很，他摇着妇人的膝头，用印度话问道："妈妈，你说的是什么话？他是谁?"也许那孩子从来不曾听过她说这样的话,所以觉得稀奇。我巴不得快点知道她的底蕴,就接着问她:"这孩子是你养的吗?"她先回答了孩子,然后向我叹一口气说:"为什么不是呢!这是我在麻德拉斯(马德拉斯)养的。"

我们越谈越熟,就把从前的畏缩都除掉。自从她知道我的里居、职业以后,她再也不称我做"老叔",更转口称我做"先生"。她又把麻德拉斯大概的情形说给我听。我因为她的境遇很稀奇,就请她详详细细地告诉我。她谈得高兴,也就应许了。那时,我才把书收入口袋里,注神听她诉说自己的历史:

"我十六岁就嫁给青礁林荫乔为妻。我的丈夫在角尾开糖铺。他回家的时候虽然少,但我们的感情绝不因为这样就生疏。我和他过了三四年的日子,从不曾拌过嘴,或闹过什么意见。有一天,他从角尾回来,脸上现出忧闷的容貌。一进门就握着我的手说:'惜官(闽俗:长辈称下辈或同辈的男女彼此相称,常加"官"字在名字之后),我的生意已经倒闭,以后我就不到角尾去啦。'我听了这话,不由得问他:'为什么呢?是买卖不好吗?'他说:'不是,不是,是我自己弄坏的。这几天那里赌局,有些朋友招我同玩,我起先赢了许多,但是后来都输得精光,甚至连店里的生财家伙,也输给人了。……我实在后悔,实在对你不住。'我怔了一会，也想不出什么合适的话来安慰他，更不能想出什么话来责备他。

"他见我的泪流下来，忙替我擦掉，接着说：'哎！你从来不曾在我面前哭过，现在你向我掉泪，简直像熔融的铁珠一滴一滴地滴在我心坎儿上一样。我的难受，实在比你更大。你且不必担忧，我找些资本再做生意就是了。'

"当下我们二人面面相觑，在那里静静地坐着。我心里虽有些规劝的话要对他说，但我每将眼光射在他脸上的时候，就觉得他有一种妖魔的能力，不容我说，早就理会了我的意思。我只说：'以后可不要再耍钱，要知道赌钱……'

"他在家里闲着，差不多有三个月。我所积的钱财倒还够用，所以家计用不着他十分挂虑。我镇日出外借钱做资本，可惜没有人信得过他，以致一文也借不到。他急得无可奈何，就动了过番（闽人说到南洋为过番）的念头。

"他要到新加坡去的时候，我为他摒挡一切应用的东西，又拿了一对玉手镯教他到厦门兑来做盘费。他要趁早潮出厦门，所以我们别离的前一夕足足说了一夜的话。第二天早晨，我送他上小船，独自一人走回来，心里非常烦闷，就伏在案上，想着到南洋去的男子多半不想家，不知道他会这样不会。正这样想，蓦然一片急步声达到门前，我认得是他，忙起身开了门，问：'是漏了什么东西忘记带去吗？'他说：'不是，我有一句话忘记告诉你：我到那边的时候，无论做什么事，总得给你来信。若是五六年后我不能回来，你就到那边找我去。'我说：'好吧。这也值得你回来叮咛，到时候我必知道应当怎样办的。天不早了，你快上船去吧。'他紧握着我的手，长叹了一声，翻身就出去了。我注目直送到榕荫尽处，瞧他下了长堤，才把小门关上。

"我与林荫乔别离那一年，正是二十岁。自他离家以后，只来了两封信，一封说他在新加坡丹让巴葛开杂货店，生意很好。一封说他的事情忙，不能回来。我连年望他回来完聚，只是一年一年的盼望都成虚空了。

"邻舍的妇人常劝我到南洋找他去。我一想，我们夫妇离别已经十年，过番找他虽是不便，却强过独自一人在家里挨苦。我把所积的钱财检妥，把房子交给乡里的荣家长管理，就到厦门搭船。

"我第一次出洋，自然受不惯风浪的颠簸，好容易到了新加坡。那时节，我心里的喜欢，简直在这辈子里头不曾再遇见。我请人带我到丹让巴葛义和诚去。那时我心里的喜欢更不能用言语来形容。我瞧店里的买卖很热闹，我丈夫这十年间的发达，不用我估量，也就罗列在眼前了。

"但是店里的伙计都不认识我，故得对他们说明我是谁和来意。有一位年轻的伙计对我说：'头家（闽人称店主为头家）今天没有出来，我领你到住家去吧。'我才知道我丈夫不在店里住，同时我又猜他一定是再娶了，不然，断没有所谓住家的。我在路上就向伙计打听一下，果然不出所料！

"人力车转了几个弯，到一所半唐半洋的楼房停住。伙计说：'我先进去通知一声。'他撇我在外头，许久才出来对我说：'头家早晨出去，到现在还没有回来哪。头家娘请你进去里头等他一会儿，也许他快要回来。'他把我两个包袱——那就是我的行李——拿在手里，我随着他进去。

"我瞧见屋里的陈设十分华丽。那所谓头家娘的，是一个马来妇人，她出来，只向我略略点了一下头。她的模样，据我看来很不恭敬，但是南洋的规矩我不懂得，只得陪她一礼。她头上戴的金刚钻和珠子，身上缀的宝石、金、银，衬着那副黑脸孔，越显出丑陋不堪。

"她对我说了几句套话，又叫人递一杯咖啡给我，自己在一边吸烟、嚼槟榔，不大和我攀谈。我想是初会生疏的缘故，所以也不敢多问她的话。不一会，得得的马蹄声从大门直到廊前，我早猜着是我丈夫回来了。我瞧他比十年前胖了许多，肚子也大起来了。他口里含着一支雪茄，手里扶着一根象牙杖，下了车，踏进门来，把帽子挂在架上。见我坐在一边，正要发问，那马来妇人上前向他叽叽咕咕地说了几句。她的话我虽不懂得，但瞧她的神气像有点不对。

"我丈夫回头问我说：'惜官，你要来的时候，为什么不预先通知一声？是谁叫你来的？'我以为他见我以后，必定要对我说些温存的话，哪里想到反把我诘问起来！当时我把不平的情绪压下，赔笑回答他，说：'唉，荫哥，你岂不知道我不会写字吗？咱们乡下那位写信的旺师常常给人家写别字，甚至把意思弄错了，因为这样，所以不敢央求他替我写。我又是决意要来找你的，不论迟早总得动身，又何必多费这番工夫呢？你不曾说过五六年后若不回去，我就可以来吗？'我丈夫说：'吓！你自己倒会出主意。'他说完，就横横地走进屋里。

"我听他所说的话，简直和十年前是两个人。我也不明白其中的缘故：是嫌我年长色衰呢，我觉得比那马来妇人还俊得多；是嫌我德行不好呢，我嫁他那么多年，事事承顺他，从不曾做过越出范围的事。荫哥给我这个闷葫芦，到现在我还猜不透。

"他把我安顿在楼下，七八天的工夫不到我屋里，也不和我说话。那马来妇人倒是很殷勤，走来对我说：'荫哥这

几天因为你的事情很不喜欢。你且宽怀，过几天他就不生气了。晚上有人请咱们去赴席，你且把衣服穿好，我和你一块儿去。'

"她这种甘美的语言，叫我把从前猜疑她的心思完全打消。我穿的是湖色布衣，和一条大红绉裙，她一见了，不由得笑起来。我觉得自己满身村气，心里也有一点惭愧。她说：'不要紧，请咱们的不是唐山人，定然不注意你穿的是不是时新的样式。咱们就出门吧。'

"马车走了许久，穿过一丛椰林，才到那主人的门口。进门是一个很大的花园，我一面张望，一面随着她到客厅去。那里果然有很奇怪的筵席摆设着。一班女客都是马来人和印度人。她们在那里叽里咕噜地说说笑笑，我丈夫的马来妇人也撇下我去和她们谈话。不一会，她和一位妇人出去，我以为她们逛花园去了，所以不大理会。但过了许久的工夫，她们只是不回来，我心急起来，就向在座的女人说：'和我来的那位妇人往哪里去？'她们虽能会意，然而所回答的话，我一句也懂不得。

"我坐在一个软垫上，心头跳动得很厉害。一个仆人拿了一壶水来，向我指着上面的筵席作势。我瞧见别人洗手，知道这是食前的规矩，也就把手洗了。她们让我入席，我也不知道哪里是我应当坐的地方，就顺着她们指定给我的坐位坐下。她们祷告以后，才用手向盘里取自己所要的食品。我头一次掬东西吃，一定是很不自然，她们又教我用指头的方法。我在那里，很怀疑我丈夫的马来妇人不在座，所以无心在筵席上张罗。

"筵席撤掉以后，一班客人都笑着向我亲了一下吻就散了。当时我也要跟她们出门，但那主妇叫我等一等。我和那主妇在屋里指手画脚做哑谈，正笑得不可开交，一位五十来岁的印度男子从外头进来。那主妇忙起身向他说了几句话，就和他一同坐下。我在一个生地方遇见生面的男子，自然羞缩到了不得。那男子走到我跟前说：'喂，你已是我的人啦。我用钱买你。你住这里好。'他说的虽是唐话，但语格和腔调全是不对的。我听他说把我买过来，不由得恸哭起来。那主妇倒是在身边殷勤地安慰我。那时已是入亥时分，他们教我进里边睡，我只是和衣在厅边坐了一宿，哪里肯依他们的命令！

"先生，你听到这里必定要疑我为什么不死。唉！我当时也有这样的思想，但是他们守着我好像囚犯一样，无论什么时候都有人在我身旁。久而久之，我的激烈的情绪过了，不但不愿死，而且要留着这条命往前瞧瞧我的命运到底是怎样的。

"买我的人是印度麻德拉斯的回教徒阿户耶。他是一个氆氇商，因为在新加坡发了财，要多娶一个姬妾回乡享福。偏是我的命运不好，趁着这机会就变成他的外国古董。我在新加坡住不上一个月，他就把我带到麻德拉斯去。

"阿户耶给我起名叫利亚。他叫我把脚放了，又在我鼻上穿了一个窟窿，带上一只钻石鼻环。他说照他们的风俗，凡是已嫁的女子都得带鼻环，因为那是妇人的记号。他又把很好的'克尔塔'（回妇上衣）、'马拉姆'（胸衣）和'埃撒'（裤）教我穿上。从此以后，我就变成一个回回婆子了。

"阿户耶有五个妻子，连我就是六个。那五人之中，我和第三妻的感情最好。其余的我很憎恶她们，因为她们欺负我不会说话，又常常戏弄我。我的小脚在她们当中自然是稀罕的，她们虽是不歇地摩挲，我也不怪。最可恨的是她们在阿户耶面前搬弄是非，教我受委屈。

"阿噶利马是阿户耶第三妻的名字，就是我被卖时张罗筵席的那个主妇。她很爱我，常劝我用'撒马'来涂眼眶，用指甲花来涂指甲和手心。回教的妇人每日用这两种东西和我们唐人用脂粉一样。她又教我念孟加里文（孟加拉文）和亚剌伯文（阿拉伯文）。我想起自己因为不能写信的缘故，致使荫哥有所借口，现在才到这样的地步，所以愿意在这举目无亲的时候用功学习些少文字。她虽然没有什么学问，但当我的教师是绰绰有余的。

"我从阿噶利马念了一年，居然会写字了！她告诉我他们教里有一本天书，本不轻易给女人看的，但她以后必要拿那本书来教我。她常对我说：'你的命运会那么蹇涩，都是阿拉给你注定的。你不必想家太甚，日后或者有大快乐临到你身上，叫你享受不尽。'这种定命的安慰，在那时节很可以教我的精神活泼一点。

"我和阿户耶虽无夫妻的情，却免不了有夫妻的事。哎！我这孩子（她说时把手抚着那孩子的顶上）就是到麻德拉斯的第二年养的。我活了三十多岁才怀孕，那种痛苦为我一生所未经过。幸亏阿噶利马能够体贴我，她常用话安慰我，教我把目前的苦痛忘掉。有一次她瞧我过于难受，就对我说：'呀！利亚，你且忍耐着罢。咱们没有无花果树的福分（《可兰经》载阿丹浩挖被天魔阿扎贼来引诱，吃了阿拉所禁的果子，当时他们二人的天衣都化没了。他们觉得赤身的羞耻，就向乐园里的树借叶子围身。各种树木因为他们犯了阿拉的戒命，都不敢借，唯有无花果树瞧他们二人怪可怜的，就慷慨借些叶子给他们。阿拉嘉许无花果树的行为，就赐它不必经过开花和受蜂蝶搅扰的苦而能结果），所以不能免掉怀孕的苦。你若是感得痛苦的时候，可以默默向阿拉求恩，他可怜你，就赐给你平安。'我在临产的前后期，得着她许多的帮助，到现在还是忘不了她的情意。

"自我产后，不上四个月，就有一件失意的事教我心里不舒服：那就是和我的好朋友离别。她虽不是死掉，然而她所去的地方，我至终不能知道。阿噶利马为什么离开我呢？说来话长，多半是我害她的。

"我们隔壁有一位十八岁的小寡妇名叫哈那，她四岁就守寡了。她母亲苦待她倒罢了，还要说她前生的罪孽深重，非得叫她辛苦，来生就不能超脱。她所吃所穿的都跟不上别人，常常在后园里偷哭。她家的园子和我们的园子只隔一度竹篱，我一听见她哭，或是听见她在那里，就上前和她谈话，有时安慰她，有时给她东西吃，有时送她些少金钱。

"阿噶利马起先瞧见我周济那寡妇，很不以为然。我屡次对她说明，在唐山不论什么人都可以受人家的周济，从不分什么教门。她受我的感化，后来对于那寡妇也就发出哀怜的同情。

"有一天，阿噶利马拿些银子正从篱间递给哈那，可巧被阿户耶瞥见。他不声不张，蹑步到阿噶利马后头，给她一掌，顺口骂说：'小母畜，贱生的母猪，你在这里干什么?'他回到屋里,气得满身哆嗦,指着阿噶利马说:'谁教你把钱给那婆罗门妇人?岂不把你自己玷污了吗?你不但玷污了自己,更是玷污我和清真圣典。"马赛拉"(是阿拉禁止的意思)!快把你的"布卡"(面幕)放下来吧。'

"我在里头听得清楚,以为骂过就没事。谁知不一会的工夫,阿噶利马珠泪承睫地走进来,对我说:'利亚,我们要分离了!'我听这话吓了一跳,忙问道:'你说的是什么意思,我听不明白。'她说:'你不听见他叫我把"布卡"放下来罢?那就是休我的意思。此刻我就要回娘家去。你不必悲哀,过两天他气平了,总得叫我回来。'那时我一阵心酸,不晓得要用什么话来安慰她,我们抱头哭了一场就分散了。唉!'杀人放火金腰带,修桥整路长大癞',这两句话实在是人间生活的常例呀!

"自从阿噶利马去后,我的凄凉的历书又从'贺春王正月'翻起。那四个女人是与我素无交情的。阿户耶呢,他那副黝黑的脸,猬毛似的胡子,我一见了就憎厌,巴不得他快离开我。我每天的生活就是乳育孩子,此外没有别的事情。我因为阿噶利马的事,吓得连花园也不敢去逛。

"过几个月,我的苦生涯快挨尽了!因为阿户耶借着病回他的乐园去了。我从前听见阿噶利马说过:妇人于丈夫死后一百三十日后就得自由,可以随便改嫁。我本欲等到那规定的日子才出去，无奈她们四个人因为我有孩子，在财产上恐怕给我占便宜，所以多方窘迫我。她们的手段，我也不忍说了。

"哈那劝我先逃到她姊姊那里。她教我送一点钱财给她的姊夫，就可以得到他们的容留。她姊姊我曾见过，性情也很不错。我一想，逃走也是好的，她们四个人的心肠鬼蜮到极，若是中了她们的暗算，可就不好。哈那的姊夫在亚可特住。我和她约定了，教她找机会通知我。

"一星期后，哈那对我说她的母亲到别处去，要夜深才可以回来，教我由篱笆逾越过去。这事本不容易，因事后须得使哈那不至于吃亏。而且篱上界着一行乱线，实在教我难办。我抬头瞧见篱下那棵波罗蜜树有一桠横过她那边，那树又是斜着长上去的。我就告诉她，叫她等待人静的时候在树下接应。

"原来我的住房有一个小门通到园里。那一晚上，天际只有一点星光，我把自己细软的东西藏在一个口袋里，又多穿了两件衣裳，正要出门，瞧见我的孩子睡在那里。我本不愿意带他同行，只怕他醒时瞧不见我要哭起来，所以暂住一下，把他抱在怀里，让他吸乳。他吸的时节，才实在感得我是他的母亲，他父亲虽与我没有精神上的关系，他却是我养的。况且我去后，他不免要受别人的折磨。我想到这里，不由得双泪直流。因为多带一个孩子，会教我的事情越发难办。我想来想去，还是把他驮起来，低声对他说：'你是好孩子，就不要哭，还得乖乖地睡。'幸亏他那时好像理会我的意思，不大作声。我留一封信在床上，说明愿意抛弃我应得的产业和逃走的理由，然后从小门出去。

"我一手往后托住孩子，一手拿着口袋，蹑步到波罗蜜树下。我用一条绳子拴住口袋，慢慢地爬上树，到分桠的地方少停一会。那时孩子哼了一两声，我用手轻轻地拍着，又摇他几下，再把口袋扯上来，抛过去给哈那接住。我再爬过去，摸着哈那为我预备的绳子，我就紧握着，让身体慢慢坠下来。我的手耐不得摩擦，早已被绳子锉伤了。

"我下来之后，谢过哈那，忙忙出门，离哈那的门口不远就是爱德耶河，哈那和我出去雇船，她把话交代清楚就回去了。那舵工是一个老头子，也许听不明白哈那所说的话。他划到塞德必特车站，又替我去买票。我初次搭车，所以不大明白行车的规矩，他叫我上车，我就上去。车开以后，查票人看我的票才知道我搭错了。

"车到一个小站，我赶紧下来，意思是要等别辆车搭回去。那时已经夜半，站里的人说上麻德拉斯的车要到早晨才开。不得已就在候车处坐下。我把'马支拉'（回妇外衣）

披好，用手支住头假寐，约有三四点钟的工夫。偶一抬头，瞧见很远一点灯光由栅栏之间射来，我赶快到月台去，指着那灯问站里的人。他们当中有一个人笑说：'这妇人连方向也分不清楚了。她认启明星做车头的探灯哪。'我瞧真了，也不觉得笑起来，说：'可不是！我的眼真是花了。'

"我对着启明星，又想起阿噶利马的话。她曾告诉我那星是一个擅于迷惑男子的女人变的。我因此想起荫哥和我的感情本来很好，若不是受了番婆的迷惑，绝不忍把他最爱的结发妻卖掉。我又想着自己被卖的不是不能全然归在荫哥身上。若是我情愿在唐山过苦日子，无心到新加坡去依赖他，也不会发生这事。我想来想去，反笑自己逃得太过唐突。我自问既然逃得出来，又何必去依赖哈那的姊姊呢？想到这里，仍把孩子抱回候车处，定神解决这问题。我带出来的东西和现银共值三千多卢比，若是在村庄里住，很可以够一辈子的开销，所以我就把独立生活的主意拿定了。

"天上的诸星陆续收了它们的光，唯有启明仍在东方闪烁着。当我瞧着它的时候，好像有一种声音从它的光传出来，说：'惜官，此后你别再以我为迷惑男子的女人。要知道凡光明的事物都不能迷惑人。在诸星之中，我最先出来，告诉你们黑暗快到了；我最后回去，为的是领你们紧接受着太阳的光亮；我是夜界最光明的星。你可以当我做你心里的殷勤的警醒者。'我朝着它，心花怒开，也形容不出我心里的感谢。此后我一见着它，就有一番特别的感触。

"我向人打听客栈所在的地方，都说要到贞葛布德才有。于是我又搭车到那城去。我在客栈住不多的日子，就搬到自己的房子住去。

"那房子是我把钻石鼻环兑出去所得的金钱买来的。地方不大，只有二间房和一个小园，四面种些露兜树当作围墙。印度式的房子虽然不好，但我爱它靠近村庄，也就顾不得它的外观和内容了。我雇了一个老婆子帮助料理家务，除养育孩子以外，还可以念些印度书籍。我在寂寞中和这孩子玩弄，才觉得孩子的可爱，比一切的更甚。

"每到晚间，就有一种很庄重的歌声送到我耳里。我到园里一望，原来是从对门一个小家庭发出来的。起先我也不知道他们唱来干什么，后来我才晓得他们是基督徒。那女主人以利沙伯不久也和我认识，我也常去赴他们的晚祷会。我在贞葛布德最先认识的朋友就算他们那一家。

"以利沙伯是一个很可亲的女人，她劝我入学校念书，且应许给我照顾孩子。我想偷闲度日也是没有什么出息，所以在第二年她就介绍我到麻德拉斯一个妇女学校念书。

每月回家一次瞧瞧我的孩子，她为我照顾得很好，不必我担忧。

"我在校里没有分心的事，所以成绩甚佳。这六七年的工夫，不但学问长进，连从前所有的见地都改变了。我毕业后直到如今就在贞葛布德附近一个村里当教习。这就是我一生经历的大概。若要详细说来，虽用一年的工夫也说不尽。

"现在我要到新加坡找我丈夫去，因为我要知道卖我的到底是谁。我很相信荫哥必不忍做这事，纵然是他出的主意，终有一天会悔悟过来。"

惜官和我谈了足有两点多钟，她说得很慢，加之孩子时时搅扰她，所以没有把她在学校的生活对我详细地说。我因为她说得工夫太长，恐怕精神过于受累，也就不往下再问，我只对她说："你在那漂流的时节，能够自己找出这条活路，实在可敬。明天到新加坡的时候，若是要我帮助你去找荫哥，我很乐意为你去干。"她说："我哪里有什么聪明，这条路不过是冥冥中指导者替我开的。我在学校里所念的书，最感动我的是《天路历程》和《鲁滨逊漂流记》，这两部书给我许多安慰和模范。我现时简直是一个女鲁滨逊哪。你要帮我去找荫哥，我实在感激。因为新加坡我不大熟悉，明天总得求你和我……"说到这里，那孩子催着她进舱里去拿玩具给他。她就起来，一面续下去说："明天总得求你帮忙。"我起立对她行了一个敬礼，就坐下把方才的会话录在怀中日记里头。

过了二十四点钟，东南方微微露出几个山峰。满船的人都十分忙碌，惜官也顾着检点她的东西，没有出来。船入港的时候，她才携着孩子出来与我坐在一条长凳上头。她对我说："先生，想不到我会再和这个地方相见。岸上的椰树还是舞着它们的叶子；海面的白鸥还是飞来飞去向客人表示欢迎；我的愉快也和九年前初会它们那时一样。如箭的时光，转眼就过了那么多年，但我至终瞧不出从前所见的和现在所见的当中有什么分别。……呀！'光阴如箭'的话，不是指着箭飞得快说，乃是指着箭的本体说。光阴无论飞得多么快，在里头的事物还是没有什么改变，好像附在箭上的东西，箭虽是飞行着，它们却是一点不更改。……我今天所见的和从前所见的虽是一样，但愿荫哥的心肠不要像自然界的现象变更得那么慢；但愿他回心转意地接纳我。"我说："我向你表同情。听说这船要泊在丹让巴葛的码头，我想到时你先在船上候着，我上去打听一下再回来和你同去，这办法好不好呢？"她说："那么，就教你多多受累了。"

我上岸问了好几家都说不认得林荫乔这个人，那义和诚的招牌更是找不着。我非常着急，走了大半天觉得有一点累,就上一家广东茶居歇足,可巧在那里给我查出一点端倪。我问那茶居的掌柜。据他说:林荫乔因为把妻子卖给一个印度人,惹起本埠多数唐人的反对。那时有人说是他出主意卖的,有人说是番婆卖的,究竟不知道是谁做的事。但他的生意因此受莫大的影响,他瞧着在新加坡站不住,就把店门关起来,全家搬到别处去了。

我回来将所查出的情形告诉惜官,且劝她回唐山去。她说:"我是永远不能去的,因为我带着这个棕色孩子,一到家,人必要耻笑我,况且我对于唐文一点也不会,回去岂不要饿死吗?我想在新加坡住几天,细细地访查他的下落。若是访不着时,仍旧回印度去。……唉,现在我已成为印度人了!"

我瞧她的情形,实在想不出什么话可以劝她回乡,只叹一声说:"呀!你的命运实在苦!"她听了反笑着对我说:"先生啊,人间一切的事情本来没有什么苦乐的分别:你造作时是苦,希望时是乐;临事时是苦,回想时是乐。我换一句话说:眼前所遇的都是困苦;过去、未来的回想和希望都是快乐。昨天我对你诉说自己境遇的时候,你听了觉得很苦,因为我把从前的情形陈说出来,罗列在你眼前,教你感得那是现在的事;若是我自己想起来,久别、被卖、逃亡,等等事情都有快乐在内。所以你不必为我叹息,要把眼前的事情看开才好。……我只求你一样，你到唐山时，若是有便，就请到我村里通知我母亲一声。我母亲算来已有七十多岁，她住在鸿渐，我的唐山亲人只剩着她咧。她的门外有一棵很高的橄榄树。你打听良姆，人家就会告诉你。"

　　船离码头的时候，她还站在岸上挥着手送我。那种诚挚的表情，教我永远不能忘掉。我到家不上一月就上鸿渐去。那橄榄树下的破屋满被古藤封住，从门缝儿一望，隐约瞧见几座朽腐的木主搁在桌上，哪里还有一位良姆！

无忧花

　　加多怜新近从南方回来，因为她父亲刚去世，遗下很多财产给她几位兄妹，她分得几万元现款和一所房子。那房子很宽，是她小时跟着父亲居住过的，很多可纪念的交际会，都在那里举行过，所以她宁愿少得五万元，也要向她哥哥换那房子。她的丈夫朴君，在南方一个县里的教育机关谋一份小差事，所得薪俸虽不很够用，幸赖祖宗给他留下一点产业，还可以勉强度过日子。

　　自从加多怜沾着新法律的利益，得了父亲这笔遗产，她便嫌朴君所住的地方闭塞简陋，没有公园、戏院，没有舞场，也没有够得上与她交游的人物。在穷乡僻壤里，她在外洋十年间所学的种种自然没有施展的地方。她所受的教育使她要求都市的物质生活，喜欢外国器用，羡慕西洋人的性情。她的名字原来叫作黄家兰，但是偏要译成英国音义，叫加多怜伊罗。由此可知她的崇拜西方的程度。这次决心离开她丈夫，为的要恢复她的都市生活。她把那旧房子修改成中西混合的形式，想等到布置停当才为朴君在本城运动一官半职，希望能够在这里长住下去。

她住的正房已经布置好了，现在正计划着一个游泳池，要将西花园那五间祖祠来改造，两间暗间改做更衣室，把神龛挪进来，改做放首饰、衣服和其他细软的柜子，三间明间改做池子，瓦匠已经把所有的神主都取出来放在一边。还有许多人在那里，搬神龛的搬神龛，起砖的起砖，掘土的掘土，已经工作了好些时，她才来看看。她走到房门口，便大声嚷："李妈，来把这些神主拿走。"

李妈是个三十岁左右的少妇，长得还不丑，是她父亲用过的人。她问加多怜要把那些神主搬到哪里去。加多怜说："爱搬哪儿搬哪儿。现在不兴拜祖先了，那是迷信。你拿到厨房当劈柴烧了吧。"她说："这可造孽，从来就没有人烧过神主，您还是挑一间空屋子把它们搁起来吧。或者送到大少爷那里也比烧了强。"加多怜说："大爷也不一定要它们。他若是要，早就该搬走。反正我是不要它们了，你要送到大少爷那里就送去。若是他也不要，就随你怎样处置，烧了也成，埋了也成，卖了也成。那上头的金，还可以值几十块，你要是把它们卖了，换几件好衣服穿穿，不更好吗？"

李妈答应着，便把十几座神主放在篮里端出去了。

加多怜把话吩咐明白，随即回到自己的正房，房间也是中西混合型。正中一间陈设的东西更是复杂，简直和博物院一样。在这边安排着几件魏、齐造像，那边又是意、法的裸体雕刻。壁上挂的，一方面是香光、石庵的字画，一方面又是什么表现派、后期印象派的油彩。一边挂着先人留下来的铁笛玉笙，一边却放着皮安奥与梵欧林，这就是她的客厅。客厅的东西厢房，一边是她的卧房和装饰室，一边是客房，所有的设备都是现代化的。她从客厅到装饰室，便躺在一张软床上，看看手表已过五点，就按按电铃，顺手点着一支纸烟，一会，陈妈进来。她说："今晚有舞局，你把我那新做的舞衣拿出来，再打电话叫裁缝立刻把那套蝉纱衣服给送来，回头来伺候洗澡。"陈妈一一答应着，便即出去。

她洗完澡出来，坐在装台前，涂脂抹粉，足够半点钟工夫。陈妈等她装饰好了，便把衣服披在她身上。她问："我这套衣服漂亮不漂亮?"陈妈说："这花了多少钱做的?"她说，"这双鞋合中国钱六百块，这套衣服是一千。"陈妈才显出很赞美的样子说："那么贵，敢情漂亮啦!"加多怜笑她不会鉴赏，对她解释那双鞋和那套衣服会这么贵和怎样好看的缘故，但她都不懂得。她反而说："这件衣服就够我们穷人置一两顷地。"加多怜说:"地有什么用呢?反正有人管你吃的穿的用的就得啦。"陈妈说:"这两三年来,太太小姐们穿得越发讲究了,连那位黄老太太也穿得花花绿绿地。"加多怜说:"你们看得不顺眼吗?这也不稀奇。你晓得现在娘们都可以跟爷们一样,在外头做买卖、做事和做官,如果打扮得不好,人家一看就讨嫌,什么事都做不成了。"她又笑着说:"从前的女人,未嫁以前是一朵花,做了妈妈就成了一个大倭瓜。现在可不然,就是八十岁的老太太,也得打扮得像小姑娘一样才好。"陈妈知道她心里很高兴,不再说什么,给她披上一件外衣,便出去叫车夫伺候着。

　　加多怜在软床上坐着等候陈妈的回报,一面从小桌上取了一本洋文的美容杂志,有意无意地翻着。一会儿李妈进来说:"真不凑巧,您刚要出门,邸先生又来了。他现时在门口等着,请进来不请呢?"加多怜说:"请他这儿来吧。"李妈答应了一声,随即领着邸力里亚进来。邸力里亚是加多怜在纽约留学时所认识的西班牙朋友,现时在领事馆当差。自从加多怜回到这城以来,他几乎每个星期都要来好几次。他是一个很美丽的少年,两撇小胡映着那对像电光闪烁的眼睛。说话时那种浓烈的表情,乍一看见,几乎令人想着他是印度欲天或希拉伊罗斯的化身,他一进门,便直趋到加多怜面前，抚着她的肩膀说："达灵（darling，亲爱的），你正要出门吗？我要同你出去吃晚饭，成不成？"加多怜说："对不住，今晚我得去赴林市长的宴舞会，谢谢你的好意。"她拉着邸先生的手，教他也在软椅上坐。又说："无论如何，你既然来了，谈一会再走吧。"他坐下，看见加多怜身边那本美容杂志，便说："你喜欢美国装还是法国装呢？看你的身材，若扮起西班牙装，一定很好看。不信，明天我带些我们国里的装饰月刊来给你看。"加多怜说："好极了。我知道我一定会很喜欢西班牙的装束。"

两个人坐在一起，谈了许久，陈妈推门进来，正要告诉林宅已经催请过，蓦然看见他们在椅子上搂着亲嘴。在半惊半诧异的意识中，她退出门外。加多怜把邸力里亚推开，叫："陈妈进来，有什么事？是不是林宅来催请呢？"陈妈说："催请过两次了。"那邸先生随即站起来，拉着她的手说："明天再见吧，不再耽误你的美好的时间了。"她叫陈妈领他出门，自己到装台前再匀匀粉，整理整理头面。一会陈妈进来说车已预备好，衣箱也放在车里了。加多怜对她说："你们以后该学学洋规矩才成，无论到哪个房间，在开门以前，必得敲敲门，教进来才进来。方才邸先生正和我行着洋礼，你闯进来，本来没多大关系，为什么又要缩回去？好在邸先生知道中国风俗，不见怪，不然，可就得罪客人了。"陈妈心里才明白外国风俗，亲嘴是一种礼节，她一连回答了几声"唔，唔"，随即到下房去。

加多怜来到林宅，五六十位客人已经到齐了。市长和他的夫人走到跟前同她握手。她说："对不住，来迟了。"市长连说："不迟不迟，来得正是时候。"他们与她应酬几句，又去同别的客人周旋。席间也有很多她所认识的朋友，所以和她谈笑自如，很不寂寞，席散后，麻雀党员、扑克党员、白面党员，等等，各从其类，各自消遣，但大部分的男女宾都到舞厅去。她的舞艺本是冠绝一城的，所以在场上的独舞与合舞，都博得宾众的赞赏。

已经舞过很多次了。这回是市长和加多怜配舞，在进行时，市长极力赞美她身材的苗条和技术的纯熟。她越发播弄种种妩媚的姿态，把那市长的心绪搅得纷乱。这次完毕，接着又是她的独舞。市长目送着她进更衣室，静悄悄地等着她出来。众宾又舞过一回，不一会，灯光全都熄了，她的步伐随着乐音慢慢地踏出场中。她头上的纱巾和身上的纱衣，满都是萤火所发的光，身体的全部在磷光闪烁中断续地透露出来。头面四周更是明亮，直如圆光一样。这动物质的衣裳比起其余的舞衣，直像寒冰狱里的鬼皮与天宫的霓裳的相差。舞罢，市长问她这件舞衣的做法。她说用萤火缝在薄纱里，在黑暗中不用反射灯能够自己放出光

来。市长赞她聪明，说会场中一定有许多人不知道，也许
有人会想着天衣也不过如此。

　　她更衣以后，同市长到小客厅去休息。在谈话间，市
长便问她说："听说您不想回南了，是不是？"她回答说：
"不错，我有这样打算，不过我得替外子在这里找一点事做
才成。不然，他必不让我一个人在这里住着。如果他不能
找着事情，我就想自己去考考文官，希望能考取了，派到
这里来。"市长笑着说："像您这样漂亮，还用考什么文官
武官呢！您只告诉我您愿意做什么官，我明儿就下委札。"
她说："不好吧，我不知道我能做什么官。您若肯提拔，就
请派外子一点小差事，那就感激不尽了。"市长说："您的
先生我没见过，不便造次。依我看来，您自己做做官，岂
不更抖吗？官有什么叫作会做不会做？您若肯做就能做，
回头我到公事房看看有什么缺。马上就把您补上好啦。若
是目前没有缺，我就给您一个秘书的名义。"她摇头，笑着
说："当秘书，可不敢奉命。女的当人家的秘书，都要给人
说闲话的。"市长说："那倒没有关系，不过有点屈才而已。
当然我得把比较重要的事情来叨唠。"

　　舞会到夜阑才散，加多怜得着市长应许给官做，回家
以后，还在卧房里独自跳跃着。

　　从前老辈们每笑后生小子所学非所用，到近年来，学也可以不必，简直就是不学有所用。市长在舞会所许加多怜的事已经实现了。她已做了好几个月的特税局帮办，每月除到局支几百元薪水以外，其余的时间都是她自己的，督办是市长自己兼，实际办事的是局里的主任先生们。她也安置了李妈的丈夫李富在局里，为的是有事可以关照一下。每日里她只往来于饭店舞场和显官豪绅的家庭间，无忧无虑地过着太平日子。平常她起床的时间总在中午左右，午饭总要到下午三四点，饭后便出门应酬，到上午三四点才回家。若是与邸力里亚有约会或朋友们来家里玩，她就不出门，起得也早一点。

　　在东北事件发生后一个月的一天早晨，李妈在厨房为她的主人预备床头点心。陈妈把客厅归着好，也到厨房来找东西吃。她见李妈在那里忙着，便问："现在才七点多，太太就醒啦？"李妈说："快了吧，今天中午有饭局，十二点得出门，不是不许叫'太太'吗？你真没记性！"陈妈说："是呀，太太做了官，当然不能再叫'太太'了。可是叫她作'老爷'，也不合适，回头老爷来到，又该怎样呢？一定得叫'内老爷''外老爷'才能够分别出来。"李妈说："那也不对，她不是说管她叫'先生'或是'帮办'吗？"陈妈在灶头拿起一块烤面包抹抹果酱就坐在一边吃。

她接着说："不错，可是昨天你们李富从局里来，问'先生在家不在'，我一时也拐不过弯来，后来他说太太，我才想起来。你说现在的新鲜事可乐不可乐？"李妈说："这不算什么，还有更可乐的啦。"陈妈说："可不是！那'行洋礼'的事。他们一天到晚就行着这洋礼。"她嘻地笑了一阵，又说："昨晚那邸先生闹到三点才走。送出院子，又是一回洋礼，还接着'达灵''达灵'叫了一阵。我说李姐，你想他们是怎么一回事？"李妈说："谁知道？听说外国就是这样乱，不是两口子的男女搂在一起也没有关系。昨儿她还同邸先生一起在池子里洗澡咧。"陈妈说："提起那池子来了，三天换一次水，水钱就是二百块，你说是不是，洗的是银子不是水？"李妈说："反正有钱的人看钱就不当钱，又不用自己卖力气，衙门和银行里每月把钱交到手，爱怎花就怎花，像前几个月那套纱衣裳，在四郊收买了一千多只火虫，花了一百多。听说那套料子就是六百，工钱又是二百。第二天要我把那些火虫一只一只从小口袋里摘出来，光那条头纱就有五百多只，摘了一天还没摘完，真把我的胳臂累坏了。三天花二百块的水，也好过花八九百块做一件衣服穿一晚上就拆，这不但糟蹋钱并且造孽。你想，那一千多只火虫的命不是命吗？"陈妈说："不用提那个啦。今天过午，等她出门，咱们也下池子去试一试，好不好？"李妈说："你又来了，上次你偷穿她的衣服，险些

闯出事来。现在你又忘了！我可不敢。那个神堂，不晓得
还有没有神，若是有咱们光着身子下去，怕亵渎了受责
罚。"陈妈说："人家都不会出毛病，咱们还怕什么？"她
站起来，顺手带了些吃的到自己屋里去了。

李妈把早点端到卧房，加多怜已经靠着床背，手拿一
本杂志在那里翻着。她问李妈："有信没信？"李妈答应了
一声："有。"随把盘子放在床上，问过要穿什么衣服以后
便出去了。她从盘子里拿起信来，一封一封看过。其中有
一封是朴君的，说他在年底要来。她看过以后，把信放下，
并没显出喜悦的神气，皱着眉头，拿起面包来吃。

中午是市长请吃饭，座中只有宾主二人。饭后，市长
领她到一间密室去。坐定后，市长便笑着说："今天请您
来，是为商量一件事情。您如同意，我便往下说。"加多怜
说："只要我的能力办得到，岂敢不与督办同意？"

市长说："我知道只要您愿意，就没有办不到的事。我
给您说，现在局里存着一大宗缉获的私货和违禁品，价值
在一百万以上。我觉得把它们都归了公，怪可惜的，不如
想一个化公为私的方法，把它们弄一部分出来。若能到手，
我留三十万，您留二十五万，局里的人员分二万，再提一
万出来做参与这事的人们的应酬费。如果要这事办得没有

痕迹，最好找一个外国人来认领。您不是认识一位领事馆的朋友吗？若是他肯帮忙，我们应在应酬费里提出四五千送他。您想这事可以办吗？"加多怜很踌躇，摇着头说："这宗款太大了，恐怕办得不妥，风声泄漏出去，您我都要担干系。"市长大笑说："您到底是个新官僚！赚几十万算什么？别人从飞机、军舰、军用汽车装运烟土白面，几千万、几百万就那么容易到手，从来也没曾听见有人质问过。我们赚一百几十万，岂不是小事吗？您请放心，有福大家享，有罪鄙人当，您待一会去找那位邸先生商量一下得啦。"她也没主意了，听市长所说，世间简直好像是没有不可做的事情。她站起来，笑着说："好吧，去试试看。"

加多怜来到邸力里亚这里，如此如彼地说了一遍。这邸先生对于她的要求从没拒绝过，但这次他要同她交换条件才肯办。他要求加多怜同他结婚，因为她在热爱的时候曾对他说过她与朴君离异了。加多怜说："时候还没到，我与他的关系还未完全脱离。此外，我还怕社会的批评。"他说："时候没到，时候没到，到什么时候才算呢？至于社会那有什么可怕的？社会很有力量，像一个勇士一样。可是这勇士是瞎的，只要你不走到他跟前，使他摸着你，他不看见你，也不会伤害你。我们离开中国就是了。我们有了这么些钱，随便到阿根廷住也好，到意大利住也好，就是到我的故乡巴悉罗那（巴塞罗那）住也无不可。我们就这样办吧，我知道你一定要喜欢巴悉罗那的蔚蓝天空，那是没有一个地方能够比得上的。我们可以买一只游艇，天天在地中海遨游，再没有比这事快乐了。"

邸力里亚的话把加多怜说得心动了，她想着和朴君离婚倒是不难，不过这几个月的官做得实在有瘾，若是嫁给外国人，国籍便发生问题，以后能不能回来，更是一个疑问。她说："何必做夫妇呢？我们这样天天在一块玩，不比夫妇更强吗？一做了你的妻子，许多困难的问题都要发生出来。若是要到巴悉罗那去，等事情弄好了，就拿那笔款去花一两年也无妨。我也想到欧洲去玩玩。……"她正说着，小使进来说帮办宅里来电话，请帮办就回去，说老妈子洗澡，给水淹坏了。加多怜立刻起身告辞。邸先生说："我跟你去吧，也许用得着我。"于是二人坐上汽车飞驶到家。

加多怜和邸先生一直来到游泳池边，陈妈和李妈已经被捞起来，一个没死，一个还躺着，她们本要试试水里的滋味，走到跳板上，看见水并不很深，陈妈好玩，把李妈推下去，哪里知道跳板弹性很强，同时又把她弹下去。李妈在水里翻了一个身，冲到池边，一手把绳揪着，可是左臂已擦伤了。陈妈浮起来两三次，一沉到底。李妈大声嚷救命，园里的花匠听见，才赶紧进来，把她们捞起来。邸先生给陈妈施行人工呼吸法，好容易把她救活了，加多怜叫邸先生把她们送到医院去。

邸力里亚从医院回来，加多怜继续与他谈那件事情，他至终应许去找一个外商来承认那宗私货，并且发出一封领事馆的证明书，她随即用电话通知督办。督办在电话里一连对她说了许多夸奖的话，其喜欢可知。

两三个月的国难期间，加多怜仍是无忧无虑能乐且乐地过她的生活。那笔大款她早已拿到手，那邸先生又催着她一同到巴悉罗那去。她到市长那里，偶然提起她要出洋的事，并且说明这是当时的一个条件。市长说："这事容易办，就请朴君代理您的事情，您要多咱回任都可以。"加多怜说："很好，外子过几天就可以到。我原先叫他过年二三月才来，但他说一定要在年底来。现在给他这差事，真是再好不过了。"

朴君到了，加多怜递给他一张委任状。她对丈夫说，政府派她到欧洲考察税务，急要动身，教他先代理帮办，等她回来再谋别的事情做。朴君是个老实人，太太怎么说，他就怎么答应，心里并且赞赏她的本领。

过几天，加多怜要动身了。她和邸力里亚同行，朴君当然不晓得他们的关系，把他们送到上海候船，便赶快回来。

刚一到家，陈妈的丈夫和李富都在那里等候着。陈妈的丈夫说他妻子自从出院以后，在家里病得不得劲，眼看不能再出来做事了，要求帮办赏一点医药费。李富因局里的人不肯分给他那笔款，教他问帮办要。这事迟延很久，加多怜也曾应许教那班人分些给他，但她没办妥就走了。朴君把原委问明，才知道他妻子自离开他以后的做官生活的大概情形。但她已走了，他既不便用书信去问她，又不愿意拿出钱来给他们。说了很久，不得要领，他们都怅怅地走了。

一星期后，特税局的大侵吞案被告发了，告发人便是李富和几个分不着款的局员，市长把事情都推在加多怜身上。把朴君请来，说了许多官话，又把上级机关的公文拿出来。朴君看得眼呆呆地，说不出半句话来。市长假装好意说："不要紧，我一定要办到不把阁下看管起来。这事情本不难办，外商来领那宗货物，也是有凭据，最多也不过是办过失罪，只把尊寓交出来当作赔偿，变卖得多少便算多少，敷衍得过便算了事。我与尊夫人的交情很深，这事本可以不必推究，不过事情已经闹到上头，要不办也不成。我知道尊夫人一定也不在乎那所房子，她身边至少也有三十万呢。"

第二天，撤职查办的公文送到，警察也到了。朴君气得把那张委任状撕得粉碎。他的神气直像发狂，要到游泳池投水，幸而那里已有警察，把他看住了。

　　房子被没收的时候，正是加多怜同邸力里亚离开中国的那天。他在敌人的炮火底下，和平日一样，无忧无虑地来了吴淞口。邸先生望着岸上的大火，对加多怜说："这正是我们避乱的机会，我看这仗一时是打不完的，过几年，我们再回来吧！"

女儿心

一

　　武昌竖起革命的旗帜已经一个多月了。在广州城里的驻防旗人个个都心惊胆战，因为杀满洲人的谣言到处都可以听得见。这年的夏天，一个正要到任的将军又在离码头不远的地方被革命党炸死，所以在这满伏着革命党的城市，更显得人心惶惶。报章上传来的消息都是民军胜利，"反正"的省份一天多过一天。本城的官僚多半预备挂冠归田；有些还能很骄傲地说："腰间三尺带是我殉国之具。"商人也在观望着，把财产都保了险或移到安全的地方——香港或澳门，听说一两日间民军便要进城，住在城里的旗人更吓得手足无措，他们真怕汉人屠杀他们。

　　在那些不幸的旗人中，有一个人，每天为他自己思维，却想不出一个避免目前的大难的方法。他本是北京一个世袭一等轻车都尉，隶属正红旗下，同时也曾中过举人；这时在镇粤将军衙门里办文书。他的身材很雄伟，若不是额下的大髯胡把他的年纪显出来，谁也看不出他是五十多岁的人。那时已近黄昏，堂上的灯还没点着，太太旁边坐着三个从十一岁到十五六岁的子女，彼此都现出很不安的状态。他也坐在一边，将着胡子，沉静地看着他的家人。

　　"老爷，革命党一来，我们要往哪里逃呢？"太太破了沉寂，很诚恳地问她的老爷。

　　"哼，望哪里逃？"他摇头说："不逃，不逃，不能逃。逃出去无异自己去找死，我每年的俸银二百多两，合起衙门里的津贴和其他的入款也不过五六百两，除掉这所房子以外也就没有什么余款。这样省省地过日子还可以支持过去，若一逃走，纵然革命党认不出我们是旗人，侥幸可以免死，但有多少钱能够支持咱家这几口人呢？"

　　"这倒不必老爷挂虑，这二十几年来我私积下三万多块，我想咱们不如到海过去买几亩地，就做了乡下人也强过在这里担心。"

　　"太太的话真是所谓妇人女子之见。若是那么容易到乡下去落户，那就不用发愁了。你想我的身份能够撇开皇上不顾吗？做奴才得为主子，做人臣得为君上。他们汉官可以革命，咱们可就不能，革命党要来，在我们的地位就得同他们开火；若不能打，也不能弃职而逃。"

"那么，老爷忠心为国一定是不逃了。万一革命党人马上杀到这里来，我们要怎办呢？"

"大丈夫可杀不可辱，我们自然不能受他们的凌辱。等时候到来，再相机行事吧。"他看着他三个孩子，不觉黯然叹了一声。

太太也叹一声，说："我也是为这班小的发愁啊。他们都没成人，万一咱们两口子尽了节，他们……"她说不出来了，只不歇地用手帕去擦眼睛。

他问三个孩子说："你们想怎么办呢？"一双闪烁的眼睛注视着他们。

两个大孩子都回答说："跟爹妈一块儿死吧。"那十一岁的女儿麟趾好像不懂他们商量的都是什么，一声也不响，托着腮只顾想她自己的。

"姑娘，怎么今儿不响啦？你往常的话儿是最多的。"她父亲这样问她。

她哭起来了，可是一句话也没有。

太太说："她小小年纪，懂得什么，别问她啦。"她叫："姑娘到我跟前来吧。"趾儿抽噎着走到跟前，依着母亲的膝下。母亲为她将将鬓额，给她擦掉眼泪。

他将着胡子，像理会孩子的哭已经告诉了她的意思，不由得得意地说："我说小姑娘是很聪明的，她有她的主意。"随即站起来又说："我先到将军衙门去，看看下午有什么消息，一会儿就回来。"他整一整衣服，就出门去了。

风声越来越紧，到城里竖起革命旗的那天，果然秩序大乱，逃的逃，躲的躲，抢的抢，该死的死。那位腰间带着三尺殉国之具的大吏也把行李收束得紧紧地，领着家小回到本乡去了。街上"杀尽满洲人"的声音，也摸不清是真的，还是市民高兴起来一时发出这得意的话。这里一家把大门严严地关起来，不管外头闹得多么凶，只安静地在堂上排起香案，两夫妇在正午时分穿起朝服向北叩了头，表告了满洲诸帝之灵，才退入内堂，把公服换下来。他想着他不能领兵出去和革命军对仗，已经辜负朝廷豢养之恩，所以把他的官爵职位自己贬了，要用世奴资格报效这最后一次的忠诚。他斟了一杯醇酒递给太太说："太太请喝这一杯吧。"他自己也喝，两个男孩也喝了，趾儿只喝了一点。在前两天，太太把佣仆都打发回家，所以屋里没有不相干的人。

　　两小时就在这醇酒应酬中度过去。他并没醉，太太和三个孩子已躺在床上睡着了。他出了房门，到书房去，从墙上取下一把宝剑，捧到香案前，叩了头，再回到屋里，先把太太杀死，再杀两个孩子。一连杀了三个人，满屋里的血腥、酒味把他刺激得像疯人一样。看见他养的一只狗正在门边伏着，便顺手也给它一剑，跑到厨房去把一只猫和几只鸡也杀了。他挥剑砍猫的时候，无意中把在灶边灶君龛外那盏点着的神灯挥到劈柴堆上去，但他一点也不理会。正出了厨房门口，马圈里的马嘶了一声，他于是又赶过去照马头一砍。马不晓得这是它尽节的时候，连踢带跳，用尽力量来躲开他的剑。他一手揪住络头的绳子，一手尽管望马头上乱砍，至终把它砍倒。

　　回到上房，他的神情已经昏迷了，扶着剑，瞪眼看着地上的血迹。他发现麟趾不在屋里，刚才并没杀她，于是提起剑来，满屋里找。他怕她藏起来，但在屋里无论怎样找，看看床的，开开柜门，都找不着。院里有一口井，井边正留着一只麟趾的鞋。这个引他到井边来。他扶着井栏，探头望下去；从他两肩透下去的光线，使他觉得井底有衣服浮现的影儿，其实也看不清楚。他对着井底说："好，小姑娘，你到底是个聪明孩子，有主意！"他从地上把那只鞋捡起来，也扔在井里。

　　他自己问："都完了，还有谁呢？"他忽然想起在衙门里还有一匹马，它也得尽节。于是忙把宝剑提起，开了后园的门，一直望着衙门的马圈里去。从后园门出去是一条偏僻的小街，常时并没有什么人往来，那小街口有一座常关着大门的佛寺。他走过去时，恰巧老和尚从街上回来，站在寺门外等开门，一见他满身血迹，右手提剑，左手上还在滴血，便抢前几步拦住他说："太爷，您怎么啦？"他见有人拦住，眼睛也看不清，举起剑来照着和尚头便要砍下去。老和尚眼快，早已闪了身子，等他砍了空，再夺他的剑。他已没气力了，看着老和尚一言不发。门开了，老和尚先扶他进去，把剑靠韦陀香案边放着，然后再扶他到自己屋里，给他解衣服；又忙着把他自己的大衲给他披上，并且为他裹手上的伤，他渐次清醒过来，觉得左手非常地痛，才记起方才砍马的时候，自己的手碰着了刃口。他把老和尚给他裹的布条解开看时，才发现了两个指头已经没了，这一个感觉更使他格外痛楚。屠人虽然每日屠猪杀羊，但是一见自己的血，心也会软，不说他趁着一时的义气演出这出惨剧，自然是受不了。痛是本能上保护生命的警告，去了指头的痛楚已经使他难堪，何况自杀！但他的意志，还是很刚强，非自杀不可。老和尚与他本来很有交情，这次用很多话来劝慰他，说城里并没有屠杀旗人的事情；偶然街上有人这样嚷，也不过是无意识的话罢了。他听着和尚的劝解，心情渐渐又活过来。正在相对着没有话说的时候，外边嚷着起火，哨声、锣声，一齐送到他们耳边。老和尚说："您请躺下歇歇吧，待老衲出去看看。"

他开了寺门，只见东头乌太爷的房子着了火。他不声张，把乌太爷扶到床上躺下，看他渐次昏睡过去，然后把寺门反扣着，走到乌家门前，只见一簇人丁赶着在那里拆房子。水龙虽有一架，又不够用。幸而过了半小时，很多人合力已把那几间房子拆下来，火才熄了。

和尚回来，见乌太爷还是紧紧地扎着他的手，歪着身子，在那里睡，没惊动他。他把方才放在韦陀龛那把剑收起来，才到禅房打坐去。

二

在辛亥革命的时候，像这样全家为那权贵政府所拥戴的孺子死节的实在不多。当时麟趾的年纪还小，无论什么都怕，死自然是最可怕的一件事。他父亲要把全家杀死的那一天，她并没喝多少酒，但也得装睡，她早就想定了一个逃死的方法，总没机会去试。父亲看见一家人都醉倒了，到外边书房去取剑的时候，她便急忙地爬起来，跑出院子。因为跑得快，恰巧把一只鞋子踥掉了。她赶快退回几步，要再穿上，不提防把鞋子一踢，就撞到那井栏旁边。她顾不得去捡鞋，从院子直跑到后园。后园有一棵她常爬上去玩的大榕树，但是家里的人都不晓得她会上树。上榕树本来很容易，她家那棵，尤其容易上去。她到树下，急急把身子耸上去，蹲在那分出四五杈的树干上。平时她蹲在上头，底下的人无论从哪一方面都看不见。那时她只顾躲死，并没计较往后怎样过。蹲在那里有一刻钟左右，忽然听见父亲叫她，他自然不晓得麟趾在树上。她也不答应，越发蹲伏着，容那浓绿的密叶把她掩藏起来。不久她又听见父亲的脚步像开了后门出去的样子。她正在想着，忽然从厨房起了火。厨房离那榕树很远，所以人们在那里拆房子救火的时候，她也没下来。天已经黑了，那晚上正是十五，月很明亮，在树上蹲了几点钟，倒也不理会。可是树上不晓得歇着什么鸟，不久就叫一声，把她全身的毛发都吓竖了。身体本来有点冷，加上夜风带那种可怕的鸟声送到她耳边，就不由得直打抖擞。她不能再藏在树上，决意下来看看。然而怎么也起不来，从腿以下，简直麻痹得像长在树上一样。好容易慢慢地把腿伸直了，一面抖擞着下了树，摸到园门，原来她的卧房就靠近园门。那一下午的火，只烧了厨房，她母亲的卧房、大厅和书房，至于前头的轿厅和后面她的卧房连着下房都还照旧。她从园门闪入她的卧房，正要上床睡觉时候，忽然听见有人说话的声音，心疑是鬼，赶紧把房门关起来。从窗户看见两个人拿着牛眼灯由轿厅那边到她这里来，心里越发害怕。好在屋里没灯，趁着外头的灯光还没有射进来，她便蹲在门后。那两人一面说着，出了园门，她才放心。原来他们是那条街的更夫，因为她家没人，街坊叫他们来守夜。他们到后园，大概是去看看后园通小街那道门关没关吧。不一会他们进来，又把园门关上。听他们的脚音，知道旁边那间下房，他们也进去看过，正想爬到床后去，他们已来推她的门，于是不敢动弹，还是蹲在门后。门推不开，他们从窗户用灯照了一下。她在门后听见其中一个人说："这间是锁着的，里头倒没有什么。"他们并不一定要进她的房间，那时她真像遇了赦一般，不晓得什么缘故，当时只不愿意他们知道她在里头。等他们走远了，才起来，坐在小椅上，也不敢上床睡，只想着天明时待怎办。她决定要离开她的家，因为全家的人都死了，若还住在家里，有谁来养活她呢？虽然仿佛听见她父亲开了后园门出去，但以后他回来没有，她又不理会，她想他一定是自杀了。前天晚上，当她父亲问过她的话，上了衙门以后，她私下问过母亲："若是大家都死了，将来要在什么地方相见呢？"她母亲叹了一口气说："孩子，若都是好人，我们就会在神仙的地方相见，我们都要成仙哪。"常听见她母亲说城外有个什么山，山名她可忘记了，那里常有神仙出来度人。她想着不如去找神仙罢，找到神仙就能与她一家人相见了。她想着要去找神仙的事，使她心胆立时健壮起来，自己一人在黑屋里也不害怕，但盼着天快亮，她好进行。

　　鸡已啼过好几次，星星也次第地隐没了。初醒的云渐渐现出灰白色，一片一片像鱼鳞摆在天上。于是她轻轻地开了房门，出到院子来，她想"就这样走吗"，不，最少也得带一两件衣服。于是回到屋里，打开箱子，拿出几件衣服和梳篦等物，包成一个小包，再出房门。藏钱的地方她本知道，本要去拿些带在身边，只因那里的房顶已经拆掉了，冒着险进去，虽然没有妨碍，不过那两人还在轿厅睡着，万一醒来，又免不了有麻烦，再者，设使遇见神仙，也用不着钱。她本要到火场里去，又怕看见父母和二位哥哥的尸体，只远远地望着，作为拜别的意思。她的眼泪直流，又不敢放声哭；回过身去，轻轻开了园门，再反扣着。经过马圈，她看见那马躺在槽边，槽里和地上的血已经凝结，颜色也变了。她站在圈外，不住地掉泪。因为她很喜欢它，每常骑它到箭道去玩。那时天已大亮了，正在低着头看那死马的时候，眼光忽然触到一样东西，使她心伤和胆战起来。进前两步从马槽下捡起她父亲的一节小指头，她认得是父亲左手的小指头。因为他只留这个小指的指甲，有一寸多长，她每喜欢摸着它玩。当时她也不顾什么，赶紧取出一条手帕，紧紧把她父亲的小指头裹起来，揣在怀里。她开了后园的街门，也一样地反扣着。夹着小包袱，出了小街，便急急地向北门大街放步。幸亏一路上没人注意她，故得优游地出了城。

　　旧历十月半的郊外，虽不像夏天那么青翠，然而野草园蔬还是一样地绿。她在小路上，不晓得已经走了多远，只觉身体疲乏，不得已暂坐在路边一棵榕树根上小歇，坐定了才记得她自昨天午后到歇在道旁那时候一点东西也没入口！眼前固然没有东西可以买来充饥，纵然有，她也没钱。她隐约听见泉水激流的声音，就顺着找去，果然发现了一条小溪，那时一看见水，心里不晓得有多么快活，她就到水边一掬掬地喝。没东西吃，喝水好像也可以饱，她居然把疲乏减少了好些。于是夹着包袱又望前跑。她慢慢地走，用尽了诚意要会神仙，但看见路上的人，并没有一个像神仙。心里非常纳闷，因为走的路虽不多，太阳却渐渐地西斜了。前面露出几间茅屋，她虽然没曾向人求乞过，可知道一定可以问人要一点东西吃，或打听所要去的山在哪里。随着路径拐了一个弯，就看见一个老头子在她前面走。看他穿着一件很宽的长袍，扶着一支黄褐色的拐杖，须发都白了，心里暗想"这位莫不就是神仙吗"，于是抢前几步，恭恭敬敬地问："老伯父，请告诉我那座有神仙的山在什么地方？"他好像没听见她问的是什么话，她问了几遍，他总没回答，只问："你是迷了道的吧？"麟趾摇摇头。他问："不是迷道，这么晚，一个小姑娘夹着包袱，在这样的道上走，莫不是私逃的小丫头？"她又摇摇头。她看他打扮得像学塾里的老师一样，心里想着他也许是个先生。于是从地下捡起一块有棱的石头，就路边一棵树干上画了"我欲求仙去"几个字。他从胸前的绿鲨皮眼镜匣里取出一副直径约有一寸五分的水晶镜子架在鼻上。看她所写的，便笑着对她说："哦，原来是求仙的！你大概因为写的是'王子去求仙，丹成上九天'的仿格，想着古人有这回事，所以也要仿效仿效。但现在天已渐渐晚了，不如先到我家歇歇，再往前走吧。"她本想不跟他去，只因问他的话也不能得着满意的指示，加以肚子实饿了，身体也乏了，若不答应，前路茫茫，也不是个去处，就点头依了他，跟着他走。

　　走不远，渡过一道小桥，来到茅舍的篱边。初冬的篱笆上还挂些未残的豆花。晚烟好像一匹无尽长的白链，从远地穿林织树一直来到篱笆与茅屋的顶巅。老头子也不叫门，只伸手到篱门里把闩拨开了。一只带着金铃的小黄狗抢出来，吠了一两声，又到她跟前来闻她。她退后两步，老头子把它轰开，然后携着她进门。屋边一架瓜棚，黄萎的南瓜藤，还凌乱地在上头绕着。鸡已经站在棚上预备安息了。这些都是她没见过的，心里想大概这就是仙家吧。刚踏上小台阶，便有一个二十多岁的姑娘出来迎着，她用手作势，好像问："这位小姑娘是谁呀。"他笑着回答说："她是求仙迷了路途的。"回过头来，把她介绍给她，说：

"这是我的孙女，名叫宜姑。"

　　他们三个人进了茅屋，各自坐下。屋里边有一张红漆小书桌，老头子把他的孙女叫到身边，教她细细问麟趾的来历。她不敢把所有的真情说出来，恐怕他们一知道她是旗人或者就于她不利。她只说："我的父母和哥哥前两天都相继过去了。剩下我一个人，没人收养，所以要求仙去。"她把那令人伤心的事情瞒着，孙女把她的话用他们彼此通晓的方法表示给老头子知道。老头子觉得她很可怜，对她说，他活了那样大年纪也没有见过神仙，求也不一定求得着，不如暂时住下，再定夺前程，他们知道她一天没吃饭，宜姑就赶紧下厨房，给她预备吃的。晚饭端出来，虽然是红薯粥和些小酱菜，她可吃得津津有味。回想起来，就是不饿，也觉得甘美。饭后，宜姑领她到卧房去。一夜的话把她的意思说转了一大半。

三

　　麟趾住在这不知姓名的老头子的家已经好几个月了。老人曾把附近那座白云山的故事告诉过她。她只想着去看安期生升仙的故迹，心里也带着一个遇仙的希望。正值村外木棉盛开的时候，十丈高树，枝枝着花，在黄昏时候看来直像一座万盏灯台，灿烂无比。闽、粤的树花再没有比木棉更壮丽的，太阳刚升到与绿禾一样高的天涯，麟趾和宜姑同在树下捡落花来做玩物，谈话之间，忽然动了游白云山的念头。从那村到白云山也不过是几里路，所以她们没有告诉老头子，到厨房里吃了些东西，还带了些薯干，便到山里玩去。天还很早，榕树上的白鹭飞去打早食还没归巢，黄鹏却已唱过好几段婉转的曲儿，在田间和林间的人们也唱起歌了。到处所听的不是山歌，便是秧歌。她们两个有时为追粉蝶，误入那篱上缠着野蔷薇的人家；有时为捉小鱼涉入小溪，溅湿了衣袖。一路上嘻嘻嚷嚷，已经来到山里。微风吹拂山径旁的古松，发出那微妙的细响。着在枝上的多半是嫩绿的松球，衬着山坡上的小草花和正长着的薇蕨，真是绮丽无匹。

她们坐在石上休息，宜姑忽问："你真信有神仙吗？"

麟趾手里撩着一枝野花，漫应说："我怎么不信！我母亲曾告诉我有神仙，她的话我都信。"

"我可没见过，我祖父老说没有，他所说的话，我都信。他既说没有，那定是没有了。"

"我母亲说有，那定是有，怕你祖父没见过吧。我母亲说，好人都会成仙，并且可以和亲人相见哪，仙人还会下到凡间救度他的亲人，你听过这话吗？"

"我没听见过。"

说着他们又起行，游过了郑仙岩，又到菖蒲涧去，在山泉流处歇了脚。下游的石上，那不知名的山禽在那里洗午澡，从乱去堆积处，露出来的阳光指示她们快到未时了，麟趾一意要看看神仙是什么样子，她还有登摩星岭的勇气。她们走过几个山头，不觉把路途迷乱了。越走越不是路，她们巴不得立刻下山，寻着原路回到村里。

出山的路被她们找着了，可不是原来的路径，夕阳当前，天涯的白云已渐渐地变成红霞。正在低头走着，前面来了十几个背枪的大人物，宜姑心里高兴，等他们走近跟前，便问其中的人燕塘的大路在哪一边。那班人听说她们所问的话，知道是两只迷途的羊羔，便说他们也要到燕塘去。宜姑的村落正离燕塘不远，所以跟着他们走。

原来她们以为那班强盗是神仙的使者，安心随着他们走。走了许久，二人被领到一个破窑里，那里有一个人看守着她们，那班人又匆忙地走了。麟趾被日间游山所受的快活迷住，没想到、也没经历过在那山明水秀的仙乡会遇见这班混世魔王。到被囚起来的时候，才理会她们前途的危险。她同宜姑苦口求那人怜恤她们，放她们走。但那人说若放了她们，他的命也就没了。宜姑虽然大些，但到那时，也恐吓得说不出话来。麟趾到底是个聪明而肯牺牲的孩子，她对那人说："我家祖父年纪大了，必得有人伺候他，若把我们两人都留在这里，恐怕他也活不成。求你把大姐放回去吧，我宁愿在这里跟着你们。"那人毫无恻隐之心，任她们怎样哀求，终不发一言，到他觉得麻烦的时候，还喝她们说："不要瞎吵！"

丑时已经过去，破窑里的油灯虽还闪着豆大的火花，但是灯心头已结着很大的灯花，不时进出火星和发出哗剥的响，油盏里的油快要完了。过些时候，就听见人马的声音越来越近，那人说："他们回来了。"他在窑门边把着，不一会，大队强盗进来，卸了赃物，还虏来三个十几岁的女学生。

在破窑里住了几天，那些贼人要她们各人写信回家拿钱来赎，各人都一一照办了，最后问到麟趾和宜姑，麟趾看那人的容貌很像她大哥，但好几次问他叫他，他都不大理会，只对着她冷笑。虽然如此，她仍是信他是大哥，不过仙人不轻易和凡人认亲罢了。她还想着，他们把她带到那里也许是为教她们也成仙。宜姑比较懂事，说她们是孤女，只有一个耳聋的老祖父，求他们放她们两人回去。他们不肯，说："只有白拿，不能白放。"他们把赃物检点一下，头目叫两个伙计把那几个女学生的家书送到邮局去，便领着大队同几个女子，趁着天还未亮出了破窑，向着山中的小径前进。不晓得走了多少路程，又来到一个寨。群贼把那五个女子安置在一间小屋里。过了几天，那三个女学生都被带走，也许是她们的家人花了钱，也许是被移到别处去。他们也去打听过宜姑和麟趾的家境，知道那聋老头花不起钱来赎，便计议把她们卖掉。

宜姑和麟趾在荒寨里为他们服务，他们都很喜欢。在不知不觉中又过了几个星期。一天下午他们都喜形于色回到荒寨，两个姑娘忙着预备晚饭。端菜出来，众人都注目看着她们。头目对大姑娘说："我们以后不再干这生活了，明天大家便要到惠州去投入民军。我们把你配给廖兄弟。"他说着，指着一个面目长得十分俊秀、年纪在二十六七左右的男子，又往下说："他叫廖成，是个白净孩子，想一定中你的意思。"他又对麟趾说："小姑娘年纪太小，没人要，黑牛要你做女儿，明天你就跟着他过，他明天以后便是排长了。"他呶着嘴向黑牛指示麟趾，黑牛年纪四十左右，满脸横肉，看来像很凶残。当时两个女孩都哭了，众人都安慰她们。头目说："廖兄弟的喜事明天就要办的，各人得早起，下山去搬些吃的，大家热闹一回。"

他们围坐着谈天，两个女孩在厨房收拾食具，小姑娘神气很镇定，低声问宜姑说："怎办？"宜姑说："我没主意，你呢？"

"我不愿意跟那黑鬼，我一看他，怪害怕的，我们逃吧。"

"不成，逃不了！"宜姑摇头说。

"你愿意跟那强盗？"

"不，我没主意。"

她们在厨房没想出什么办法，回到屋里，一同躺在稻草褥上，还继续地想。麟趾打定主意要逃，宜姑至终也赞成她，她们只道明天一早趁他们下山的时候再寻机会。

一夜的幽暗又叫朝云抹掉，果然外头的兄弟们一个个下山去预备喜筵。麟趾扯着宜姑说："这是时候，该走了。"她们带着一点吃的，匆匆出了小寨。走不多远，宜姑住了步，对麟趾说："不成，我们这一走，他们回寨见没有人，一定会到处追寻，万一被他们再抓回去，可就没命了。"麟趾没说什么，可也不愿意回去。宜姑至终说："还是你先走罢，我回去张罗他们，他们问你的时候，我便说你到山里捡柴去。你先回到我公公那里去报信也好。"她们商量妥当，麟趾便从一条那班兄弟们不走的小道下山去。宜姑到看不见她，才掩泪回到寨里。

小姑娘虽然学会昼伏夜行的方法，但在乱山中，夜行更是不便，加以不认得道路，遇险的机会很多，走过一夜，第二夜便不敢走了。她在早晨行人稀少的时候，遇见妇人女子才敢问道，遇见男子便藏起来。但她常走错了道，七天的粮已经快完了，那晚上她在小山岗上一座破庙歇脚。霎时间，黑云密布，大雨急来，随着电闪雷鸣。破庙边一棵枯树教雷劈开，雷音把麟趾的耳鼓几乎震破，电光闪得更是可怕。她想那破庙一定会塌下来把她压死，只是蹲在香案底下打抖擞。好容易听见雨声渐细，雷也不响，她不敢在那里逗留，便从案下爬出来。那时雨已止住了，天际仍不时地透漏着闪电的白光，使蜿蜒的山路，隐约可辨。她走出庙门，待要往前，却怕迷了路途，站着尽管出神。约有一个时辰，东方渐明，鸟声也次第送到她耳边，她想着该是走的时候，背着小包袱便离开那座破庙。一路上没遇见什么人，朝雾断续地把去处遮拦着，不晓得从什么地方来的泉声到处都听得见。正走着，前面忽然来了一队人，她是个惊弓之鸟，一看见便急急向路边的小丛林钻进去。哪里提防到那刚被大雨洗刷过的山林湿滑难行，她没力量攀住些草木，一任双脚溜滑下去，直到山麓。她的手足都擦破了，腰也酸了，再也不能走。疲乏和伤痛使她不能不躺在树林里一块铺着朝阳的平石上昏睡。她腿上的血，殷殷地流到石上，她一点也不理会。

　　林外，向北便是越过梅岭的大道，往来的行旅很多。不知经过几个时辰，麟趾才在沉睡中觉得有人把她抱起来，

睁眼一看，才知道被抱到一群男女当中。那班男女是走江
湖卖艺的，一队是属于卖武耍把戏的黄胜，一队是属耍猴
的杜强。麟趾是那耍猴的抱起来的，那卖武的黄胜取了些
万应的江湖秘药来，敷她的伤口。他问她的来历，知道她
是迷途的孤女，便打定主意要留她当一名艺员，耍猴用不
着女子，黄胜便私下向杜强要麟趾。杜强一时任侠，也就
应许了。他只声明将来若是出嫁得的财礼可以分些给他。

他们骗麟趾说他们是要到广州去，其实他们的去向无
定，什么时候得到广州，都不能说。麟趾信以为真，便请
求跟着他们去。那男人腾出一个竹箩，教她坐在当中，他
的妻子把她挑起来。后面跟着的那个人也挑着一担行头，
在他肩膀上坐着一只猕猴。他戴的那顶宽缘镶云纹的草笠
上开了一个小圆洞，猕猴的头可以从那里伸出来。那人后
面还跟着一个女子，牵着一只绵羊和两只狗，绵羊驮着两
个包袱，最后便是扛刀枪的，麟趾与那一队人在斜阳底下
向着满被野云堆着的山径前进，一霎时便不见了。

四

自从麟趾被骗以后，三四年间，就跟着那队人在江湖
上往来。她去求神仙的勇气虽未消灭，而幼年的幻梦却渐
次清醒。几年来除掉看一点浅近的白话报以外，她一点书

也没有念，所认得的字仍是在家的时候学的，深字甚至忘掉许多。她学会些江湖伎俩，如半截美人、高跃、踏索、过天桥，等等，无一不精，因此被全班的人看为台柱子，班主黄胜待她很好，常怕她不如意，另外给她好饮食。她同他们混惯了，也不觉得自己举动下流。所不改的是她总没有舍弃掉终有一天全家能够聚在一起的念头。神仙会化成人到处游行的话是她常听说的，几年来，她安心跟着黄胜走江湖，每次卖艺总是目光灼灼注视着围观的人们，人们以她为风骚，她却在认人。多少次误认了面貌与她父亲或家人相仿佛的观众。但她仍是希望着，注意着，没有一时不思念着。

他们真个回到离广州不远的一个城，住在真武庙倾破的后殿。早饭已经吃过，正预备下午的生意。黄胜坐在台阶上抽烟等着麟趾，因为她到街上买零碎东西还没回来。

从庙门外蓦然进来一个人，到黄胜跟前说："胜哥，一年多没见了！"老杜摇摇头，随即坐在台阶上说："真不济，去年那头绵羊死掉，小山就闷病了。它每出场不但不如从前活泼，而且不听话，我气起来，打了它一顿。那畜生可也奇怪，几天不吃东西，也死了。从它死后，我一点买卖也没做，指望赢些钱再买一只羊和一只猴，可是每赌必输，至终把行头都押出去了，现在来专意问大哥借一点。"

黄胜说："我的生意也不很好，哪里有钱借给你使。"

老杜是打定主意的，他所要求非得不可。他说："若是没钱，就把人还我。"他的意思是指麟趾。

老黄急了，紧握着手，回答他说："你说什么？哪个人是你的？"

"那女孩子是我捡的，自然属于我。"

"你要，当时为何不说？那时候你说耍猴用不着她；多一个人养不起，便把她让给我。现在我已养了好几年，教会她各样玩艺，你来要回去，天下没有这个道理。"

"看来你是不愿意还我了。"

"说不上还不还，难道我这几年的心血和钱财能白费了吗？我不是说以后得的财礼分给你吗？"

"好，我拿钱来赎成不成？"老杜自然等不得，便这样说。

"你！拿钱来赎？你有钱还是买一只羊、一只猴耍耍去吧，麟趾，怕你赎不起。"老黄舍不得放弃麟趾，并且看不起老杜，想着他没有赎她的资格。

"你要多少呢？"

　　"五百，"老黄说了，又反悔说，"不，不，我不能让你赎去，她不是你的人，你再别废话了。"

　　"你不让我赎，不成。多会我有五百元，多会我就来赎。"老杜没得老黄的同意，不告辞便出庙门去了。

　　自此以后，老杜常来跟老黄捣麻烦，但麟趾一点也不知道是为她的事，她也没去问。老黄怕以后更麻烦，心里倒想先把她嫁掉，省得老杜屡次来胡缠，但他总也没有把这意思给麟趾说，他也不怕什么，因为他想老杜手里一点文据都没有，打官司还可以占便宜。他暗地里托媒给麟趾找主，人约他在城隍庙戏台下相看，那地方是老黄每常卖艺的所在。相看的人是个当地土豪的儿子，人家叫他作郭太子。这消息给老杜知道，到庙里与老黄理论，两句不合，便动了武。幸而麟趾从外头进来，便和班里的人把他们劝开；不然，会闹出人命也不一定，老杜骂到没劲，也就走了。

　　麟趾问黄胜到底是怎么回事。老黄没敢把实在的情形告诉她，只说老杜老是来要钱使，一不给他，他便骂人。他对麟趾说："因他知道我们将有一个阔堂会，非借几个钱去使使不可。可是我不晓得这一宗买卖做得成做不成，明天下午约定在庙里先耍着看，若是合意，人家才肯下定哪。你想我怎能事前借给他钱使！"

麟趾听了，不很高兴，说："又是什么堂会！"

老黄说："堂会不好吗？我们可以多得些赏钱，姑娘不喜欢吗？"

"我不喜欢堂会，因为看的人少。"

"人多人少有什么相干，钱多就成了。"

"我要人多，不必钱多。"

"姑娘，那是怎讲呢？"

"我希望在人海中能够找着我的亲人。"

黄胜笑了，他说："姑娘！你要找亲人，我倒想给你找亲哪，除非你出阁，今生莫想有什么亲人，你连自己的姓都忘掉了！哈哈！"

"我何尝忘掉？不过我不告诉人罢了，我的亲人我认得，这几年跟着你到处走，你当我真是为卖艺吗？你带我到天边海角，假如有遇见我的亲人的一天，我就不跟你了。"

"这我倒放心，你永远是遇不着的。前次在东莞你见的那个人，便说是你哥哥，愣要我去把他找来。见面谈了几句话，你又说不对了！今年年头在增城，又错认了爸爸！你记得吗？哈哈！我看你把心事放开吧。人海茫茫，哪个是你的亲人？倒不如过些日子，等我给你找个好主，若生下一男半女，我保管你享用无尽。那时，我，你的师父，可也叨叨光呀。”

“师父别说废话，我不爱听。你不信我有亲人，我偏要找出来给你看。”麟趾说时像有了气。

“那么，你的亲人却是谁呢？”

“是神仙。”麟趾大声地说。

老黄最怕她不高兴，赶紧转帆说：“我逗你玩哪，你别当真，我们还是说些正经的吧，明天下午无论如何，我们得多卖些力气。我身边还有十几块钱，现在就去给你添些头面。我一会儿就回来。”他笑着拍麟趾的肩膀，便自出去了。

第二天下午，老黄领着一班艺员到艺场去，郭太子早已在人圈中占了一条板凳坐下。麟趾装饰起来，招得围观的人越多，一套一套的把戏都演完，轮到麟趾的踏索，那是她的拿手技术。老黄那天便把绳子放长，两端的铁钎都插在人圈外头。她一面走，一面演各种把式。正走到当中，啊，绳子忽然断了！麟趾从一丈多高的空间摔下来。老黄不顾救护她，只嚷说："这是老杜干的。"连骂带咒，跳出人圈外到绳折的地方。观众以为麟趾摔死了，怕打官司时被传去做证人，一哄而散。有些人回身注视老黄，见他追着一个人往人丛中跑，便跟过去趁热闹。不一会，全场都空了。老黄追那人不着，气喘喘地跑回来，只见那两个伙计在那里收拾行头。行头被众人践踏，破坏了不少；刀枪也丢了好几把；麟趾也不见了。伙计说人乱的时候他们各人都紧伏在两箱行头上头，没看见麟趾爬起来，到人散后，就不见她躺在地上。老黄无奈，只得收拾行头，心里想这定是老杜设计把麟趾抢走，回到庙里再去找他计较，艺场中几张残破的板凳也都堆在一边。老鸦从屋脊飞下来啄地上残余的食物，树花重复发些清气，因为满身汗臭的人们都不见了。

黄胜找了老杜好几天都没下落，到郭太子门上诉说了一番。郭太子反说他是设局骗他的定钱，非把他押起来不可。老黄苦苦哀求才脱了险。他出了郭家大门，垂头走着，拐了几个弯，蓦地里与老杜在巷尾一个犄角上撞个满怀。"好，冤家路窄！"黄胜不由分说便伸出右手把老杜揪住。两只眼睛瞪得直像冒出电来，气也粗了。老杜一手搭住老黄的右手，冷不防给他一拳。老黄哪里肯让，一脚便踢过去，指着他说："你把人藏在哪里？快说出来，不然，看老子今天结束了你。"老杜退到墙犄角上，扎好马步，两拳瞄准老黄的脑袋说："呸！你问我要人！我正要问你呢。你同郭太子设局，把所得的钱，半个也不分给我，反来问我要人。"说着，往前一跳，两拳便飞过来，老黄闪得快，没被打着。巷口看热闹的人越围越多，巡警也来了。他们不愿意到派出所去，敷衍了巡警几句话，便教众人拥着出了巷口。

老杜跟着老黄，又走过了几条街。

老黄说："若是好汉，便跟我回家分说。"

"怕你什么？去就去！"老杜坚决地说。

老黄见他横得很，心里倒有点疑惑。他问："方才你说我串通郭太子，不分给你钱，是从哪里听来的狗谣言？"

"你还在我面前装呆！那天在场上看把戏的大半是郭家的手脚，你还瞒谁？"

"我若知道这事，便教我男盗女娼。那天郭太子约定来看人是不错，不过我已应许你，所得多少总要分给你，你为什么又到场上捣乱？"

老杜瞪眼看着他，说："这就是胡说！我捣什么乱？你们说了多少价钱我一点也不知道，那天我也不在那里，后来在道上就见郭家的人们拥着一顶轿子过去，一打听，才知道是从庙里扛来的。"

老黄住了步，回过头来，诧异地说："郭太子！方才我到他那里，几乎教他给押起来。你说的话有什么凭据？"

"自然有不少凭据。那天是谁把绳子故意拉断的？"老杜问。

"你！"

"我！我告诉你，我那天不在场，一定是你故意做成那样局面，好教郭太子把人抢走。"

老黄沉吟了一会，说："这我可明白了。好兄弟，我们可别打了，这事一定是郭家的人干的。"他把方才郭家的人如何蛮横，为老杜说过一遍。两个人彼此埋怨，可也没奈他何，回到真武庙，大家商量怎样打听麟趾的下落。他们当然不敢打官司，也不敢闯进郭府里去要人，万一不对，可了不得。

老杜和黄胜两人对坐着。你看我，我看你，一言不发，各自急抽着烟卷。

五

郭家的人们都忙着检点东西，因为地方不靖，从别处开来的军队进城时难免一场抢掠。那是一所五进的大房子，西边还有一个大花园，各屋里的陈设除椅、桌以外，其余的都已装好，运到花园后面的石库里，花园里还留下一所房子没有收拾。因为郭太子新娶的新奶奶忌讳多，非过百日不许人搬动她屋子里的东西。

窗外种着一丛碧绿的芭蕉，连着一座假山直通后街的墙头。屋里一张紫檀嵌牙的大床，印度纱帐悬着，云石椅、桌陈设在南窗底下。瓷瓶里插的一簇鲜花，香气四溢。墙上挂的字画都没有取下来，一个康熙时代的大自鸣钟的摆子在静悄悄的空间里作响，链子末端的金葫芦动也不动一下。在窗棂下的贵妃床上坐着从前在城隍庙卖艺的女郎，她的眼睛向窗外注视，像要把无限的心事都寄给轻风吹动的蕉叶。

芭蕉外，轻微的脚音渐次送到窗前。一个三十左右的男子，到阶下站着，头也没抬起来，便叫："大官，大官在屋里吗？"

里面那女郎回答说："大官出城去了，有什么事？"

那人抬头看见窗里的女郎，连忙问说："这位便是新奶奶吗？"

麟趾注目一看，不由得怔了一会，"你很面善，像在哪里见过的。"她的声音很低，五尺以外几乎听不见。

那人看着她，也像在什么地方会过似的，但他一时也记不起来，至终还是她想起来。她说："你不是姓廖吗？"

"不错呀，我姓廖。"

"那就对了，你现在在这一家干的什么事？"

"我一向在广州同大官做生意，一年之中也不过来一两次，奶奶怎么认得我？"

"你不是前几年娶了一个人家叫她作宜姑的做老婆吗？"

那人注目看她，听到她说起宜姑，猛然回答说："哦，我记起来了！你便是当日的麟趾小姑娘！小姑娘，你怎么会落在他手里？"

"你先告诉我宜姑现在好吗？"

"她吗？我许久没见她了。自从你走后，兄弟们便把宜姑配给黑牛，黑牛现在名叫黑仰白，几年来当过一阵要塞司令，宜姑跟着他养下两个儿子。这几天，听说总部要派他到上海去活动，也许她会跟着去吧。我自那年入军队不久，过不了纪律的生活，就退了伍。人家把我荐到郭大官的烟土栈当掌柜，我一直便做了这么些年。"

麟趾问："省城也能公卖烟土吗？"

"当然是私下买卖，军队里我有熟人容易做，所以这几年来很剩些钱。"

"黑牛和他的弟兄们帮你贩烟土，是不是？"

"不，黑司令现在很正派，我同他的交情没有从前那么深了。我有许多朋友在别的军队里，他们时常帮助我。"

"我很想去见见宜姑，你能领我去吗？"

"她不久便要到上海去，你就是到广州，也不一定能看见她？"

"今晚就走，怎样？"

"那可不成，城里恐怕不到初更就要出乱子，我方才就是来对大官说，叫他快把大门、偏门、后门都锁起来，恐怕人进来抢。"

"他说出城迎接军队去了，不晓得什么时候能回来。或者现在就领我去吧。"

"耳目众多，不成，不成。再说要走，也不能同我走，教大官知道，会说我拐骗你。……我说你是要一走不回头呢？还是只要见一见宜姑便回来？"

"我一点也不喜欢他，那天我在城隍庙踏索子掉下来，昏过去，醒来便躺在这屋里的床上。好在身上没有什么伤，只是脚跟和手擦破，养了十几天便好了。他强我嫁给他，口里答应给我十万银做保证金，说若是他再娶奶奶，听我把十万银带走，单独过日子。我问他给了多少给黄胜，他说不用给，他没奈何他。自从我离开山寨以后，就给黄胜抢去学走江湖，几年来走了好几省地方，至终在这里给他算上了。我常想着他那样的人，连一个钱也不给黄胜，将来万一他负了心，他也照样可以把十万银子抢回去；现在钱虽然在我的名字底下存着，我可不敢相信是属于我的，我还是愿意走得远远地。他不是一个好人，跟着他至终不会有好结果，你说是不是？"

廖成注视她的脸，听着她说，他对于郭大官掳人的事早有所闻，却不知便是麟趾。他好像对于麟趾所说的没有多少可诧异的，只说："是，他并不是个好人，但是现在的世界，哪个是好人！好人有人捧，坏人也有人捧，为坏人死的也算忠臣，我想等宜姑从上海回来，我再通知你去会她吧。"

"不，我一定要走。你若不领我去，请给我一个地址，我自己想方法。"

廖成把宜姑的地址告诉她，还劝她切要过了这个乱子才去，麟趾嘱咐他不要教郭太子知道。她说："你走吧，一会怕有人来，我那丫头都到前院帮助收拾东西去了，你出去，请给我叫一个人进来。"

他一面走着，一面说："我看还是等乱过去，从长慢慢打算吧，这两天一定不能走的，道路上危险多。"

麟趾目送着廖成走出蕉丛外头，到他的脚音听不见的时候，慢慢起身到妆台前，检点她的细软和首饰之类。走出房门，上了假山，她自伤愈后这是第一次登高，想着宜姑，教她心里非常高兴，巴不得立刻到广州去见她。到墙的尽头，她探头下望，见一条黑深的空巷，一根电报杆子立在巷对面的高坡上，同围墙距离约一丈多宽。一根拴电杆的粗铅丝，从杆上离电线不远的部位，牵到墙上一座一半砌在墙里已毁的节孝坊的石柱上，几乎成为水平线。她看看园里并没有门，若要从花园逃出去，恐怕没有多少希望。

　　她从假山下来，进到屋里已是黄昏时分，丫头也从前院进来了。麟趾问："你有旧衣服没有？拿一套来给我。"

　　女婢说："奶奶要旧衣服干什么？"

　　"外头乱扰扰地，万一给人打进家里来，不就得改装掩人耳目吗？"

　　"我的不合奶奶穿，我到外头去找一套进来吧。"她说着便出去了。

　　麟趾到丫头的卧房翻翻她的包袱，果然都是很窄小的，不合她穿。门边挂着一把雨纸伞，她拿下来打开一看，已破了大半边。在床底下有一根细绳子，不到一丈长。她摇摇头叹了一声，出来仍坐在窗下的贵妃床，两眼凝视着芭蕉。忽然拍起她的腿说："有了！"她立起来，正要出去，丫头给她送了一套竹布衣服进来。

　　"奶奶，这套合适不合适？"

　　她打开一看，连说："成，成，现在你可以到前头帮他们搬东西，等七点钟端饭来给我吃。"丫头答应一声，便离开她。她又到婢女屋里，把两竿张蚊帐的竹子取下捆起来；将衣物分做两个小包结在竹子两端，做成一根踏索用的均衡担。她试一下，觉得稍微轻一点，便拿起一把小刀走到芭蕉底下，把两棵有花蕾的砍下来，割下两个重约两斤的花蕾加在上头。随即换了衣服，穿着软底鞋，扛着均衡担飞跑上假山。沿着墙头走，到石柱那边。她不顾一切，两手擅住均衡担，踏上那很大铅丝，一步一步地走过去。到电杆那头，她忙把竹上的绳子解下来，圈成一个圆套子，套着自己的腰和杆子，像尺蠖一样，一路拱下去。

下了土坡，急急向着人少的地方跑。拐了几个弯，才稍微辨识一点道路。她也不用问道，一个劲儿便跑到真武庙去，她想着教黄胜领她到广州去找宜姑，把身边带着的珠宝分给他一两件。不想真武庙的后殿已经空了，人也不晓得往哪里去了。天色已晚，邻居的人都不理会是她回来，她不敢问。她踌躇着，不晓得怎样办，在真武庙歇，又害怕；客栈不能住；船，晚上不开，一会郭家人发觉了，一定把各路口把住，终要被逮捕回去。到巡警局报迷路吧，不成，若是巡警搜出身上的东西，倒惹出麻烦来。想来想去，还是赶出城，到城外藏一宿，再定行止。

她在道上，看见许多人在街上挤来挤去，很像要闹乱子的光景。刚出城门，便听见城里一连发出砰磅的声音。街上的人慌慌张张地乱跑，铺店的门早已关好，一听见枪声，连门前的天灯都收拾起来。幸而麟趾出了城，不然，就被关在城里头。她要找一个僻静的地方去躲一下，但找来找去，总找不着，不觉来到江边。沿江除码头停泊着许多船以外，别的地方都很静。在离码头不远的地方，有一棵斜出江面的大榕树。那树的气根，根根都向着水面伸下去。她又想起藏在树上，在枪声不歇的时候，已有许多人挤在码头那边叫渡船，他们都是要到石龙去的。看他们的样子都像是逃难的人，麟趾想着不如也跟着他们去，到石龙，再赶广州车到广州。看他们把价钱讲妥了，她忙举步，混在人们当中，也上了船。

乱了一阵，小渡船便离开码头。人都伏在舱底下，灯也不敢点，城中的枪声教船后头的大橹和船头的双桨轻松地摇掉。但从雉堞影射出来的火光，令人感到是地狱的一种现象。船走得越远，照得越亮。到看不见红光的时候，不晓得船在江上已经拐了几个弯了。

六

石龙车站里虽不都是避难的旅客，但已拥挤得不堪。站台上几乎没有一寸空地，都教行李和人占满了，麟趾从她的座位起来，到站外去买些吃的东西，回来时，位已被别人占去。她站在一边，正在吃东西，一个扒手偷偷摸摸地把她放在地下那个小包袱拿走。在她没有发觉以前，后面长凳上坐着的一个老和尚便赶过来，追着那贼说："莫

走，快把东西还给人。"他说着，一面追出站外。麟趾见拿
的是她的东西，也追出来。老和尚把包袱夺回来，交给她
说："大姑娘，以后小心一点，在道上小人多。"

麟趾把包袱接在手里，眼泪几乎要流出来，她心里说
若是丢了包袱，她就永久失掉纪念她父亲的东西了。再则，
所有的珠宝也许都在里头。她现出非常感激的样子，对那
出家人说："真不该劳动老师父。跑累了吗？我扶老师父进
里面歇歇吧。"

老和尚虽然有点气喘，却仍然镇定地说："没有什么，
姑娘请进吧。你像是逃难的人，是不是？你的包袱为什么
这样湿呢？"

"可不是，这是被贼抢漏了的，昨晚上，我们在船上，
快到天亮的时候，忽然岸上开枪，船便停了。我一听见枪
声，知道是贼来了，赶快把两个包袱扔在水里。我每个包
袱本来都结着一条长绳子。扔下以后，便把一头暗地结在
靠近舵边一根支篷的柱子上头。我坐在船尾，扔和结的时
候都没人看见，因为客人都忙着藏各人的东西，天也还没
亮，看不清楚。我又怕被人知道我有那两个包袱，万一被
贼搜出来，当我是财主，将我掳去，那不更吃亏吗？因此
我又赶紧到篷舱里人多的地方坐着。贼人上来，真凶！他
们把客人的东西都抢走了。个个的身上也搜过一遍，侥幸

没被搜出的很少。我身边还有一点首饰，也送给他们了，还有一个人不肯把东西交出，教他们打死了，推下水去。他们走后，我又回到船后去，牵着那绳子，可只剩下一个包袱，那一个恐怕是教水冲掉了。"

"我每想着一次一次的革命，逃难的都是阔人。他们有香港、澳门、上海可去。逃不掉的，只有小百姓。今日看见车站这么些人，才觉得不然。所不同的，是小百姓不逃固然吃亏，逃也便宜不了。姑娘很聪明，想得到把包袱扔在水里，真可佩服。"

麟趾随在后头回答说："老师父过奖，方才把东西放下，就是显得我很笨；若不是师父给追回来，可就不得了。老师父也是避难的吗？"

"我吗？出家人避什么难？我从罗浮山下来，这次要到普陀山去朝山。"说时，回到他原来的座位，但位已被人占了，他的包袱也没有了。他的神色一点也不因为丢了东西更变一点，只笑说："我的包袱也没了！"

心里非常不安的麟趾从身边拿出一包现钱，大约二十元左右，对他说："老师父，我真感谢你，请你把这些银子收下吧。"

"不，谢谢，我身边还有盘缠。我的包袱不过是几卷残经和一件破袈裟而已。你是出门人，多一元在身边是一元的用处。"

他一定不受，麟趾只得收回。她说："老师父的道行真好，请问法号怎样称呼？"

那和尚笑说："老衲没有名字。"

"请告诉我，日后也许会再相见。"

"姑娘一定要问，就请叫我作罗浮和尚便了。"

"老师父一向便在罗浮吗？听你的口音不像是本地人。"

"不错，我是北方人。在罗浮出家多年了，姑娘倒很聪明，能听出我的口音。"

"姑娘倒很聪明"，在麟趾心里好像是幼年常听过的。她父亲的形貌，她已模糊记不清了，她只记得旺密的大胡子，发亮的眼神。因这句话，使她目注在老和尚脸上。光圆的脸，一根胡子也不留，满颊直像铺上一层霜，眉也白得像棉花一样，眼睛带着老年人的混浊颜色，神采也没有了。她正要告诉老师父她原先也是北方人，可巧汽笛的声音夹着轮声、轨道震动声，一齐送到。

"姑娘，广州车到了，快上去吧，不然占不到好座位。"

"老师父也上广州吗?"

"不,我到香港候船。"

麟趾匆匆地别了他,上了车,当窗坐下。人乱过一阵,车就开了。她探出头来,还望见那老和尚在月台上。她凝望着,一直到车离开很远的地方。

她坐在车里,意象里只有那个老和尚,想着他莫不便是自己的父亲?可惜方才他递包袱时,没留神看看他的手,又想回来,不,不能够,也许我自己以为是,其实是别人。他的脸不很像哪!他的道行真好,不愧为出家人。忽然又想:假如我父亲仍在世,我必要把他找回来,供养他一辈子。呀,幼年时代甜美的生活,父母的爱惜,我不应当报答吗?不,不,没有父母的爱,父母都是自私自利的。为自己的名节,不惜把全家杀死。也许不止父母如此,一切的人都是自私自利的。从前的女子,不到成人,父母必要快些把她嫁给人。为什么?留在家里吃饭,赔钱。现在的女子,能出外跟男子一样做事,父母便不愿她嫁了。他们愿意她像儿子一样养他们一辈子,送他们上山。不,也许我的父母不是这样。他们也许对,是我不对,不听话,才会有今日的流离。

她一向便没有这样想过,今日因着车轮的转动摇醒了她的心灵。"你是聪明的姑娘！""你是聪明的姑娘！"轮子也发出这样的声音。这明明是父亲的话，明明是方才那老和尚的话。不知不觉中，她竟滴了满襟的泪。泪还没干，车已入了大沙头的站台了。

出了车站，照着廖成的话，雇一辆车直奔黑家。车走了不久时候，至终来到门前。两个站岗的兵问她找谁，把她引到上房，黑太太紧紧迎出来，相见之下，抱头大哭一场。佣人面面相觑，莫名其妙。

黑太太现在是个三十左右的女人，黑老爷可已年近半百。她装饰得非常时髦，锦衣、绣裙，用的是欧美所产胡奴的粉，杜丝的脂，古特士的甲红，鲁意士的眉黛，和各种著名的香料。她的化妆品没有一样不是上等，没有一件是中国产物。黑老爷也是面团团，腹便便，绝不像从前那凶神恶煞的样子，寒暄了两句，黑老爷便自出去了。

"妹妹，我占了你的地位。"这是黑老爷出去后，黑太太对麟趾的第一句话。

麟趾直看着她，双眼也没眨一下。

"唉，我的话要从哪里说起呢？你怎么知道找到这里来？你这几年来到哪里去了？"

"姊姊，说来话长，我们晚上有工夫细细谈吧，你现在很舒服了，我看你穿的用的便知道了。"

"不过是个绣花枕而已，我真是不得已。现在官场，专靠女人出去交际，男人才有好差使，无谓的应酬一天不晓得多少，真是把人累得要死。"

她们真个一直谈下去，从别离以后谈到彼此所过的生活。宜姑告诉麟趾他祖父早已死掉，但村里那间茅屋她还不时去看看，现在没有人住，只有一个人在那里守着。她这几年跟人学些注音字母，能够念些浅近文章，在话里不时赞美她丈夫的好处。麟趾心里也很喜欢，最能使她开心的便是那间茅舍还存在。她又要求派人去访寻黄胜，因为她每想着她欠了他很大的恩情。宜姑应许了为她去办，她又告诉宜姑早晨在石龙车站所遇的事情，说她几乎像看见父亲一样。

这样的倾谈绝不能一时就完毕，好几天或好几个月都谈不完，东江的乱事教黑老爷到上海的行期改早些，他教他太太过些日子再走。因此宜姑对于麟趾，第二天给她买穿，第三天给她买戴，过几天又领她到张家，过几时又介绍她给李家。一会是同坐紫洞艇游河，一会又回到白云山附近的村居。麟趾的生活在一两个星期中真像粘在枯叶下的冷蛹，化了蝴蝶，在旭日和风中间翻舞一样。

东江一带的秩序已经渐次恢复。在一个下午，黑府的
勤务兵果然把黄胜领到上房来。麟趾出来见他，又喜又惊。
他喜的是麟趾有了下落；他怕的是军人的势力。她可没有
把一切的经过告诉他，只问他事变的那天他在哪里。黄胜
说他和老杜合计要趁乱领着一班穷人闯进郭太子的住宅，
他们两人希望能把她夺回来，想不到她没在那里。郭家被
火烧了，两边死掉许多人，老杜也打死了，郭家的人活的
也不多，郭太子在道上教人掳去，到现在还不知下落。他
见事不济，便自逃回城隍庙去，因为事前他把行头都存在
那里，伙计没跟去的也住在那里。

麟趾心里想着也许廖成也遇了险。不然，这么些日子，
怎不来找她，他总知道她会到这里来。因为黄胜不认识
廖成，问也没用，她问黄胜愿意另谋职业，还是愿意干他
的旧营生。黄胜当然不愿再去走江湖，她于是给了他些银
钱。但他愿意在黑府当差，宜姑也就随便派给他当一名所
谓国术教官。

黑家的行期已经定了，宜姑非带麟趾去不可，她想着
带她到上海，一定有很多帮助。女人的脸曾与武人的枪平
分地创造了人间一大部历史。黑老爷要去联络各地战主，
也许要仗着麟趾才能成功。

七

南海的月亮虽然没有特别动人的容貌，因为只有它来陪着孤零的轮船走，所以船上很有些与它默契的人。夜深了，轻微的浪涌，比起人海中政争匪掠的风潮舒适得多。在枕上的人安宁地听着从船头送来波浪的声音，直如催眠的歌曲。统舱里躺着、坐着的旅客还没尽数睡着，有些还在点五更鸡煮挂面，有些躺在一边烧鸦片，有些围起来赌钱，几个要到普陀朝山的和尚受不了这种人间浊气，都上到舱面找一个僻静处所打坐去了，在石龙车站候车的那个老和尚也在里头。船上虽也可以入定，但他们不时也谈一两句话。从他们的谈话里，我们知道那老和尚又回到罗浮好些日子，为的是重新置备他的东西。

在那班和尚打坐的上一层甲板，便是大菜间客人的散步地方，藤椅上坐着宜姑，麟趾靠着舷边望月，别的旅客大概已经睡着了。宜姑日来看见麟趾心神恍惚，老像有什么事挂在心头一般，在她以为是待她不错；但她总是望着空间想，话也不愿意多说一句。

"妹妹，你心里老像有什么事，不肯告诉我。你是不喜欢我们带你到上海去吗？也许你想你的年纪大啦，该有一个伴了。若是如此，我们一定为你想法子。他的交游很广，

面子也够，替你选择的人准保不错。"宜姑破了沉寂，坐在
麟趾背后这样对她说。她心里是想把麟趾认作妹妹，介绍
给一个督军的儿子当作一种政治钓饵，万一不成，也可以
借着她在上海活动。

麟趾很冷地说："我现在谈不到那事情，你们待我很
好，我很感激。但我老想着到上海时，顺便到普陀去找找
那个老师父，看他还在那里不在，我现在心里只有他。"

"你准知道他便是你父亲吗？"

"不，我不过思疑他是。我不是说过那天他开了后门出
去，没听见他回到屋里的脚音吗？我从前信他是死了，自
从那天起教我希望他还在人间。假如我能找着他，我宁愿
把所有的珠宝给你换那所茅屋，我同他在那里住一辈子。"
麟趾转过头来，带着满有希望的声调对着宜姑。

"那当然可以办得到，不过我还是希望你不要做这样没
有把握的寻求。和尚们多半是假慈悲，老奸巨猾的不少；
你若有意去求，若是有人知道你的来历，冒充你父亲，教
你养他一辈子，那你不就上了当？幼年的事你准记得清
楚吗？"

"我怎么不记得？谁能瞒我？我的凭证老带在身边，谁
能瞒得过我？"她说时拿出她几年来常在身边的两截带指甲

的指头来，接着又说："这就是凭证。"

"你若是非去找他不可，我想你一定会过那漂泊的生活，万一又遇见危险，后悔就晚了。现在的世界乱得很，何苦自己去找烦恼？"

"乱吗？你、我都见过乱，也尝过乱的滋味，那倒没有什么，我的穷苦生活比你多过几年，我受得了，你也许忘记了。你现在的地位不同，所以不这样想。假若你同我换一换生活，你也许也会想去找你那耳聋的祖父罢。"她没有回答什么，嘴里漫应着："唔，唔。"随即站起来，说："我们睡去吧，不早了。明天一早起来看旭日，好不好？"

"你先去吧，我还要停一会儿才能睡咧。"

宜姑伸伸懒腰，打了一个呵欠，说声"明天见！别再胡思乱想了，妹妹"，便自进去了。

她仍靠在舷边，看月光映得船边的浪花格外洁白，独自无言，深深地呼吸着。

甲板底下那班打坐的和尚也打起盹来了。他们各自回到统舱里去。下了扶梯，便躺着，那个老是用五更鸡煮挂面的客人，他虽已睡去，火仍是点着。一个和尚的袍角拂倒那放在上头的锅，几乎烫着别人的脚。再前便是那抽鸦片的客人，手拿着烟枪，仰面打鼾，烟灯可还未灭，黑甜的气味绕缭四围，斗纸牌的还在斗着，谈话的人可少了。

月也回去了，这时只剩下浪吼轮动的声音。

宜姑果然一清早便起来看海天旭日，麟趾却仍在睡乡里，报时的钟打了六下，甲板上下早已洗得干干净净。统舱的客人先后上来盥漱，麟趾也披着寝衣出来，坐在舷边的漆椅上，在桅梯边洗脸的和尚们牵引了她的视线。她看见那天在石龙车站相遇的那个老师父，喜欢得直要跳下去叫他。正要走下去，宜姑忽然在背后叫她，说："妹妹，你还没穿衣服咧。快吃早点了，还不去梳洗？"

"姊姊，我找着他了！"她不顾一切还是要下扶梯。宜姑进前几步，把她揪住，说："你这像什么样子，下去不怕人笑话，我看你真是有点迷。"她不由分说，把麟趾拉进舱房里。

"姊姊，我找着他了！"她一面换衣服，一面说，"若果是他，你得给我靠近燕塘的那间茅屋，我们就在那里住一辈子。"

"我怕你又认错了人，你一见和尚便认定是那个老师父，我准保你又会闹笑话，我看吃过早饭叫'播外'（boy的译音，就是茶役的意思）下去问问，若果是，你再下去不迟。"

"不用问，我，准知道是他。"她三步做一步跳下扶梯来。那和尚已漱完口下舱去了，她问了旁边的人便自赶到统舱去，下扶梯过急，猛不防把那点着的五更鸡踢倒。汽油洒满地，火跟着冒起来。

舱里的搭客见楼梯口着火，个个都惊慌失措，哭的，嚷的，乱跑的，混在一起。麟趾退上舱面，脸吓得发白，话也说不出来。船上的水手，知道火起，忙着解开水龙。警钟响起来了！

舱底没有一个敢越过那三尺多高的火焰。忽然跳出那个老和尚，抱着一张大被窝腾身向火一扑，自己倒在火上压着。他把火几乎压灭了一半，众人才想起掩盖的一个法子。于是一个个拿被窝争着向剩下的火焰掩压。不一会把火压住了，水龙的水也到了，忙乱了一阵，好容易才把火扑灭了，各人取回冲湿的被窝时，直到最底下那层，才发现那老师父，众人把他扛到甲板上头，见他的胸背都烧烂了。

他两只眼虽还睁着，气息却只留着一丝，众人围着他，但具有感激他为众舍命的恐怕不多。有些只顾骂点五更鸡的人，有些却咒那行动鲁莽的女子。

麟趾钻进人丛中，满脸含泪，那老师父的眼睛渐次地闭了，她大声叫："爸爸！爸爸！"

　　众人中，有些肯定地说他死了。麟趾揸着他的左手，看看那剩下的三个指头。她大哭起来。嚷，说："真是我的爸爸呀！"这样一连说了好几遍。宜姑赶下来，把她扶开，说："且别哭啦，若真是你父亲，我们回到屋里再打算他的后事。在这里哭惹得大众来看热闹，也没什么好处。"

　　她把麟趾扶上去以后，有人打听老和尚和那女客的关系，却没有一个人知道，他同伴的和尚也不很知道他的来历。他们只知道他是从罗浮山下来的。有一个知道详细一点，说他在某年受戒，烧掉两个指头供养三世法佛。这话也不过是想，当然并没有确实的凭据，同伴的和尚并没有一个真正知道他的来历。他们最多知道他住在罗浮不过是四五年光景，从哪里得的戒牒也不知道。

　　宜姑所得的回报，死者是一个虔心奉佛燃指供养的老和尚。麟趾却认定他便是好几年前自己砍断指头的父亲。死的已经死掉，再也没法子问个明白，他们也不能教麟趾不相信那便是她爸爸。

　　她躺在床上，哭得像泪人一般，宜姑在旁边直劝她。她说："你就将他的遗体送到普陀或运回罗浮去为他造一个塔，表表你的心也就够了。"

统舱的秩序已经恢复，麟趾到停尸的地方守着。她心里想：这到底是我父亲不是？他是因为受戒烧掉两个指头的吗？一定的，这样的好人，一定是我父亲，她的泪沉静地流下，急剧地滴到膝上。她注目看着那尸体，好像很认得，可惜记忆不能给她一个反证。她想到普陀以后若果查明他的来历不对，就是到天边海角，她也要再去找找。她的疑心，很能使她再去过游浪的生活，长住在黑家绝不是她所愿意的事。她越推想越入到非非之境，气息几乎像要停住一样。船仍在无涯的浪花中漂着，烟囱冒出浓黑的烟，延长到好几百丈，渐次变成灰白色，一直到消灭在长空里头。天涯的彩云一朵一朵浮起来，在麟趾眼里，仿佛像有仙人踏在上头一般。

醍醐天女

　　相传乐斯迷是从醍醐海升起来的。她是爱神的母亲，是保护世间的大神卫世奴的妻子。印度人一谈到她，便发出非常的钦赞。她的化身依婆罗门人的想象，是不可用算数语言表出的。人想她的存在是遍一切处，遍一切时；然而我生在世间的年纪也不算少了，怎么老见不着她的影儿？我在印度洋上曾将这个疑问向一两个印度朋友说过。他们都笑我没有智慧，在这有情世间活着，还不能辨出人和神的性格来。准陀罗是和我同舟的人，当时他也没有对我说什么，只管凝神向着天际那现吉祥相的海云。

　　那晚上，他教我和他到舵上的轮机旁边。我们的眼睛都望下看着推进机激成的白浪。准陀罗说："那么大的洋海，只有这几尺地方，像醍醐海的颜色。"这话又触动我对于乐斯迷的疑问。他本是很喜欢讲故事的，所以我就央求他说一点乐斯迷的故事给我听。

他对着苍茫的洋海，很高兴地发言。"这是我自己的母亲！"在很庄严的言语中，又显出他有资格做个女神的儿子。我倒诧异起来了。他说："你很以为稀奇吗？我给你解释吧。"

我静坐着，听这位自以为乐斯迷儿子的朋友说他父母的故事。

我的家在旁遮普和迦湿弥罗交界的地方。那里有很畅茂的森林。我母亲自十三岁就嫁了。那时我父亲不过是十四岁。她每天要同我父亲跑入森林里去，因为她喜欢那些参天的树木、不羁的野鸟和昆虫的歌舞。他们实在是那森林的心。他们常进去玩，所以树林里的禽兽都和他们很熟悉。鹦鹉衔着果子要吃，一见他们来，立刻放下，发出和悦的声问他们好。孔雀也是如此，常在林中展开他们的尾扇，欢迎他们。小鹿和大象有时嚼着食品走近跟前让他们抚摩。

树林里的路，多半是我父母开的。他们喜欢做开辟道路的人。每逢一条旧路走熟了，他们就想把路边的藤萝荆棘扫除掉，另开一条新路进去。在没有路或不是路的树林

里走着，本是非常危险的。他们冒得险多，危险真个教他
们遇着了。

我父亲拿着木棍，一面拨，一面往前走；母亲也在后
头跟着。他们从一颗满了气根的榕树底下穿过去。乱草中
流出一条小溪，水浅而清，可是很急。父亲喊着："看看！"
他扶着木棍对母亲说："真想不到这里头有那么清的流水。
我们坐一会玩玩。"

于是他们二人摘了两扇棕榈叶，铺在水边，坐下，四
只脚插入水中，任那活流洗濯。

父亲是一时也静不得的。他在不言中，涉过小溪，试
要探那边的新地。母亲是女人，比较起来，总软弱一点。
有时父亲往前走了很远，她还在歇着，喘不过气来。所以
父亲在前头走得多么远，她总不介意。她在叶上坐了许久，
只等父亲回来叫她，但天色越来越晚，总不见他来。

催夕阳西下的鸟歌、兽吼，一阵阵地兴起了，母亲慌
慌张张涉过水去找父亲。她从藤萝的断处，丛莽的倾倒处，
或林樾的婆娑处找寻，在万绿底下，黑暗格外来得快。这
时，只剩下几点萤火和叶外的霞光照顾着这位森林的女人。
她的身体虽然弱，她的胆却是壮的。她一见父亲倒在地上，
凝血聚在身边，立即走过去。她见父亲的脚还在流血，急

解下自己的外衣在他腿上紧紧地绞。血果然止住，但父亲
已在死的门外候着了。

母亲这时虽然无力也得驮着父亲走。她以为躺在这用
虎豹做看护的森林病床上，倒不如早些离开为妙。在一所
没有路的新地，想要安易地回到家里，虽不致如煮沙成饭
那么难，可也不容易。母亲好容易把父亲驮过小溪，但找
来找去总找不着原路。她知道在急忙中走错了道，就住步
四围张望，在无意间把父亲撂在地上，自己来回地找路。
她心越乱，路越迷，怎样也找不着。回到父亲身边，夜幕
已渐次落下来了！她想无论如何，不能在林里过夜，总得
把父亲驮出来。不幸这次她的力量完全丢了，怎么也举父
亲不起，这教她进退两难了。守着呢？丈夫的伤势像很沉
重，夜来若再遇见毒蛇猛兽，那就同归于尽了。走呢？自
己一个不忍不得离开。绞尽脑髓，终不能想出何等妙计。
最后她决定自己一个人找路出来。她摘了好些叶子，折了
好些小树枝把父亲遮盖着。用了一刻工夫，居然堆成一丛
小林。她手里另抱着许多合欢叶，走几步就放下一枝，有
时插在别的树叶下，有时结在草上，有时塞在树皮里，为
要做回来的路标。她走了约有五六百步，一弯新月正压眉
梢，距离不远，已隐约可以看见些村屋。

她出了林，往有房屋的地方走，可惜这不是我们的村，

也不是邻舍。是树林另一方面的村庄，我母亲不曾到过的。那时已经八九点了。村人怕野兽，早都关了门。她拍手求救，总不见有慷慨出来帮助的。她跑到村后，挨那篱笆向里瞻望。

那一家的篱笆里，在淡月中可以看见两三个男子坐在树下吸烟、闲谈。母亲合着掌从篱外伸进去，求他们说："诸位好邻人，赶快帮助我到树林里，扶我丈夫出来吧。"男子们听见篱外发出哀求的声，不由得走近看看。母亲接着央求他们说："我丈夫在树林里，负伤很重，你们能帮助我进去把他扶出来吗？"内中有个多髭的人问母亲说："天色这么晚，你怎么知道你丈夫在树林里？"母亲回答说："我是从树林出来的。我和他一同进去，他在中途负伤。"

几个男子好像审案一般，这个一言，那个一语，只顾盘问。有一个说："既然你和他一同进去，为什么不会扶他出来？"有一个说："你看她连外衣也没穿，哪里像是出去玩的样子！想是在林中另有别的事吧。"又有一个说："女人的话信不得。她不晓得是个什么人。哪有一个女人，昏夜从树林跑出的道理？"

在昏夜中，女人的话有时很有力量，有时她的声音直像向没有空气的地方发出，人家总不理会。我母亲用尽一个善女人所能说的话对他们解释，争奈那班心硬的男子们都觉得她在那里饶舌。她最好的方法，只有离开那里。

她心中惦念林中的父亲，说话本有几分恍惚，再加上那几个男子的抢白，更是羞急万分。她实在不认得道回家，纵然认得，也未必敢走。左右思量，还是回到树林里去。

在向着树林的归途中，朝霞已从后面照着她了。她在一个道途不熟的黑夜里，移步固然很慢，而废路又走了不少，绕了几个弯，有时还回到原处。这一夜的步行，足够疲乏了。她踱到人家一所菜圃，那里有一张空凳子，她顾不得什么，只管坐下。

不一会，出来一个七八岁的孩子，定睛看着她，好像很诧异似的。母亲知道他是这里的小主人，就很恭敬地对他说明。孩子的心比那般男子好多了。他对母亲说："我背着我妈同你去吧。我们牢里有一匹母牛，天天我们要从它那榨出些奶子，现在我正要牵它出来。你候一候吧，我教它让你骑着走，因为你乏了。"孩子牵牛出来，也不榨奶，只让母亲骑着，在朝阳下，随着路标走入林中。

母亲在牛背上，眼看快到父亲身边了。昨夜所堆的叶子，一叶也没剩下。精神慌张的人，连大象站在旁边也不理会，真奇怪呀！她起先很害怕，以为父亲的身体也同叶子一同消灭了。后来看见那只和他们很要好的象正在咀嚼夜间她所预备的叶子，心才安然一些。

下了牛背，孩子扶她到父亲安卧的地方，但是人已不在了。这一吓，非同小可，简直把她苦得欲死不得。孩子的眼快一点，心地又很安宁，父亲一下子就让他找到了。他指着那边树根上那人说："那个是不是？"母亲一看，速速地扶着他走过去。

母亲喜出望外，问说："你什么时候醒过来的？怎么看见我们来了，也不作一声？"

父亲没有回答她的话，只说："我渴得很。"

孩子抢着说："挤些奶子给他喝。"他摘一片光面的叶子到母牛腹下挤了些来给父亲喝。

父亲的精神渐次回复了，对母亲说："我是被大象摇醒的。醒来不见你，只见它在旁边，吃叶子。为何这里有那么些叶子？是你预备的罢。……我记得昨天受伤的地方不是在这里。"

母亲把情形告诉他，又问他为何伤得那么厉害。他说是无意中触着毒刺，折入胫里，他一拔出来血就随着流，不忍教母亲知道，打算自己治好再出来。谁知越治血流得越多，至于晕过去，醒来才知道替他止血的还是母亲。

父亲知道白母牛是孩子的,就对他说了些感谢的话,也感激母亲说:"若不是你去带这匹母牛来,恐怕今早我也起不来。"

母亲很诚恳地回答:"溪水也可以喝的,早知道你要醒过来,我当然不忍离开你。真对不住你了。"

"谁是先知呢?刚才给我喝的奶子,实在胜过天上醍醐,多亏你替我找来!"父亲说时,挺着身子想要起来,可是他的气力很弱,动弹得不大灵敏。母亲向孩子借了母牛让父亲骑着。于是孩子先告辞回去了。

父亲赞美她的忠心,说她比醍醐海出来的乐斯迷更好,母亲那时也觉得昨晚上备受苦辱,该得父亲的赞美的。她也很得意地说:"权当我为乐斯迷吧!"自那时以后,父亲常叫她作乐斯迷。

缀网劳蛛

"我像蜘蛛，
命运就是我的网。"
我把网结好，
还住在中央。
呀，我的网甚时节受了损伤！
这一坏，教我怎地生长？
生的巨灵说："补缀补缀吧。"
世间没有一个不破的网。
我再结网时，
要结在玳瑁梁栋
珠玑帘栊；

或结在断井颓垣

荒烟蔓草中呢？

生的巨灵按手在我头上说：

"自己选择去吧，

你所在的地方无不兴隆、亨通。"

虽然，我再结的网还是像从前那么脆弱，

敌不过外力冲撞；

我网的形式还要像从前那么整齐——

平行的丝连成八角、十二角的形状吗？

他把"生的万花筒"交给我，说：

"望里看吧，

你爱怎样，就结成怎样。"

呀，万花筒里等等的形状和颜色

仍与从前没有什么差别！

求你再把第二个给我，

我好谨慎地选择。

"咄咄！贪得而无智的小虫！

自而今回溯到蒙鸿，

从没有人说过里面有个形式与前相同。

去吧，生的结构都由这几十颗'彩琉璃屑'

幻成种种，不必再看第二个生的万花筒。"

那晚上的月色格外明朗，只是不时来些微风把满园的花影移动得不歇地作响。素光从椰叶下来,正射在尚洁和她的客人史夫人身上。她们二人的容貌,在这时候自然不能认得十分清楚,但是二人对谈的声音却像幽谷的回响,没有一点模糊。

周围的东西都沉默着,像要让她们密谈一般,树上的鸟儿把喙插在翅膀底下;草里的虫儿也不敢做声;就是尚洁身边那只玉狸,也当主人所发的声音为催眠歌,只管呴呴地沉睡着。她用纤手抚着玉狸,目光注在她的客人身上,懒懒地说:"夺魁嫂子,外间的闲话是听不得的。这事我全不计较——我虽不信定命的说法,然而事情怎样来,我就怎样对付,毋庸在事前预先谋定什么方法。"

她的客人听了这场冷静的话,心里很是着急,说:"你对于自己的前程太不注意了!若是一个人没有长久的顾虑,就免不了遇着危险,外人的话虽不足信,可是你得把你的态度显示得明了一点,教人不疑惑你才是。"

尚洁索性把玉狸抱在怀里,低着头,只管摩弄。一会儿,她才冷笑了一声,说:"吓吓,夺魁嫂子,你的话差了,危险不是顾虑所能闪避的。后一小时的事情,我们也不敢说准知道,哪里能顾到三四个月、三两年那么长久呢?你能保我待一会不遇着危险,能保我今夜里睡得平安吗?纵使我准知道今晚上会遇着危险,现在的谋虑也未必来得及。我们都在云雾里走，离身二三尺以外，谁还能知道前途的光景呢？经里说：'不要为明日自夸，因为一日要生何事，你尚且不能知道。'这句话，你忘了吗？……唉，我们都是从渺茫中来，在渺茫中住，望渺茫中去。若是怕在这条云封雾锁的生命路程里走动，莫如止住你的脚步；若是你有漫游的兴趣，纵然前途和四围的光景暧昧，不能使你赏心快意，你也是要走的。横竖是往前走，顾虑什么？

"我们从前的事，也许你和一般侨寓此地的人都不十分知道。我不愿意破坏自己的名誉，也不忍教他出丑。你既是要我把态度显示出来，我就得略把前事说一点给你听，可是要求你暂时守这个秘密。

"论理，我也不是他的……"

史夫人没等她说完，早把身子挺起来，作很惊讶的样子，回头用焦急的声音说："什么？这又奇怪了！"

"这倒不是怪事，且听我说下去。你听这一点，就知道我的全意思了。我本是人家的童养媳，一向就不曾和人行过婚礼——那就是说，夫妇的名分，在我身上用不着。当时，我并不是爱他，不过要仗着他的帮助，救我脱出残暴的婆家。走到这个地方，依着时势的境遇，使我不能不认他为夫……"

"原来你们的家有这样特别的历史。……那么，你对于长孙先生可以说没有精神的关系，不过是不自然的结合罢了。"

尚洁庄重地回答说："你的意思是说我们没有爱情吗？诚然，我从不曾在别人身上用过一点男女的爱情，别人给我的，我也不曾辨别过那是真的，这是假的。夫妇，不过是名义上的事；爱与不爱，只能稍微影响一点精神的生活，和家庭的组织是毫无关系的。

"他怎样想法子要奉承我，凡认识我的人都觉得出来。然而我却没有领他的情，因为他从没有把自己的行为检点一下。他的嗜好多，脾气坏，是你所知道的。我一到会堂去，每听到人家说我是长孙可望的妻子，就非常的惭愧。我常想着从不自爱的人所给的爱情都是假的。

"我虽然不爱他，然而家里的事，我认为应当替他做的，我也乐意去做。因为家庭是公的，爱情是私的。我们两人的关系，实在就是这样。外人说我和谭先生的事，全是不对的。我的家庭已经成为这样，我又怎能把它破坏呢？"

史夫人说："我现在才看出你们的真相，我也回去告诉史先生，教他不要多信闲话。我知道你是好人，是一个纯良的女子，神必保佑你。"说着，用手轻轻地拍一拍尚洁的肩膀，就站立起来告辞。

尚洁陪她在花荫底下走着，一面说："我很愿意你把这事的原委单说给史先生知道。至于外间传说我和谭先生有秘密的关系，说我是淫妇，我都不介意。连他也好几天不回来啦。我估量他是为这事生气，可是我并不辩白。世上没有一个人能够把真心拿出来给人家看；纵然能够拿出来，人家也看不明白，那么，我又何必多费唇舌呢？人对于一件事情一存了成见，就不容易把真相观察出来。凡是人都有成见，同一件事，必会生出歧异的评判，这也是难怪的。我不管人家怎样批评我，也不管他怎样疑惑我，我只求自己无愧，对得住天上的星辰和地下的蝼蚁便了。你放心吧，等到事情临到我身上，我自有方法对付。我的意思就是这样，若是有工夫，改天再谈吧。"

她送客人出门，就把玉狸抱到自己房里。那时已经不早，月光从窗户进来，歇在椅桌、枕席之上，把房里的东西染得和铅制的一般。她伸手向床边按了一按铃子，须臾，女佣妥娘就上来。她问："佩荷姑娘睡了吗？"妥娘在门边回答说："早就睡了。宵夜已预备好了，端上来不？"她说着，顺手把电灯拧着，一时满屋里都着上颜色了。

在灯光之下，才看见尚洁斜倚在床上。流动的眼睛，软润的颔颊，玉葱似的鼻，柳叶似的眉，桃绽似的唇，衬着蓬乱的头发……凡形体上各样的美都凑合在她头上。她的身体，修短也很合度。从她口里发出来的声音，都合音节，就是不懂音乐的人，一听了她的话语，也能得着许多默感。她见妥娘把灯拧亮了，就说："把它拧灭了吧。光太强了，更不舒服。方才我也忘了留史夫人在这里宵夜。我不觉得十分饥饿，不必端上来，你们可以自己方便去。把东西收拾清楚，随着给我点一支洋烛上来。"

妥娘遵从她的命令，立刻把灯灭了，接着说："相公今晚上也许又不回来，可以把大门扣上吗？"

"是，我想他永远不回来了。你们吃完，就把门关好，各自歇息去吧，夜很深了。"

尚洁独坐在那间充满月亮的房里，桌上一支洋烛已燃过三分之二，轻风频拂火焰，眼看那支发光的小东西要泪尽了。她于是起来，把烛火移到屋角一个窗户前头的小几上。那里有一个软垫，几上搁几本经典和祈祷文。她每夜睡前的功课就是跪在那垫上默记三两节经句，或是诵几句祷词。别的事情，也许她会忘记，唯独这圣事是她所不敢忽略的。她跪在那里冥想了许多，睁眼一看，火光已不知道在什么时候从烛台上逃走了。

　　她立起来，把卧具整理妥当，就躺下睡觉，可是她怎能睡着呢？呀，月亮也循着宾客底礼，不敢相扰，慢慢地辞了她，走到园里和它的花草朋友、木石知交周旋去了！

　　月亮虽然辞去，她还不转眼地望着窗外的天空，像要诉她心中的秘密一般。她正在床上辗来转去，忽听园里"嚯嚯"一声，响得很厉害，她起来，走到窗边，往外一望，但见一重一重的树影和夜雾把园里盖得非常严密，教她看不见什么。于是她蹑步下楼，唤醒妥娘，命她到园里去察看那怪声的出处。妥娘自己一个人哪里敢出去，她走到门房把团哥叫醒，央他一同到围墙边察一察。团哥也就起来了。

　　妥娘去不多会，便进来回话。她笑着说："你猜是什么呢？原来是一个蹇运的窃贼摔倒在我们的墙根。他的腿已摔坏了，脑袋也撞伤了，流得满地都是血，动也动不得了。团哥拿着一枝荆条正在抽他哪。"

　　尚洁听了，一霎时前所有的恐怖情绪一时尽变为慈祥的心意。她等不得回答妥娘，便跑到墙根。团哥还在那里，"你这该死的东西……不知厉害的坏种！……"一句一鞭，打骂得很高兴。尚洁一到，就止住他，还命他和妥娘把受伤的贼扛到屋里来。她吩咐让他躺在贵妃榻上。仆人们都显出不愿意的样子，因为他们想着一个贼人不应该受这么好的待遇。

尚洁看出他们的意思，便说："一个人走到做贼的地步是最可怜悯的。若是你们不得着好机会，也许……"她说到这里，觉得有点失言，教她的佣人听了不舒服，就改过一句说话："若是你们明白他的境遇，也许会体贴他。我见了一个受伤的人，无论如何，总得救护的。你们常常听见'救苦救难'的话，遇着忧患的时候，有时也会脱口地说出来，为何不从'他是苦难人'那方面体贴他呢？你们不要怕他的血沾脏了那垫子，尽管扶他躺下吧。"团哥只得扶他躺下，口里沉吟地说："我们还得为他请医生去吗？"

"且慢，你把灯移近一点，待我来看一看。救伤的事，我还在行。妥娘，你上楼去把我们那个常备药箱捧下来。"又对团哥说："你去倒一盆清水来吧。"

仆人都遵命各自干事去了。那贼虽闭着眼，方才尚洁所说的话，却能听得分明。他心里的感激可使他自忘是个罪人，反觉他是世界里一个最能得人爱惜的青年。这样的待遇，也许就是他生平第一次得着的。他呻吟了一下，用低沉的声音说："慈悲的太太，菩萨保佑慈悲的太太！"

那人的太阳边受了一伤很重，腿部倒不十分厉害。她用药棉蘸水轻轻地把伤处周围的血迹涤净，再用绷带裹好。

等到事情做得清楚，天早已亮了。

　　她正转身要上楼去换衣服，蓦听得外面敲门的声很急，就止步问说："谁这么早就来敲门呢？"

　　"是警察吧。"

　　妥娘提起这四个字，叫她很着急。她说："谁去告诉警察呢？"那贼躺在贵妃榻上，一听见警察要来，恨不能立刻起来跪在地上求恩。但这样的行动已从他那双劳倦的眼睛表白出来了。尚洁跑到他跟前，安慰他说："我没有叫人去报警察……"正说到这里，那从门外来的脚步已经踏进来。

　　来的并不是警察，却是这家的主人长孙可望。他见尚洁穿着一件睡衣站在那里和一个躺着的男子说话，心里的无明业火已从身上八万四千个毛孔里发射出来。他第一句就问："那人是谁？"

　　这个问实在叫尚洁不容易回答，因为她从不曾问过那受伤者的名字，也不便说他是贼。

　　"他……他是受伤的人……"

　　可望不等说完，便拉住她的手，说："你办的事，我早已知道。我这几天不回来，正要侦察你的动静，今天可给我撞见了。我何尝辜负你呢？……一同上去吧，我们可以慢慢地谈。"不由分说，拉着她就往上跑。

妥娘在旁边，看得情急，就大声嚷着："他是贼！"

"我是贼，我是贼！"那可怜的人也嚷了两声。可望只对着他冷笑，说："我明知道你是贼。不必报名，你且歇一歇吧。"

一到卧房里，可望就说："我且问你，我有什么对你不起的地方？你要入学堂，我便立刻送你去；要到礼拜堂听道，我便特地为你预备车马。现在你有学问了，也入教了，我且问你，学堂教你这样做，教堂教你这样做吗？"

他的话意是要诘问她为什么变心，因为他许久就听见人说尚洁嫌他鄙陋不文，要离弃他去嫁给一个姓谭的。夜间的事，他一概不知，他进门一看尚洁的神色，老以为她所做的是一段爱情把戏。在尚洁方面，以为他是不喜欢她这样待遇窃贼。她的慈悲性情是上天所赋的，她也觉得这样办，于自己的信仰和所受的教育没有冲突，就回答说："是的，学堂教我这样做，教会也教我这样做。你敢是……"

"是吗？"可望喝了一声，猛将怀中小刀取出来向尚洁的肩膀上一击。这不幸的妇人立时倒在地上，那玉白的面庞已像渍在胭脂膏里一样。

她不说什么，但用一种沉静的和无抵抗的态度，就足以感动那愚顽的凶手。可望见此情景，心中恐怖的情绪已把凶猛的怒气克服了。他不再有什么动作，只站在一边出神。他看尚洁动也不动一下，估量她是死了。那时，他觉得自己的罪恶压住他，不许再逗留在那里，便溜烟似的往外跑。

妥娘见他跑了，知道楼上必有事故，就赶紧上来，她看尚洁那样子，不由得"啊，天公！"喊了一声，一面上去，要把她搀扶起来。尚洁这时，眼睛略略睁开，像要对她说什么，只是说不出。她指着肩膀示意，妥娘才看见一把小刀插在她肩上。妥娘的手便即酥软，周身发抖，待要扶她，也没有气力了。她含泪对着主妇说："容我去请医生吧。"

"史……史……"妥娘知道她是要请史夫人来，便回答说："好，我也去请史夫人来。"她教团哥看门，自己雇一辆车找救星去了。

医生把尚洁扶到床上，慢慢施行手术，赶到史夫人来时，所有的事情都弄清楚啦。医生对史夫人说："长孙夫人的伤不甚要紧，保养一两个星期便可复原。幸而那刀从肩胛骨外面脱出来，没有伤到肺叶——那两个创口是不要紧的。"

医生辞去以后，史夫人便坐在床沿用法子安慰她。这时，尚洁的精神稍微恢复，就对她的知交说："我不能多说话，只求你把底下那个受伤的人先送到公医院去，其余的，待我好了再给你说。……唉，我的嫂子，我现在不能离开你，你这几天得和我同在一块儿住。"

史夫人一进门就不明白底下为什么躺着一个受伤的男子。妥娘去时，也没有对她详细地说。她看见尚洁这个样子，又不便往下问。但尚洁的颖悟性从不会被刀所伤，她早明白史夫人猜不透这个闷葫芦，就说："我现在没有气力给你细说，你可以向妥娘打听去。就要速速去办，若是他回来，便要害了他的性命。"

史夫人照她所吩咐的去做，回来，就陪着她在房里，没有回家。那四岁的女孩佩荷更不知道这是怎么一回事，还是啼啼笑笑，过她的平安日子。

一个星期，两个星期，在她病中默默地过去。她也渐次复原了。她想许久没有到园里去，就央求史夫人扶着她慢慢走出来。她们穿过那晚上谈话的柳荫，来到园边一个小亭下，就歇在那里。她们坐的地方开满了玫瑰，那清静温香的景色委实可以消灭一切忧闷和病害。

"我已忘了我们这里有这么些好花，待一会，可以折几枝带回屋里。"

"你且歇歇，我为你选择几枝吧。"史夫人说时，便起来折花。尚洁见她脚下有一朵很大的花，就指着说："你看，你脚下有一朵很大、很好看的，为什么不把它摘下？"

史夫人低头一看，用手把花提起来，便叹了一口气。

"怎么啦？"

史夫人说："这花不好。"因为那花只剩地上那一半，还有一边是被虫伤了。她怕说出伤字，要伤尚洁的心，所以这样回答。但尚洁看的明明是一朵好花，直叫递过来给她看。

"夺魁嫂，你说它不好吗？我在此中找出道理咧！这花虽然被虫伤了一半，还开得这么好看，可见人的命运也是如此——若不把他的生命完全夺去，虽然不完全，也可以得着生活上一部分的美满，你以为如何呢？"

史夫人知道她联想到自己的事情上头，只回答说："那是当然的，命运的偃蹇和亨通，于我们的生活没有多大关系。"

谈话之间，妥娘领着史夺魁先生进来。他向尚洁和他的妻子问过好，便坐在她们对面一张凳上。史夫人不管她丈夫要说什么，头一句就问："事情怎样解决呢？"

史先生说："我正是为这事情来给长孙夫人一个信。昨天在会堂里有一个很激烈的纷争，因为有些人说可望的举动是长孙夫人迫他做成的，应当剥夺她赴圣筵的权利。我和我奉真牧师在席间极力申辩，终归无效。"他望着尚洁说："圣筵赴与不赴也不要紧。因为我们的信仰绝不能为仪式所束缚，我们的行为，只求对得起良心就算了。"

"因为我没有把那可怜的人交给警察，便责罚我吗？"

史先生摇头说："不，不，现在的问题不在那事上头。前天可望寄一封长信到会里，说到你怎样对他不住，怎样想弃绝他去嫁给别人。他对于你和某人、某人往来的地点、时间都说出来。且说，他不愿意再见你的面，若不与你离婚，他永不回家。信中他所说的人很多，我们怎样申辩也挽不过来。我们虽然知道事实不是如此，可是不能找出什么凭据来证明，我现在正要告诉你，若是要到法庭去的话，我可以帮你的忙。这里不像我们祖国，公庭上没有女人说话的地位。况且他的买卖起先都是你拿资本出来，要离异时，照法律，最少总得把财产分一半给你。……像这样的男子，不要他也罢了。"

尚洁说："那事实现在不必分辩，我早已对嫂子说明了。会里因为信条的缘故，说我的行为不合道理，便禁止我赴圣筵——这是他们所信的，我有什么可说的呢！"她说到末一句，声音便低下了。她的颜色很像为同会的人误解她和误解道理惋惜。

"唉，同一样道理，为何信仰的人会不一样？"

她听了史先生这话，便兴奋起来，说："这何必问？你不常听见人说：'水是一样，牛喝了便成乳汁，蛇喝了便成毒液'吗？我管保我所得能化为乳汁，哪能干涉人家所得的变成毒液呢？若是到法庭去的话，倒也不必。我本没有正式和他行过婚礼，自无须乎在法庭上公布离婚。若说他不愿意再见我的面，我尽可以搬出去。财产是生活的赘瘤，不要也罢，和他争什么？……他赐给我的恩惠已是不少，留着给他……"

"可是你一把财产全部让给他，你立刻就不能生活。还有佩荷呢？"

尚洁沉吟半晌便说："不妨，我私下也曾积聚些少，只能支持到一年罢了。但不论如何，我总得自己挣扎。至于佩荷……"她又沉思了一会，才续下去说："好吧，看他的意思怎样，若是他愿意把那孩子留住，我也不和他争。

我自己一个人离开这里就是。"

他们夫妇二人深知道尚洁的性情，知道她很有主意，用不着别人指导。并且她在无论什么事情上头都用一种宗教的精神去安排。她的态度常显出十分冷静和沉毅，做出来的事，有时超乎常人意料之外。

史先生深信她能够解决自己将来的生活，一听了她的话，便不再说什么，只略略把眉头皱了一下而已。史夫人在这两三个星期间，也很为她费了些筹划。他们有一所别业在土华地方，早就想教尚洁到那里去养病，到现在她才开口说："尚洁妹子，我知道你一定有更好的主意，不过你的身体还不甚复原，不能立刻出去做什么事情，何不到我们的别庄里静养一下，过几个月再行打算?"史先生接着对他妻子说："这也好。只怕路途远一点，由海船去，最快也得两天才可以到。但我们都是惯于出门的人，海涛的颠簸当然不能制服我们，若是要去的话，你可以陪着去，省得寂寞了长孙夫人。"

尚洁也想找一个静养的地方，不意他们夫妇那么仗义，所以不待踌躇便应许了。她不愿意为自己的缘故教别人麻烦，因此不让史夫人跟着前去。她说："寂寞的生活是我尝惯的。史嫂子在家里也有许多当办的事情，哪里能够和我同行? 还是我自己去好一点。我很感谢你们二位的高谊，要怎样表示我的谢忱，我却不懂得；就是懂，也不能表示得万分之一。我只说一声'感激莫名'便了。史先生，烦你再去问他要怎样处置佩荷，等这事弄清楚，我便要动身。"她说着，就从方才摘下的玫瑰中间选出一朵好看的递给史先生，教他插在胸前的钮门上。不久，史先生也就起立告辞，替她办交涉去了。

土华在马来半岛的西岸，地方虽然不大，风景倒还幽致。那海里出的珠宝不少，所以住在那里的多半是搜宝之客。尚洁住的地方就在海边一丛棕林里。在她的门外，不时看见采珠的船往来于金的塔尖和银的浪头之间。这采珠的工夫赐给她许多教训。因为她这几个月来常想着人生就同入海采珠一样，整天冒险入海里去，要得着多少，得着什么，采珠者一点把握也没有。但是这个感想绝不会妨害她的生命。她见那些人每天迷蒙蒙地搜求，不久就理会她在世间的历程也和采珠的工作一样。要得着多少，得着什么，虽然不在她的权能之下，可是她每天总得入海一遭，因为她的本分就是如此。

她对于前途不但没有一点灰心，且要更加奋勉。可望虽是剥夺她们母女的关系，不许佩荷跟着她，然而她仍不忍弃掉她的责任，每月要托人暗地里把吃的用的送到故家去给她女儿。

　　她现在已变主妇的地位为一个珠商的记室了。住在那里的人，都说她是人家的弃妇，就看轻她，所以她所交游的都是珠船里的工人。那班没有思想的男子在休息的时候，便因着她的姿色争来找她开心。但她的威仪常是调伏这班人的邪念，教他们转过心来承认她是他们的师保。

　　她一连三年，除干她的正事以外，就是教她那班朋友说几句英吉利语，念些少经文，知道些少常识。在她的团体里，使令、供养，无不如意。若说过快活日子，能像她这样也就不劣了。

　　虽然如此，她还是有缺陷的。社会地位，没有她的分；家庭生活，也没有她的分。我们想想，她心里到底有什么感觉？前一项，于她是不甚重要的；后一项，可就缭乱她的衷肠了！史夫人虽常寄信给她，然而她不见信则已，一见了信，那种说不出来的伤感就加增千百倍。

　　她一想起她的家庭，每要在树林里徘徊，树上的蜗蟀常要幻成她女儿的声音对她说："母思儿耶？母思儿耶？"这本不是奇迹，因为发声者无情，听音者有意；她不但对于那些小虫的声音是这样，即如一切的声音和颜色，偶一触着她的感官，便幻成她的家庭了。

　　她坐在林下，遥望着无涯的波浪，一度一度地掀到岸边，常觉得她的女儿踏着浪花踊跃而来，这也不止一次了。那天，她又坐在那里，手拿着一张佩荷的小照，那是史夫人最近给她寄来的。她翻来翻去地看，看得眼昏了。她猛一抬头，又得着常时所现的异象。她看见一个人携着她的女儿从海边上来，穿过林樾，一直走到跟前。那人说："长孙夫人，许久不见，贵体康健啊！我领你的女儿来找你哪。"

尚洁此时，展一展眼睛，才理会果然是史先生携着佩荷找她来。她不等回答史先生的话，便上前用力搂住佩荷，她的哭声从她爱心的深密处股雷似的震发出来。佩荷因为不认得她，害怕起来，也放声哭了一场。史先生不知道感触了什么，也在旁边只尽管擦眼泪。

这三种不同情绪的哭泣止了以后，尚洁就呜咽地问史先生说："我实在喜欢。想不到你会来探望我，更想不到佩荷也能来！……"她要问的话很多，一时摸不着头绪。只搂定佩荷，眼看着史先生出神。

史先生很庄重地说："夫人，我给你报好消息来了。"

"好消息！"

"你且镇定一下，等我细细地告诉你。我们一得着这消息，我的妻子就教我和佩荷一同来找你。这奇事，我们以前都不知道，到前十几天才听见我奉真牧师说的。我牧师自那年为你的事卸职后，他的生活，你已经知道了。"

"是，我知道。他不是白天做裁缝匠，晚间还做制饼师吗？我信得过，神必要帮助他，因为神的儿子说：'为义受逼迫的人是有福的。'他的事业还顺利吗？"

"倒没有什么过不去的地方。他不但日夜劳动，在合宜的时候，还到处去传福音哪。他现在不用这样地吃苦，因为他的老教会看他的行为，请他回国仍旧当牧师去，在前一个星期已经动身了。"

"是吗！谢谢神！他必不能长久地受苦。"

"就是因为我牧师回国的事，我才能到这里来。你知道长孙先生也受了他的感化吗？这事详细地说起来，倒是一种神迹。我现在来，也是为告诉你这件事。"

"前几天，长孙先生忽然到我家里找我。他一向就和我们很生疏，好几年也不过访一次，所以这次的来，教我们很诧异。他第一句就问你的近况如何，且诉说他的懊悔。他说这反悔是忽然的，是我牧师警醒他的。现在我就将他的话，照样地说一遍给你听——

"'在这两三年间，我牧师常来找我谈话，有时也请我到他的面包房里去听他讲道。我和他来往那么些次，就觉得他是我的好师傅。我每有难决的事情或疑虑的问题，都去请教他。我自前年生事，二人分离以后，每疑惑尚洁官的操守，又常听见家里佣人思念她的话，心里就十分懊悔。但我总想着，男人说话将军箭，事已做出，哪里还有脸皮收回来？本是打算给它一个错到底的。然而日子越久，我就越觉得不对。到我牧师要走，最末次命我去领教训的时候，讲了一个章经，教我很受感动。散会后，他对我说，他盼望我做的是请尚洁官回来。他又念《马可福音》十章给我听，我自得着那教训以后，越觉得我很卑鄙、凶残、淫秽，很对不住她。现在要求你先把佩荷带去见她，盼望她为女儿的缘故赦免我。你们可以先走，我随后也要亲自前往.'

"他说懊悔的话很多，我也不能细说了。等他来时，容他自己对你细说吧。我很奇怪我牧师对于这事，以前一点也没有对我说过，到要走时，才略提一提；反教他来到我那里去，这不是神迹吗？"

尚洁听了这一席话，却没有显出特别愉悦的神色，只说："我的行为本不求人知道，也不是为要得人家的怜恤和赞美；人家怎样待我，我就怎样受，从来是不计较的。别人伤害我，我还饶恕，何况是他呢？他知道自己的鲁莽，是一件极可喜的事。——你愿意到我屋里去看一看吗？我们一同走走吧。"

他们一面走，一面谈。史先生问起她在这里的事业如何，她不愿意把所经历的种种苦处尽说出来，只说："我来这里，几年的工夫也不算浪费，因为我已找着了许多失掉的珠子了！那些灵性的珠子，自然不如入海去探求那么容易，然而我竟能得着二三十颗。此外，没有什么可以告诉你。"

尚洁把她事情结束停当，等可望不来，打算要和史先生一同回去。正要到珠船里和她的朋友们告辞，在路上就遇见可望跟着一个本地人从对面来。她认得是可望，就堆着笑容，抢前几步去迎他，说："可望君，平安哪！"可望一见她，也就深深地行了一个敬礼，说："可敬的妇人，我所做的一切事都是伤害我的身体和你我二人的感情，此后我再不敢了。我知道我多多地得罪你，实在不配再见你的面，盼望你不要把我的过失记在心中。今天来到这里，为的是要表明我悔改的行为，还要请你回去管理一切所有的。你现在要到哪里去呢？我想你可以和史先生先行动身，我随后回来。"

尚洁见他那番诚恳的态度，比起从前，简直是两个人，心里自然满是愉快，且暗自谢她的神在他身上所显的奇迹。

她说:"呀!往事如梦中之烟,早已在虚幻里消散了,何必重新提起呢?凡人都不可积聚日间的怨恨、怒气和一切伤心的事到夜里,何况是隔了好几年的事?请你把那些事情搁在脑后罢。我本想到船里去,向我那班同工的人辞行。你怎样不和我们一起回去,还有别的事情要办吗?史先生现时在他的别业——就是我住的地方——我们一同到那里去吧,待一会,再出来辞行。"

"不必,不必。你可以去你的,我自己去找他就可以。因为我还有些正当的事情要办。恐怕不能和你们一同回去,什么事,以后我才叫你知道。"

"那么,你教这土人领你去吧,从这里走不远就是。我先到船里,回头再和你细谈。再见哪!"

她从土华回来,先住在史先生家里,意思是要等可望来到,一同搬回她的旧房子去。谁知等了好几天,也不见他的影。她才知道可望在土华所说的话意有所含蓄。可是他到哪里去呢?去干什么呢?她正想着,史先生拿了一封信进来对她说:"夫人,你不必等可望了,明后天就搬回去罢。他寄给我这一封信说,他有许多对不起你的地方,都是出于激烈的爱情所致,因他爱你的缘故,所以伤了你。现在他要把从前邪恶的行为和暴躁的脾气改过来,且要偿还你这几年来所受的苦楚,故不得不暂时离开你。他已经到槟榔屿了。他不直接写信给你的缘故，是怕你伤心，故此写给我，教我好安慰你；他还说从前一切的产业都是你的，他不应独自霸占了许多，要求你尽量地享用，直等到他回来。"

"这样看来，不如你先搬回去，我这里派人去找他回来如何？唉，想不到他一会儿就能悔改到这步田地！"

她遇事本来很沉静，史先生说时，她的颜色从不曾显出什么变态，只说："为爱情吗？为爱而离开我吗？这是当然的，爱情本如极利的斧子，用来剥削命运常比用来整理命运的时候多一些。他既然规定他自己的行程，又何必费工夫去寻找他呢？我是没有成见的，事情怎样来，我怎样对付就是。"

尚洁搬回来那天，可巧下了一点雨，好像上天使园里的花木特地沐浴得很妍净来迎接它们的旧主人一样。她进门时，妥娘正在整理厅堂，一见她来，便嚷着："奶奶，你回来了！我们很想念你哪！你的房间乱得很，等我把各样东西安排好再上去。先到花园去看看吧，你手植各样的花木都长大了。后面那棵释迦头长得像罗伞一样，结果也不少，去看看吧。史夫人早和佩荷姑娘来了，他们现时也在园里。"

她和妥娘说了几句话，便到园里。一拐弯，就看见史夫人和佩荷坐在树荫底下一张凳上——那就是几年前，她要被刺那夜，和史夫人坐着谈话的地方。她走来，又和史夫人并肩坐在那里。史夫人说来说去，无非是安慰她的话。她像不信自己这样的命运不甚好，也不信史夫人用定命论的解释来安慰她，就可以使她满足。然而她一时不能说出合宜的话，教史夫人明白她心中毫无忧郁在内。她无意中一抬头，看见佩荷拿着树枝把结在玫瑰花上一个蜘蛛网撩破了一大部分。她注神许久，就想出一个意思来。

她说："呀，我给这个比喻，你就明白我的意思。"

"我像蜘蛛，命运就是我的网。蜘蛛把一切有毒无毒的昆虫吃入肚里，回头把网组织起来。它第一次放出来的游丝，不晓得要被风吹到多么远，可是等到粘着别的东西的时候，它的网便成了。

"它不晓得那网什么时候会破，和怎样破法。一旦破了，它还暂时安安然然地藏起来，等有机会再结一个好的。

"它的破网留在树梢上，还不失为一个网。太阳从上头照下来，把各条细丝映成七色；有时粘上些少水珠，更显得灿烂可爱。

"人和他的命运，又何尝不是这样？所有的网都是自己组织得来，或完或缺，只能听其自然罢了。"

　　史夫人还要说时，妥娘来说屋子已收拾好了，请她们进去看看。于是，她们一面谈，一面离开那里。

　　园里没人，寂静了许久。方才那只蜘蛛悄悄地从叶底出来，向着网的破裂处，一步一步，慢慢补缀。它补这个干什么？因为它是蜘蛛，不得不如此！

解放者

　　大碗居前的露店每坐满了车夫和小贩。尤其在早晚和晌午三个时辰，连窗户外也没有一个空座。绍慈也不知到哪里去。他注意个个往来的人，可是人都不注意他。在窗户底下，他喝着豆粥抽着烟，眼睛不住地看着往来的行人，好像在侦察什么案情一样。

　　他原是武清的警察，因为办事认真，局长把他荐到这城来试当一名便衣警察。看他清秀的面庞，合度的身材，和听他温雅的言辞，就知道他过去的身世。有人说他是世家子弟，因为某种事故，流落在北方，不得已才去当警察。站岗的生活，他已度过八九年，在这期间，把他本来的面目改变了不少。便衣警察是他的新任务，对于应做的侦察事情自然都要学习。

　　大碗居里头靠近窗户的座，与外头绍慈所占的只隔一片纸窗。那里对坐着男女二人，一面吃，一面谈，几乎忘记了他们在什么地方。因为街道上没有什么新鲜的事情，绍慈就转过来偷听窗户里头的谈话。他听见那男子说："世雄简直没当你是人。你原先为什么跟他在一起？"那女子说："说来话长。我们是旧式婚姻，你不知道吗？"他说："我一向不知道你们的事，只听世雄说他见过你一件男子所送的东西，知道你曾有过爱人，但你始终没说出是谁。"

　　这谈话引起了绍慈的注意。从那二位的声音听来，他觉得像是在什么地方曾经认识的人。他从纸上的小玻璃往里偷看一下。原来那男子是离武清不远一个小镇的大悲院的住持契默和尚。那女子却是县立小学的教员。契默穿的是平常的蓝布长袍，头上没戴什么，虽露光头，却也显不出是个出家人的模样。大概他一进城便当还俗吧。那女教员头上梳着琵琶头，穿着灰布袍子，虽不入时，倒还优雅。绍慈在县城当差的时候常见着她，知道她的名字叫陈邦秀。她也常见绍慈在街上站岗，但没有打过交涉，也不知道她的名字。

　　绍慈含着烟卷，听他们说下去。只听邦秀接着说："不错，我是藏着些男子所给的东西，不过他不是我的爱人。"她说时，微叹了一下。契默还往下问。她说："那人已经不在了。他是我小时候的朋友，不，宁可说是我的恩人。今天已经讲开，我索性就把原委告诉你。

"我原是一个孤女，原籍广东，哪一县可记不清了。在我七岁那年，被我的伯父卖给一个人家。女主人是个鸦片鬼，她睡的时候要我捶腿搔背，醒时又要我打烟泡，做点心，一不如意便是一顿毒打。那样的生活过了三四年。我在那家，既不晓得寻死，也不能够求生，真是痛苦极了。有一天，她又把我虐待到不堪的地步，幸亏前院同居有位方少爷，乘着她鸦片吸足在床上沉睡的时候，把我带到他老师陈老师那里。我们一直就到轮船上，因为那时陈老师正要上京当小京官，陈老师本来知道我的来历，任从方少爷怎样请求，他总觉得不妥当，不敢应许我跟着他走。幸而船上敲了锣，送客的人都纷纷下船，方少爷忙把一个小包递给我，杂在人丛中下了船。陈老师不得已才把我留在船上，说到香港再打电报教人来带我回去。一到香港就接到方家来电请陈老师收留我。

"陈老师、陈师母和我三个人到北京不久，就接到方老爷来信说加倍赔了人家的钱，还把我的身契寄了来。我感激到万分，很尽心地伺候他们。他们俩年纪很大，还没子女，觉得我很不错，就把我的身契烧掉，认我做女儿。我进了几年学堂，在家又有人教导，所以学业进步得很快。

可惜我高小还没毕业，武昌就起了革命。我们全家匆匆出京，回到广东，知道那位方老爷在高州当知县，因为办事公正，当地的劣绅地痞很恨恶他。在革命风潮膨胀时，他们便树起反正旗，借着扑杀满洲奴的名义，把方老爷当牛待遇，用绳穿着他的鼻子，身上挂着贪官污吏的罪状，领着一家大小，游遍满城的街市，然后把他们害死。"

绍慈听到这里，眼眶一红，不觉泪珠乱滴。他一向是很心慈，每听见或看见可怜的事情，常要掉泪。他尽力约束他的情感，还镇定地听下去。

契默像没理会那惨事，还接下去问："那方少爷也被害了吗？"

"他多半是死了。等到革命风潮稍微平定，我义父和我便去访寻方家人的遗体，但都已被毁灭掉，只得折回省城。方少爷原先给我那包东西是几件他穿过的衣服，预备给我在道上穿的。还有一个小绣花笔袋，带着两支铅笔。因为我小时看见铅笔每觉得很新鲜，所以他送给我玩。衣服我已穿破了，唯独那笔袋和铅笔还留着，那就是世雄所疑惑的'爱人赠品'。

"我们住在广州，义父没事情做，义母在民国三年去世了。我那时在师范学校念书。义父因为我已近成年，他自已也渐次老弱，急要给我择婿。我当时虽不愿意，只为厚恩在身，不便说出一个'不'字。由于辗转的介绍，世雄便成为我的未婚夫。那时他在陆军学校，还没有现在这样荒唐，故此也没觉得他的可恶。在师范学校的末一年，我义父也去世了。那时我感到人海茫茫，举目无亲，所以在毕业礼行过以后，随着便行婚礼。"

"你们在初时一定过得很美满了。"

"不过很短很短的时期，以后就越来越不成了。我对于他，他对于我，都是半斤八两，一样地互相敷衍。"

"那还成吗？天天挨着这样虚伪的生活。"

"他在军队里，蛮性越发发展，有三言两语不对劲，甚至动手动脚，打踢辱骂，无所不至。若不是还有更重大的事业没办完的缘故，好几次我真想要了结了我自己的生命。幸而他常在军队里，回家的时候不多。但他一回家，我便知道又是打败仗逃回来了。他一向没打胜仗：打惠州，做了逃兵；打韶州，做了逃兵；打南雄，又做了逃兵。他是临财无不得、临功无不居、临阵无不逃的武人。后来，人都知道他的技术，军官当不了，在家闲住着好些时候。那时我在党里已有些地位，他央求我介绍他，又很诚恳地要求同志们派他来做现在的事情。"

"看来他是一个投机家，对于现在的事业也未见得能忠实地做下去。"

"可不是吗？只怪同志们都受他欺骗，把这么重要的一个机关交在他手里。我越来越觉得他靠不住，时常晓以大义。所以大吵大闹的戏剧，一个月得演好几回。"

那和尚沉吟了一会，才说："我这才明白。可是你们俩不和，对于我们事业的前途，难免不会发生障碍。"

她说："请你放心，他那一方面，我不敢保。我呢？私情是私情，公事是公事，决不像他那么不负责任。"

绍慈听到这里，好像感触了什么，不知不觉间就站了起来。他本坐在长板凳的一头，那一头是另一个人坐着。站起来的时候，他忘记告诉那人预防着，猛然把那人摔倒在地上。他手拿着的茶杯也摔碎了，满头面都浇湿了。绍慈忙把那人扶起，赔了过失，张罗了一刻工夫。等到事情办清以后，在大碗居里头谈话的那两人，已不知去向。

他虽然很着急，却也无可奈何，仍旧坐下，从口袋里取出那本用了二十多年的小册子，写了好些字在上头。他那本小册子实在不能叫作日记，只能叫作大事记。因为他有时距离好几个月，也不写一个字在上头，有时一写就是好几页。

在繁剧的公务中，绍慈又度过四五个星期的生活。他总没忘掉那天在大碗居所听见的事情，立定主意要去侦察一下。

那天一清早他便提着一个小包袱，向着沙锅门那条路走。他走到三里河，正遇着一群羊堵住去路，不由得站在一边等着。羊群过去了一会，来了一个人，抱着一只小羊羔，一面跑，一面骂前头赶羊的伙计走得太快。绍慈想着那小羊羔必定是在道上新产生下来的。它的弱小可怜的声音打动他的恻隐之心，便上前问那人卖不卖，那人因为他给的价很高，也就卖给他，但告诉他没哺过乳的小东西是养不活的，最好是宰来吃。绍慈说他有主意，抱着小羊羔，雇着一辆洋车拉他到大街上，买了一个奶瓶、一个热水壶和一匣代乳粉。他在车上，心里回忆幼年时代与所认识的那个女孩子玩着一对小兔，他曾说过小羊更好玩。假如现在能够见着她，一同和小羊羔玩，那就快活极了。他很开心，走过好几条街，小羊羔不断地在怀里叫。经过一家饭馆，他进去找一个座坐下，要了一壶开水，把乳粉和好，慢慢地喂它。他自己也觉得有一点饿，便要了几张饼。他正在等着，随手取了一张前几天的报纸来看。在一个不重要的篇幅上，登载着女教员陈邦秀被捕，同党的领袖在逃的新闻，匆忙地吃了东西，他便出城去了。

他到城外，雇了一匹牲口，把包袱背在背上，两手抱着小羊羔，急急地走，在驴鸣犬吠中经过许多村落。他心里一会惊疑陈邦秀所犯的案，那在逃的领袖到底是谁；一会又想起早间在城门洞所见那群羊被一只老羊领导着到一条死路去；一会又回忆他的幼年生活。他听人说过沙漠里的狼群出来猎食的时候，常有一只体力超群、经验丰富的老狼领导着。为求食的缘故，经验少和体力弱的群狼自然得跟着它。可见在生活中，都是依赖的份子，随着一两个领袖在那里瞎跑，幸则生，不幸则死，生死多是不自立不自知的。狼的领袖是带着群狼去抢掠；羊的领袖是领着群羊去送死。大概现在世间的领袖，总不能出乎这两种以外吧！

不知不觉又到一条村外，绍慈下驴，进入柿子园里。村道上那匹白骡昂着头，好像望着那在长空变幻的薄云，篱边那只黄狗闭着眼睛，好像吟味着那蔓草中哀鸣的小虫，树上的柿子映着晚霞，显得格外灿烂。绍慈的叫驴自在地向那草原上去找它的粮食。他自己却是一手抱着小羊羔，一手拿着乳瓶，在树下坐着慢慢地喂。等到人畜的困乏都减轻了，他再骑上牲口离开那地方，顷刻间又走了十几里路。那时夕阳还披在山头，地上的人影却长得比无常鬼更为可怕。

　　走到离县城还有几十里的那个小镇，天已黑了，绍慈于是到他每常歇脚的大悲院去。大悲院原是镇外一所私庙，不过好些年没有和尚。到两三年前才有一位外来的和尚契默来做住持，那和尚的来历很不清楚，戒牒上写的是泉州开元寺，但他很不像是到过那城的人，绍慈原先不知道其中的情形，到早晨看见陈邦秀被捕的新闻，才怀疑契默也是个党人。契默认识很多官厅的人员，绍慈也是其中之一，不过比较别人往来得亲密一点。这大概是因为绍慈的知识很好，契默与他谈得很相投，很希望引他为同志。

　　绍慈一进禅房，契默便迎出来，说："绍先生，久违了。走路来的吗？听说您高升了。"他回答说："我离开县城已经半年了。现住在北京，没有什么事。"他把小羊羔放在地下，对契默说："这是早晨在道上买的。我不忍见它生下不久便做了人家的盘里的肴馔，想养活它。"契默说："您真心慈，您来当和尚倒很合适。"绍慈见羊羔在地下尽管咩咩地叫，话也谈得不畅快，不得已又把它抱起来，放在怀里。它也像婴儿一样，有人抱就不响了。

　　绍慈问："这几天有什么新闻没有？"

　　契默很镇定地回答说："没有什么。"

　　"没有什么！我早晨见一张旧报纸说什么党员运动起

事，因泄漏了机关，被逮了好些人，其中还有一位陈邦秀教习，有这事吗？"

"哦，您问的是政治。不错，我也听说来，听说陈教习还被押到县衙门里，其余的人都已枪毙了。"他接着问，"大概您也是为这事来的吧？"

绍慈说："不，我不是为公事，只是回来取些东西，在道上才知道这件事情。陈教习是个好人，我也认得她。"

契默听见他说认识邦秀，便想利用他到县里去营救一下，可是不便说明，只说："那陈教习的确是个好人。"

绍慈故意问："师父，您怎样认得她呢？"

"出家人哪一流的人不认得？小僧向她曾化过几回缘，她很虔心，头一次就题上二十元，以后进城去拜施主，小僧必要去见见她。"

"听说她丈夫很不好，您去，不会叫他把您撵出来吗？"

"她的先生不常在家，小僧也不到她家去，只到学校去。"他于是信口开河，说："现在她犯了案，小僧知道一定是受别人的拖累。若是有人替她出来找找门路，也许可以出来。"

"您想有什么法子？"

"您明白，左不过是钱。"

"没钱呢？"

"没钱，势力也成，面子也成，像您的面子就够大的，要保，准可以把她保出来。"

绍慈沉吟了一会，便摇头说："我的面子不成，官厅拿人，一向有老例——只有错拿，没有错放，保也是白保。"

"您的心顶慈悲的，救人一命，胜造七级浮屠，一只小羊羔您都搭救，何况是一个人？"

"有能救她的道儿，我自然得走。明天我一早进城去相机办理吧。我今天走了一天，累得很，要早一点歇歇。"他说着，伸伸懒腰，打个哈欠，站立起来。

契默说："西院已有人住着，就请在这厢房凑合一晚吧。"

"随便哪里都成，明儿一早见。"绍慈说着抱住小羊羔便到指定给他的房间去。他把卧具安排停当，又拿出那本小册子记上几行。

夜深了，下弦的月已升到天中，绍慈躺在床上，断续的梦魇在枕边绕着。从西院送出不清晰的对谈声音，更使他不能安然睡去。

西院的客人中有一个说："原先议决的，是在这两区先后举行，世雄和那区的主任意见不对。他恐怕那边先成功，于自己的地位有些妨碍，于是多方阻止他们。那边也有许多人要当领袖，也怕他们的功劳被世雄埋没了，于是相持了两三个星期。前几天，警察忽然把县里的机关包围起来，搜出许多文件，逮了许多人，事前世雄已经知道。他不敢去把那些机要的文件收藏起来，由着几位同志在那里干。他们正在毁灭文件的时候，人就来逮了。世雄的住所，警察也侦查出来了。当警察拍门的时候，世雄还没逃走。你知道他房后本有一条可以容得一个人爬进去的阴沟，一直通到护城河去。他不教邦秀进去，因为她不能爬，身体又宽大。若是她也爬进去，沟口没有人掩盖，更容易被人发觉。假使不用掩盖，那沟不但两个人不能并爬，并且只能进前，不能退后。假如邦秀在前，那么宽大的身子，到了半道若过不去，岂不要把两个人都活埋在里头？若她在后，万一爬得慢些，终要被人发见。所以世雄说，不如教邦秀装作不相干的女人，大大方方出去开门。但是很不幸，她一开门，警察便拥进去，把她绑起来，问她世雄在什么地方？她没说出来。警察搜了一回，没看出什么痕迹，便把她带走。"

"我很替世雄惭愧，堂堂的男子，大难临头还要一个弱女子替他，你知道他往哪里去吗?"这是契默的声音。

那人回答说:"不知道，大概不会走远了，也许过几天会逃到这里来。城里这空气已经不那么紧张，所以他不至于再遇见什么危险，不过邦秀每晚被提到衙门去受秘密的审问，听说十个手指头都已夹坏了，只怕她受不了，一起供出来，那时，连你也免不了，你得预备着。"

"我不怕，我信得过她决不会说出任何人，肉刑是她从小尝惯的家常便饭。"

他们谈到这里，忽然记起厢房里歇着一位警察，便止住了。契默走到绍慈窗下，叫"绍先生，绍先生"。绍慈想不回答，又怕他们怀疑，便低声应了一下。契默说:"他们在西院谈话把您吵醒了吧?"

他回答说:"不，当巡警的本来一叫便醒，天快亮了吧?"契默说:"早着呢，您请睡吧，等到时候，再请您起来。"

他听见那几个人的脚音向屋里去，不消说也是幸免的同志们，契默也自回到他的禅房去了，庭院的月光带着一丫松影贴在纸窗上头。绍慈在枕上，瞪着眼，耳鼓里的音响与荒草中的虫声混在一起。

第二天一早，契默便来央求绍慈到县里去，想法子把邦秀救出来。他掏出一叠钞票递给绍慈，说："请您把这二百元带着，到衙门里短不了使钱。这都是陈教习历来的布施，现在我仍拿出来用回在她身上。"

绍慈知道那钱是要送他的意思，便郑重地说："我一辈子没使人家的黑钱，也不愿意给人家黑钱使。为陈教习的事，万一要钱，我也可以想法子，请您收回去吧。您不要疑惑我不帮忙，若是人家冤屈了她，就使丢了我的性命，我也要把她救出来。"

他整理了行装，把小羊羔放在契默给他预备的一个筐子里，便出了庙门。走不到十里路，经过一个长潭，岸边的芦花已经半白了。他沿着岸边的小道走到一棵柳树底下歇歇，把小羊羔放下，拿出手巾擦汗。在张望的时候，无意中看见岸边的草丛里有一个人躺着。他进前一看，原来就是邦秀。他叫了一声"陈教习"。她没答应。摇摇她，她才懒慵慵地睁开眼睛。她没看出是谁，开口便说："我饿得很，走不动了。"话还没有说完，眼睛早又闭起来了。绍慈见她的头发散披在地上，脸上一点血色也没有。穿一件薄呢长袍，也是破烂不堪的，皮鞋上满沾着泥土，手上的伤痕还没结疤。那可怜的模样，实在难以形容。

绍慈到树下把水壶的塞子拔掉，和了一壶乳粉，端来灌在她口里。过了两三刻钟，她的精神渐次恢复回来。在注目看着绍慈以后，她反惊慌起来。她不知道绍慈已经不是县里的警察，以为他是来捉拿她。心头一急，站起来，蹑秧鸡一样，飞快地钻进苇丛里。绍慈见她这样慌张，也急得在后面嚷着，"别怕，别怕。"她哪里肯出来，越钻越进去，连影儿也看不见了。绍慈发愣一会，才追进去，口里嚷着"救人，救人！"这话在邦秀耳里，便是"揪人，揪人！"她当然越发要藏得密些。

一会儿苇丛里的喊声也停住了。邦秀从那边躲躲藏藏地蹑出来。当头来了一个人，问她"方才喊救人的是您吗？"她见是一个过路人，也就不害怕了。她说："我没听见，我在这里头解手来的。请问这里离前头镇上还有多远？"那人说："不远了，还有七里多地。"她问了方向，道一声"劳驾"，便急急迈步。那人还在那周围找寻，沿着岸边又找回去。

邦秀到大悲院门前，正赶上没人在那里，她怕庙里有别人，便装作叫花婆，嚷着"化一个啵"。契默认得她的声音，赶紧出来，说："快进来，没有人在里头。"她随着契默到西院一间小屋子里。契默说："你得改装，不然逃不了。"他于是拿剃刀来把她的头发刮得光光的，为她穿上僧袍，俨然是一个出家人模样。

契默问她出狱的因由，她说是与一群狱卒串通，在天快亮的时候，私自放她逃走。她随着一帮赶集的人们急急出了城，向着大悲院这条路上一气走了二十多里。好几天挨饿受刑的人，自然当不起跋涉，到了一个潭边，再也不能动弹了。她怕人认出来，就到苇子里躲着歇歇，没想到一躺下，就昏睡过去。又说，在道上遇见县里的警察来追，她认得其中一个是绍慈，于是拼命钻进苇子里，经过很久才逃脱出来。契默于是把早晨托绍慈到县营救她的话告诉了一番，又教她歇歇，他去给她预备饭。

好几点钟在平静的空气中过去了，庙门口忽然来了一个人，提着一个筐子，上面有大悲院的记号，问当家和尚说："这筐子是你们这里的吗？"契默认得那是早晨给绍慈盛小羊羔的筐子，知道出了事，便说："是这里的，早晨是绍老总借去使的，你在哪里把它捡起来的呢？"那人说："他淹死啦！这是在柳树底下捡的。我们也不知是谁，有人认得字，说是这里的。你去看看吧，官免不了要验，你总得去回话。"契默说："我自然得去看看。"他进去给邦秀说了，教她好好藏着，便同那人走了。

过了四五点钟的工夫，已是黄昏时候，契默才回来。西院里昨晚谈话的人们都已走了，只剩下邦秀一个人在那里。契默一进来，对着她摇摇头说："可惜，可惜！"邦秀问："怎么样了？"他说："你道绍慈那巡警是什么人？他就是你的小朋友方少爷！"邦秀"呀"了一声，站立起来。

契默从口袋掏出一本湿气还没去掉的小册子，对她说："我先把情形说完，再念这里头的话给你听。他大概是怕你投水，所以向水边走。他不提防在苇丛里跻着一个深水坑，全身掉在里头翻不过身来，就淹死了。我到那里，人们已经把他的尸身捞起来，可还放在原地。苇子里没有道，也没有站的地方，所以没有围着看热闹的人，只有七八个人远远站着。我到尸体跟前，见这本日记露出来，取下来看了一两页。知道记的是你和他的事情，趁着没有人看见，便放在口袋里，等了许久，官还没来。一会来了一个人说，验官今天不来了，于是大家才散开。我在道上一面走，一面翻着看。"

他翻出一页，指给邦秀说："你看，这段说他在革命时候怎样逃命，和怎样改的姓。"邦秀细细地看了一遍以后，他又翻过一页来，说："这段说他上北方来找你没找着。在流落到无可奈何的时候，才去当警察。"

她拿着那本日记细看了一遍，哭得一句话也说不出来，停了许久，才抽抽噎噎地对契默说："这都是想不到的事。在县城里，我几乎天天见着他，只恨二年来没有同他说过一句话，他从前给我的东西，这次也被没收了。"

　　契默也很伤感，同情的泪不觉滴下来，他勉强地说："看开一点吧！这本就是他最后留给你的东西了。不，他还有一只小羊羔呢！"他才想起那只可怜的小动物，也许还在长潭边的树下，但也有被人拿去剥皮的可能。

三博士

　　窄窄的店门外，贴着"承写履历""代印名片""当日取件""承印讣闻"等广告。店内几个小徒弟正在忙着，踩得机轮轧轧地响。推门进来两个少年，吴芬和他的朋友穆君，到柜台上。

　　吴先生说："我们要印名片，请你拿样本来看看。"

　　一个小徒弟从机器那边走过来，拿了一本样本递给他，说："样子都在里头啦。请您挑吧。"

　　他和他的朋友接过样本来，约略翻了一遍。

　　穆君问："印一百张，一会儿能得吗?"

　　小徒弟说："得今晚来。一会儿赶不出来。"

吴先生说:"那可不成,我今晚七点就要用。"

穆君说:"不成,我们今晚要去赴会,过了六点,就用不着了。"

小徒弟说:"怎么今晚那么些赴会的?"他说着,顺手从柜台上拿出几匣印得的名片,告诉他们:"这几位定的名片都是今晚赴会用的,敢情您两位也是要赴那会去的吧。"

穆君同吴先生说:"也许是吧。我们要到北京饭店去赴留美同学化装跳舞会。"

穆君又问吴先生说:"今晚上还有大艺术家枚宛君博士吗?"

吴先生说:"有他吧。"

穆君转过脸来对小徒弟说:"那么,我们一人先印五十张,多给你些钱,马上就上版,我们在这里等一等。现在已经四点半了,半点钟一定可以得。"

小徒弟因为掌柜的不在家,踌躇了一会,至终答应了他们。他们于是坐在柜台旁的长凳上等着。吴先生拿着样本在那里有意无意地翻。穆君一会儿拿起白话小报看看,一会又到机器旁边看看小徒弟的工作。小徒弟正在撤版,要把他的名字安上去，一见穆君来到，便说："这也是今晚上要赴会用的，您看漂亮不漂亮？"他拿着一张名片递给穆君看。他看见名片上写的是"前清监生，民国特科俊士，美国鸟约克柯蓝卑阿大学特赠博士，前北京政府特派调查欧美实业专使随员，甄辅仁"。后面还印上本人的铜版造像：一顶外国博士帽正正地戴着，金穗子垂在两个大眼镜正中间，脸模倒长得不错，看来像三十多岁的样子。他把名片拿到吴先生跟前，说："你看这人你认识吗？头衔倒不寒碜。"

吴先生接过来一看，笑说："这人我知道，却没见过。他哪里是博士，那年他当随员到过美国，在纽约住了些日子，学校自然没进，他本来不是念书的。但是回来以后，满处告诉人说凭着他在前清捐过功名，美国特赠他一名博士。我知道他这身博士衣服也是跟人借的。你看他连帽子都不会戴，把缝子放在中间，这是哪一国的礼帽呢？"

穆君说："方才那徒弟说他今晚也去赴会呢。我们在那时候一定可以看见他。这人现在干什么？"

吴先生说："没有什么事吧。听说他急于找事，不晓得现在有了没有。这种人有官做就去做，没官做就想办教育，听说他现在想当教员哪。"

两个人在店里足有三刻钟，等到小徒弟把名片焙干了，拿出来交给他们。他们付了钱，推门出来。

在街上走着，吴先生对他的朋友说："你先去办你的事，我有一点事要去同一个朋友商量，今晚上北京饭店见吧。"

穆君笑说："你又胡说了，明明为去找何小姐，偏要撒谎。"

吴先生笑说："难道何小姐就不是朋友吗？她约我到她家去一趟，有事情要同我商量。"

穆君说："不是订婚吧?"

"不，绝对不。"

"那么，一定是你约她今晚上同到北京饭店去，人家不去，你定要去求她，是不是?"

"不，不。我倒是约她来的，她也答应同我去。不过她还有话要同我商量，大概是属于事务的，与爱情毫无关系吧。"

"好吧，你们商量去，我们今晚上见。"

穆君自己上了电车，往南去了。

吴先生雇了洋车，穿过几条胡同，来到何宅。门役出来，吴先生给他一张名片，说："要找大小姐。"

仆人把他的名片送到上房去。何小姐正和她的女朋友黄小姐在妆台前谈话，便对当差的说："请到客厅坐吧，告诉吴先生说小姐正会着女客，请他候一候。"仆人答应着出去了。

何小姐对她朋友说："你瞧，我一说他，他就来了。我希望你喜欢他。我先下去，待一会儿再来请你。"她一面说，一面烫着她的头发。

她的朋友笑说："你别给我瞎介绍啦。你准知道他一见便倾心吗？"

"留学生回国，有些是先找事情后找太太的，有些是先找太太后谋差事的，有些找太太不找事，有些找事不找太太，有些什么都不找。像我的表哥辅仁他就是第一类的留学生。这位吴先生可是第二类的留学生。所以我把他请来，一来托他给辅仁表哥找一个地位，二来想把你介绍给他。这不是一举两得吗？他急于成家，自然不会很挑眼。"

女朋友不好意思搭腔，便换个题目问她说："你那位情人，近来有信吗？"

"常有信，他也快回来了。你说多快呀，他前年秋天才去的，今年便得博士了。"何小姐很得意地说。

"你真有眼。从前他与你同在大学念书的时候，他是多么奉承你呢。若他不是你的情人，我一定要爱上他。"

"那时候你为什么不爱他呢？若不是他出洋留学，我也没有爱他的可能。那时他多么穷呢，一件好衣服也舍不得穿，一顿饭也舍不得请人吃，同他做朋友面子上真是有点不好过。我对于他的爱情是这两年来才发生的。"

"他倒是装成的一个穷孩子。但他有特别的聪明，样子也很漂亮，这会回来，自然是格外不同了。我最近才听见人说他祖上好几代都是读书人，不晓得他告诉你没有。"

何小姐听了，喜欢得眼眉直动，把烫钳放在酒精灯上，对着镜子调理她的两鬓。她说："他一向就没告诉过我他的家世。我问他，他也不说。这也是我从前不敢同他交朋友的一个原因。"

她的朋友用手捋捋她脑后的头发，向着镜里的何小姐说："听说他家里也很有钱，不过他喜欢装穷罢了。你当他真是一个穷鬼吗？"

"可不是，他当出国的时候，还说他的路费和学费都是别人的呢。"

"用他父母的钱也可以说是别人的。"她的朋友这样说。

"也许他故意这样说吧。"她越发高兴了。

黄小姐催她说："头发烫好了，你快下去吧。关于他的话还多着呢。回头我再慢慢地告诉你。教客厅里那个人等久了，不好意思。"

"你瞧，未曾相识先有情。多停一会儿就把人等死了！"她奚落着她的女朋友，便起身要到客厅去。走到房门口正与表哥辅仁撞个满怀。表妹问，"你急什么？险些儿把人撞倒！"

"我今晚上要化装做交际明星，借了这套衣服，请妹妹先给我打扮起来，看看时样不时样。"

"你到妈屋里去，教丫头们给你打扮吧。我屋里有客，不方便。你打扮好就到那边给我去瞧瞧。瞧你净以为自己很美，净想扮女人。"

"这年头扮女人到外洋也是博士待遇，为什么扮不得？"

"怕的是你扮女人，会受'游街示众'的待遇咧。"

她到客厅，便说："吴博士，久候了，对不起。"

"没有什么。今晚上你一定能赏脸吧。"

"岂敢。我一定奉陪。您瞧我都打扮好了。"

主客坐下，叙了些闲话。何小姐才说她有一位表哥甄辅仁现在没有事情，好歹在教育界给他安置一个地位。在何小姐方面，本不晓得她表哥在外洋到底进了学校没有。她只知道他是借着当随员的名义出国的。她以为一留洋回来，假如倒霉也可以当一个大学教授，吴先生在教育界很认识些可以为力的人，所以非请求他不可。在吴先生方面，本知道这位甄博士的来历，不过不知道他就是何小姐的表兄。这一来，他也不好推辞，因为他也有求于她。何小姐知道他有几分爱她，也不好明明地拒绝，当他说出情话的时候，只是笑而不答。她用别的话来支开。

她问吴博士说："在美国得博士不容易吧？"

"难极啦。一篇论文那么厚。"他比仿着，接下去说，"还要考英、俄、德、法几国文字，好些老教授围着你，好像审犯人一样。稍微差了一点，就通不过。"

何小姐心里暗喜，喜的是她的情人在美国用很短的时间，能够考上那么难的博士。

她又问："您写的论文是什么题目？"

"凡是博士论文都是很高深很专业的。太普通和太浅近的，不说写，把题目一提出来，就通不过。近年来关于中国文化的论文很时兴，西方人厌弃他们的文化，想得些中国文化去调和调和。我写的是一篇《麻雀牌与中国文化》。这题目重要极了。我要把麻雀牌在中国文化和世界文化的地位介绍出来。我从中国经书里引出很多的证明，如《诗经》里'谁谓雀无角，何以穿我屋'的'雀'便是麻雀牌的'雀'。为什么呢？真的雀哪会有角呢？一定是麻雀牌才有八只角呀。'穿我屋'表示当时麻雀很流行，几乎家家都穿到的意思。可见那时候的生活很丰裕，像现在的美国一样。这个铁证，无论哪一个学者都不能推翻。又如'索子'本是'竹子'，宁波音读'竹'为'索'，也是我考证出来的。还有一个理论是麻雀牌的名字是从'一竹'得来的。做牌的人把'一竹'雕成一只鸟的样子，没有学问的人便叫它作'麻雀'，其实是一只凤，取'鸣凤在竹'的意思。这个理论与我刚才说的雀也不冲突，因为凤凰是贵族的，到了做那首诗的时代，已经民众化了，变为小家雀了。此外还有许多别人没曾考证过的理论，我都写在论文里。您若喜欢念，我明天就送一本过来献献丑，请您指教指教。我写的可是英文。我为那论文花了一千多块美金。您看要在外国得个博士多难呀，又得花时间，又得花精神，又得花很多的金钱。"

何小姐听他说得天花乱坠，也不能评判他说的到底是对不对，只一味地称赞他有学问。她站起来，说："时候快到了，请你且等一等，我到屋里装饰一下就与你一同去。我还要介绍一位甜人给你。我想你一定会很喜欢她。"她说着便自出去了。吴博士心里直盼着要认识那人。

她回到自己屋里，见黄小姐张皇地从她的床边走近前来。

"你放什么在我床里啦？"何小姐问。

"没什么。"

"我不信。"何小姐一面说一面走近床边去翻她的枕头。她搜出一卷筒的邮件，指着黄小姐说，"你还捣鬼！"

黄小姐笑说："这是刚才外头送进来的。所以把它藏在你的枕底，等你今晚上回来，可以得到意外的喜欢。我想那一定是你的甜心寄来的。"

"也许是他寄来的吧。"她说着，一面打开那卷筒，原来是一张文凭。她非常地喜欢，对着她的朋友说："你瞧，他的博士文凭都寄来给我了！多么好看的一张文凭呀，羊皮做的咧!"

她们一同看着上面的文字和金印。她的朋友拿起空筒子在那里摩挲里,显出是很羡慕的样子。

何小姐说:"那边那个人也是一个博士呀,你何必那么羡慕我的呢?"

她的朋友不好意思,低着头尽管看那空筒子。

黄小姐忽然说:"你瞧,还有一封信呢!"她把信取出来,递给何小姐。

何小姐把信拆开,念着:

> 最亲爱的何小姐:
>
> 我的目的达到,你的目的也达到了。现在我把这一张博士文凭寄给你。我的论文是《油炸脍与烧饼的成分》。这题目本来不难,然而在这学校里,前几年有一位中国学生写了一篇《北京松花的成分》也得着博士学位,所以外国博士到底是不难得。论文也不必选很艰难的问题。
>
> 我写这论文的缘故都是为你,为得你的爱,现在你的爱教我在短期间得到,我的目的已达到了。你别想我是出洋念书,其实我是出洋争口气。我并不是没

本领，不出洋本来也可以，无奈迫于你的要求，若不出来，倒显得我没有本领，并且还要冒个"穷鬼"的名字。现在洋也出过了，博士也很容易地得到了，这口气也争了，我的生活也可以了结了。我不是不爱你，但我爱的是性情，你爱的是功名；我爱的是内心，你爱的是外形，对象不同，而爱则一。然而你要知道人类所以和别的动物不同的地方便是在恋爱的事情上，失恋固然可以教他自杀，得恋也可以教他自杀。禽兽会因失恋而自杀，却不会在承领得意的恋爱滋味的时候去自杀，所以和人类不同。

别了，这张文凭就是对于我的纪念品，请你收起来。无尽情意，笔不能宜，万祈原宥。

你所知的男子

"呀！他死了！"何小姐念完信，眼泪直流，她不晓得要怎办才好。

她的朋友拿起信来看，也不觉伤心起来，但还勉强劝慰她说："他不至于死的，这信里也没说他要自杀，不过发了一片牢骚而已。他是恐吓你的，不要紧，过几天，他一定再有信来。"

她还哭着，钟已经打了七下，便对她的朋友说："今晚上的跳舞会，我懒得去了。我教表哥介绍你给吴先生吧。

你们三个人去得啦。"

　　她教人去请表少爷。表少爷却以为表妹要在客厅里看他所扮的时装，便摇摆着进来。

　　吴博士看见他打扮得很时髦，脸模很像何小姐。心里想这莫不是何小姐所要介绍的那一位。他不由得进前几步深深地鞠了一躬，问："这位是……？"

　　辅仁见表妹不在，也不好意思。但见他这样诚恳，不由得到客厅门口的长桌上取了一张名片进来递给他。

　　他接过去，一看是"前清监生，民国特科俊士，美国鸟约克柯蓝卓阿大学特赠博士，前北京政府特派调查欧美实业专使随员，甄辅仁。"

　　"久仰，久仰。"

　　"对不住，我是要去赴化装跳舞会的，所以扮出这个怪样来，取笑，取笑。"

　　"岂敢，岂敢。美得很。"